신라 왕경도

아미타림

명활산성

분황사

황룡사

흥륜사

남산

남천

금산

이재건 「신라 왕경도」(신라역사과학관 제공)

발
원
1

김선우

장편소설

발원 發願 1

요석 그리고 원효

민음사

635년 서라벌

.
.
.
.
.

 가마니 등짐을 조심스럽게 추어올리고 청년이 발걸음을 옮겼다. 양쪽에 각각 무명 끈을 꿰어 어깨걸이를 만든 가마니는 무거워 보였다. 어깻죽지로 배어 나온 핏물 탓에 무명 끈은 붉은 갈색으로 얼룩져 있었다. 걸음이 휘청거릴 때마다 등짐 진 가마니가 한쪽으로 쏠렸다. 한 팔을 뒤로 돌려 청년이 가마니에 손을 댔다. 손길에 반응하듯 가마니가 미동했다.

 견디어라……. 조금만 더 견뎌 다오.

 청년이 바싹 메마른 입술을 열어 중얼거렸다. 나흘 밤낮을 한잠도 자지 못한 채 줄곧 걸어온 청년의 입술엔 자줏빛 피딱지들이 으깨진 오디 열매처럼 엉겨 있었다.

 서둘러 그곳을 찾아야 한다. 부개 화상을 만나야 한다!

 왕실 능원을 벗어나자 월성으로 이어진 쭉 뻗은 대로는

우마차와 가마 행렬이 뒤섞여 홍성거리고 촘촘하게 구획된 소로들도 인파로 붐볐다. 기와집이 즐비한 구역과 초가가 닥지닥지 붙은 구역이 교차하는 곳마다 크고 작게 자리잡은 사찰들에서 향 내음이 퍼져 나왔다. 거대한 무덤들과 민가와 사찰과 시장이 한데 어우러진 대도시 서라벌의 활기는 3년 전과 다를 바 없었다. 시장이 가까워지자 행인이 더욱 많아졌다.

자신을 흘깃거리는 시장 사람들 사이에 들어오자 청년은 퍼뜩 정신이 들었다.

병졸들과 시전 관리들 눈을 피해야 한다, 나는 지금 탈영병이다, 당당한 품새라야 의심을 덜 받는다…….

본능적인 계산들이 청년의 머릿속을 훑고 지나갔다. 청년이 한 손으로 얼굴을 쓱 문질렀다.

3년 전 부개 화상을 만났던 밥집의 위치를 기억하려 애쓰며 청년이 시장 중앙통에서 방향을 가늠했다. 옷감을 고르거나 그릇을 고르는 사람들, 푸줏간, 채전, 숯전, 옹기전이 한눈에 들어왔다. 화려하게 나부끼는 공작새 꼬리털, 고급 향료, 양탄자, 유리그릇 같은 물건을 파는 당품전과 금제품을 파는 곳들은 규모가 3년 전보다 훨씬 커진 것 같았다. 시전에서 두어 골목 떨어진 뒷골목이었음을 기억하며 방향을 가늠하는 순간이었다. 옹기전 건너편에서 시전 관리 두 명이 장부 함을 들고 바삐 걸어오는 게 보였다. 그들을 피해 서둘러 접어든 길이 돌연 익숙했다.

예상보다 수월하게 찾아낸 밥집에 들어서자 국밥 냄새가 후끈하게 끼쳐 왔다. 구수한 밥 냄새에 약초 냄새가 희미하게 섞인, 3년 전 이곳에서 맡았던 바로 그 냄새였다. 청년이 안도하며 한숨을 짧게 내쉬었다. 밥집은 여전히 사람들로 붐볐다. 어딘지 조금 달라진 것도 같았지만 거기까지 헤아릴 겨를이 없었다. 사립을 들어선 청년을 따라 시선들이 움직였지만 제지하거나 연유를 묻는 이는 없었다.

곧장 걸어 뒷방 문을 열려는 순간이었다. 휘요오, 새 울음소리가 낮게 울리며 작달막한 키에 체구가 다부진 사내 하나가 쏜살같이 나타나 방문 고리를 낚아챘다.

"병자요?"

청년이 짊어진 가마니를 쓱 훑어본 사내가 입술을 오므려 휘욧, 짧게 새소리를 내며 물었다. 오므린 입술 오른쪽 꼬리부터 눈꼬리까지 길게 그어진 상처가 도드라졌다.

"그렇소. 일단 들어가 병자부터 좀 누입시다."

청년의 기세에 눌린 사내가 주춤하는 사이, 성큼 방 안으로 들어선 청년이 조심스레 가마니를 내렸다. 득달같이 달려들어 가마니 입구를 열어 본 사내가 뒤로 주춤 물러섰다.

"뭐야, 당신? 미, 미쳤어?"

질린 낯빛으로 사내가 청년을 쏘아보았다.

"혜공 스님은 언제 오십니까?"

"미…… 미친놈! 이…… 이러다 멀쩡한 우리까지 몽땅 경치겠네."

사내가 황급히 방문을 열어젖히고 나간 지 불과 몇 숨 안 되어 또 다른 거구의 사내가 들이닥쳤다. 검은 안대로 한쪽 눈을 가린 사내는 다짜고짜 청년을 향해 바윗돌 같은 주먹을 날렸다. 청년이 나가떨어졌다.

"흰새! 사람들 못 들어오게 해."

"아, 아, 알았어."

재차 다가든 검은 안대의 사내가 청년의 멱살을 거칠게 움켜잡았다.

"누구냐, 넌? 신라 도성 한복판에 백제군 병사를 업고 오다니! 대체 네놈 정체가 뭐냐?"

찢어져 피가 밴 청년의 입술이 힘겹게 달싹거렸다.

"가장…… 어두운…… 새벽……."

말을 했으나 말이 되어 나갔는지 알 수 없다.

"뭐야?"

거구의 외눈박이 사내가 낯선 청년의 가슴팍에 귀를 댄 채 온몸을 울리며 나오는 그의 목소리를 들었다.

"나는…… 원효요."

깊은 밤 무덤 속 해골 물은 원래 물이고
손님 잔에 비친 활 그림자는 원래 뱀이 아니네.
이 가운데 생멸의 마음을 허용할 곳이 없으니,
미소 지으며 옛 책을 잡고 몇 글자 적어 보네.

夜塚髑髏元是水, 客盃弓影竟非蛇.
箇中無地容生滅, 笑把遺編篆縷斜.

— 혜홍(慧洪, 1071~1128), 『임간록(林間錄)』

1

∙
∙
∙
∙
∙

"새벽아."

숙부가 원효의 아명을 불렀다. 반가운 목소리였다. 읽던 책을 서둘러 덮고 후원으로 달려 나오는 열세 살 소년의 눈동자가 반짝거렸다.

숙부가 두 팔을 벌려 새벽을 안았다. 그 순간 새벽은 숙부에게서 뿜어져 나오는 술 냄새와 서늘한 기운에 흠칫 놀랐다. 이레 만에 돌아온 숙부는 어딘지 예전 같지 않았다. 새벽을 안았던 숙부가 발을 헛디디며 휘청거렸다. 새벽이 얼른 숙부를 부축했다. 후원 정자의 소반에는 술 주전자와 술잔 두 개가 놓여 있었다.

"무슨 일이 있으셨습니까?"

새벽의 시선이 불안하게 흔들렸다. 반듯한 이마와 짙은

눈썹 아래 크고 길쑴한 홑겹 눈매와 진지한 눈망울을 가진 조카를 숙부가 물끄러미 바라보았다. 사내아이치고 가늘고 긴 손가락을 가진 때문인지, 깊고 분명한 인중 아래 그린 듯 단정하게 자리 잡은 입매 때문인지 조카는 견고함과 섬세함이 묘하게 조화된 외형을 지니고 있었다. 처음 볼 때 일곱 살이던 조카는 어느덧 열세 살 준수한 소년으로 성장했으나 불안하고 여린 느낌이 남아 있는 채였다.

"달이 좋다."

한참 만에 숙부가 입을 떼었다. 새벽이 가만히 숨을 내쉬며 숙부의 시선을 따라 하늘을 올려다보았다. 둥근 달이 손에 닿을 듯 가까웠고 청죽이 물소리처럼 스스스 울었다.

"마셔 보겠느냐?"

숙부가 새벽에게 술잔을 건네었다. 새벽이 주저하자 숙부가 웃었다. 숙부의 눈길에 이끌려 새벽은 저도 모르게 손을 뻗어 술잔을 받고는 단숨에 비웠다. 목 안이 타는 듯했다.

"화주니라. 어떠냐, 뜨겁고 서늘하지?"

화주를 몇 잔 더 들이켠 숙부가 긴 한숨을 내쉬고는 후원 뜰로 내려섰다.

"무예를 즐기기 알맞은 밤이구나. 그림자가 좋다."

숙부가 양팔을 한껏 벌려 달빛 머금은 바람을 안았다가

풀며 천천히 몸을 움직였다. 화주 냄새가 공기 중에 섞이었다. 그의 태껸은 늘 그렇듯 춤을 추듯 우아했지만 그 밤의 몸놀림에는 평시와 다른 일촉즉발의 떨림이 온몸에 아슬아슬하게 걸쳐 있었다. 춤이되 울음이고 무예이되 생기와 멀어진 절망이 괴괴한 그림자를 드리운 밤이었다. 달은 아름답되 달빛은 차고 선뜩했다. 불안한 눈빛으로 새벽이 숙부와 천공의 달을 번갈아 바라보았다.

"보아라, 새벽아."

숙부가 온몸에서 기운을 풀며 말했다.

"무예란 춤과 같은 것이다. 춤은 도(道)와 같은 것이다. 품어 어울리게 하고 부드럽게 방어하여 상대로 하여금 스스로 활인(活人)하게 하는 것이 무예니라."

태껸 수련을 할 때마다 들어 오던 말이었다. 그러나 왠지 그 순간 숙부의 말은 공허하여 낯선 타인의 말 같다는 생각이 들었다.

"신라는 너에게 무엇이냐?"

다시 정자에 올라 술잔을 채우며 숙부가 물었다.

뜻밖의 질문이었다. 태어나면서부터 신라의 백성이었으므로 신라가 자신에게 어떤 의미인지 새벽은 별달리 생각해 보지 않았다. 백제, 고구려와 늘 전쟁을 해야 했으므로 전쟁에 패하지 않는 나라가 되어야 백성의 설움이 없어진

다고 생각했다. 그뿐이었다. 그런데 숙부가 신라에 대해 질문하자 어렴풋하지만 가슴이 뛰었다. 숙부가 새벽을 뚫어질 듯 바라보았다.

"신라를 사랑한다면 신라와 싸워야 할 것이다."

무슨 의미인지 정확히 알 수는 없었으나 숙부의 눈을 물끄러미 바라보다가 새벽은 고개를 끄덕였다. 숙부의 눈빛이 예전으로 돌아온 듯 한결 침착해져 있어서 새벽은 조금 안심이 되었다.

"네 아버지는 네가 화랑이 되길 바라신다."

'아버지'라는 말이 숙부의 입에서 흘러나오자 새벽의 얼굴에 그늘이 스쳐 갔다.

서라벌의 화랑들이 압량에 와 수련을 할 때면 아버지 담나는 늘 솔선하여 화랑도를 뒷바라지했다. 화랑도의 수발을 들어주는 일이 나마라는 지방 관리의 공무가 아니었음에도 언제나 성심을 쏟고 명성 높은 화랑에게는 개별적인 선물까지 마다하지 않았다. 그 모든 것이 자신을 염두에 둔 일종의 포석임을 새벽도 알고 있었다.

"하지만 형님은 서라벌의 현실을 모르신다. 너는 화랑이 되느니 승려가 되는 게 낫다."

함께 서책을 읽고 논하는 학문의 즐거움을 누렸으나 새벽이 취해야 할 현실적인 입지에 대해서는 한 번도 언급한 적 없는 숙부가 처음으로 그런 말을 하였다.

"승려……."

새벽이 거의 혼잣말로 숙부의 말을 받았다. 숙부는 오래 품은 생각을 이제야 입에 올린 듯 작정하고 긴 이야기를 쏟아 내었다.

"100여 년 전 법흥왕 7년에 반포된 관등제 율령은 신라인의 이마에 화인을 새겨 놓았다. 신라의 벼슬아치들은 그 능력이 아니라 태생이 정한다. 서라벌은 왕경이요 그 외는 모두 왕경의 외곽이다. 서라벌 사람과 지방 사람이 받는 관등은 이름부터 다르니라. 지방 사람의 관등은 '외위(外位)'라 한다. 가장 높은 것이 7등급인 악간이다. 이것은 육두품이 오를 수 있는 최고 관등인 아찬보다도 한 등급 낮고 관복도 붉은색이다. 서라벌 사람에게 주는 관등은 '경위(京位)'라 한다. 1등급부터 17등급까지 걸쳐 있다. 자주색 관복을 입고 최고 등급인 이벌찬까지 올라가 재상이 될 수 있는 사람은 서라벌 사람뿐이다. 이것이 현실이다. 서라벌에서 태어난 진골 귀족! 태생이 그렇지 않으면 제아무리 유불선을 두루 섭렵한 인재라 해도 신라를 이끌어 갈 재목이 될 수 없다. 네 아버지는 육두품이 이를 수 있는 신분 중에 성공한 사람이다. 나마는 경위 17등급 중 11등급에 해당하는 관직이지. 이 고을에서는 최고 수령이지만 서라벌

벼슬아치들 눈엔 아무것도 아닌 존재이다. 네 아버지는 네가 화랑이 되고 나면 더 높은 벼슬이 가능할 거라 여기지만 현실은 비루하다. 육두품이 올라갈 수 있는 최고 관직은 6등급 아찬이다. 아찬이 하는 일이란 무엇이냐. 공치사로야 무슨 말인들 못하겠느냐만 내 보건대, 서라벌 귀족들의 수족 노릇이 고작이다. 그러니 이르는 것이다. 신라에서 육두품 신분으로 이상을 펼치려면 승려가 가장 나으니라. 지금 세상은 불교와 더불어 꽃피는 중이다. 대륙의 역사를 통해 보건대, 앞으로도 수백 년간 신라는 불교와 더불어 흥왕할 것이고 불교는 이 땅에 사는 백성의 미래와 연결될 것이다. 그러니 새기어라. 무지렁이 범부로 살아갈 것이 아니라면 글 읽고 깨친 자의 몫으로 장부의 뜻을 펴야 한다. 선택할 수 있는 길은 두 가지다. 조정에 진출하는 길과 승려로서 이름을 얻어 국사가 되는 길. 현실은 어떠한가. 승려가 되는 진골 귀족은 있으나 조정의 핵심이 될 수 있는 육두품은 없다. 승려로 출가해 국사가 되면 서라벌 귀족의 수족 노릇이 아니라 그들을 인도하고 가르치는 자가 될 수 있다."

한달음에 뱉은 이야기 끝에 숙부가 흐드득, 웃었는데 그것은 비분으로 일그러진 냉소였다. 지난 여섯 해 동안 보여 준 한결같은 다정함 속에 숙부는 이처럼 모멸에 찬 고뇌를 홀로 하고 있었단 말인가. 새벽은 현기가 일었다. 숙부가 거듭 강조한 '서라벌 귀족들의 수족 노릇'이라는 말이 날카롭게 새벽의 폐부를 찔러 왔다. 짐작하던 일이 낱낱이 까발려지는 현실 앞에서 수치감이 일었다.

"힘을 가져야 한다……. 그래야만 신라를 사랑하는 마음을 세상에 펼칠 수 있다."

힘은 어떻게 가지게 되는 것인가. 어떤 힘을 가져야 그것이 참으로 힘이 되는 것인가.

새벽의 마음속에 많은 질문들이 일어났다. 부아와 함께 두려움이 밀려왔다. 불쑥 나타난 것처럼 이제 숙부가 불쑥 떠나가려 한다는 생각이 들었다. 숙부는 지금 무엇을 계획하고 있는 것인가. 불길한 예감으로 새벽의 얼굴이 점점 굳어 갔다. 숙부이자 스승인 그가 없는 시절이 온다면 과연 견뎌 낼 수 있을 것인가. 그 마음을 헤아린 듯 숙부가 새벽의 손을 꽉 그러쥐었다.

"새벽아."

고독하고 강한 음성이었다.

"날이 밝기 직전 새벽이 가장 어두운 법이니라. 이 새벽을 나는 견디지 못하겠으나, 너는 반드시 견뎌 내거라."

이별을 직감하자 불쑥 눈물이 솟구쳤다. 서둘러 돌린 시선에 후원 돌담 위로 내려온 살구나무 꽃가지가 환했다.

*

　다음 날 잠에서 깼을 때, 새벽의 머리맡에는 숙부가 지은 향가집 한 권이 편지 봉투 하나와 함께 반듯하게 놓여 있었다.

　"출가 결심이 서면 서라벌로 가거라. 내 지우인 전대등 김준후 공을 찾아가 도움을 청하여라. 그는 신라의 많은 고승 대덕들과 교분을 유지하고 있으니, 네 출가와 당나라 유학길을 도와줄 귀인이다."

　편지를 읽으며 다시 눈 속이 뜨거워졌으나 울지 않기 위해 새벽은 이를 악물었다.

　외로움이 밀려들자 그간 잊었던 일들이 떠올랐다.

　다섯 살 되던 생일 저녁, 장아범을 찾아 부엌에 갔을 때였다. 제사 음식 냄새와 함께 장아범의 목소리가 유독 크게 흘러나왔다. 새벽은 선뜻 부엌에 들어서지 못한 채 발을 멈추었다.

　"잉피 공 어른이 어떤 분이냐. 절대로 허락할 수 없는 처자와의 혼인이었네라. 잘못하면 아들이 죽겠구나 싶었으니 결국 허락하신 게지. 그만큼 목숨을 건 사랑이셨다. 하늘이 한 몸처럼 애초에 짝지로 딱 맺어 놓은 그런 분들이었단 말이다."

아버지와 어머니 이야기임을 알아챈 새벽이 부엌 문 앞에 가만히 쪼그려 앉아 귀를 기울였다.

"혼인 후 3년째 되는 해였네라. 밤실 고개 너머 이엉 어른 댁 큰아드님 혼사가 있었지. 두 분이 함께 거기 가셨다가 돌아오는 길이었네라. 산일이 아직 스무 날이나 남은 데다 밤실 고개쯤이야 마실이나 다름없으니 별일 있겠나 하는 마음으로 수행한 길이었지. 그런데 고갯마루를 넘어서자 그만 진통이 온 거라."

부엌에서 한숨이 새어 나왔고 새벽 역시 가느다랗게 숨을 토했다.

"죽기 살기로 집으로 내달려와 초랑이와 둘이서 가마를 들고 혹시 몰라 더운물까지 준비해 죽어라 다시 밤실 고개 밑에 도착했을 때 아기 울음소리가 들려오는 거라. 저녁놀이 내리고 있었네라. 아이고, 천지신명님. 난 여태도 그때 주인어른 낯빛을 떠올리면 억장이 무너지느니. 유르뫼님과 진통을 함께 겪으셨겠지. 온 얼굴에 범벅인 눈물이 말 그대로 핏빛이더라. 두 눈에서 혈관들이 죄다 터져 흐르는 찐찐한 눈물 말이다. 돌아가신 유르뫼님 몸에 엎드려 우는 주인어른이 정작 죽은 사람 같았네라."

어머니. 어린 새벽은 입술을 꼭 깨물며 무릎 사이에 얼굴을 묻었다.

"보름간이나 유르뵈님 시신을 입관하지 못했네라. 주인 어른께선 한시도 떠나지 않고 유르뵈님 곁에서 낮밤을 새우셨다. 산전수전 이 치레 저 치레 다 겪어 봤지만 그런 인연은 처음 보았네라. 보름이 넘어가자 저러시다 광증이 돌까 무섬증이 끼치더라. 그러니 쉬운 말들 말아라. 우리 도련님 콧등이며 인중이며 입매며 뺨이며 유르뵈님을 빼다 박은 듯하니 주인어른 심사가 오죽하실꼬."

그날 이후 새벽은 저녁놀이 질 때면 후원 정자에 오도카니 앉아 멍하니 하늘을 보는 날이 많았다.

자신의 생일이 어머니의 기일이기도 한 운명을 붙안고 자꾸만 말수가 줄어 가던 때, 불쑥 나타난 숙부로 인해 새벽은 유년의 어둠에서 한 걸음씩 빠져나올 수 있었다.

일곱 살 새벽을 향해 내민 숙부의 따뜻한 손과 다정한 등. 그것은 새벽이 자신 속의 어두운 그림자를 떨쳐 버릴 수 있도록 격려해 준 가느다란 빛이었다.

"천상천하유아독존의 아름다움을 지녀야 하느니라. 아름다움 중 제일이 당당한 아름다움이다."

그 말씀을 새벽은 사랑하였다. 천상천하유아독존! 새기고 있으면 어린 가슴 가득히 빛살이 들어차듯 마음이 환해졌다.

고향을 떠난 지 여덟 해 만에 돌아온 숙부는 아버지보다 세 살 아래였다. 늘 무표정한 아버지와 달리 자주 노래를 했고 거문고를 탔다. 새벽은 숙부와 더불어 서책을 읽기 시작했고 태껸과 말타기, 거문고의 운지법과 시 짓는 법을 배웠으며 자주 함께 산에 올랐다.

일곱 살 아이에서 열세 살 소년이 되는 동안 그렇게 빛의 세계로 나왔다고 생각했지만 착각이었던 것일까. 갑작스러운 숙부의 부재 앞에 나락으로 떨어진 듯 쩔쩔매는 자신이 한심했고 다시금 버려졌다는 상실감이 몰려왔다. 서탁 위에 펼쳐 놓은 편지를 내려다보는 새벽의 눈빛에 원망이 어렸지만, 그럴수록 숙부가 남긴 향가집을 더욱 꼭 품에 그러안을 수밖에 없었다.

*

그날 이후 새벽은 숙부의 방을 서재로 사용했다.

숙부에 관한 모든 기억이 고스란히 남아 있는 그 방은 고독한 훈련의 공간이었다. 그 방에서 새벽은 그동안 읽어 온 책들을 하나씩 되읽었다. 세상에 대한 궁금증은 커져 갔으나 여전히 해답은 주어지지 않는 시간들이었다. 책 읽기를 쉴 때면 태껸과 목검 수련을 했다. 그러고도 피가 뜨거우면 말을 달렸다. 숙부와 함께 달리던 압량벌의 바람은 여전했지만 해가 바뀔 때마다 새벽은 자신의 내면에서 들려오는 목소리를 무시할 수 없었다.

숙부는 도피한 것이다…….

인정하고 싶지 않았던 사실이 점차 새벽의 내부에서 또렷해졌다.

"나는 나와의 싸움에서 패배했다."

숙부의 목소리가 압량벌 바람을 가르며 사무쳐 왔다.

거칠게 말을 달리며 새벽은 때로 바람 속에서 울었다.

질주하는 마음의 목소리는 점점 더 강렬해졌다.

"저는 도피하지 않겠습니다!"

가슴에서 불이 일었다. 숙부가 나타나기 이전의 세계에서 새벽이 빛 꺼진 회색에 가까웠다면, 지금의 새벽은 이글거리는 적색에 가까웠다. 새벽은 더 넓은 세상으로 나아가고자 했다. 그간 닦아 온 학문이 실제로 무엇을 할 수 있는지 현실 속에서 증명해 보고 싶었다. 더 넓은 세계와 조우하고자 하는 욕망은 아버지의 집을 벗어나고 싶은 욕망과 얽히며 점점 더 강렬해졌다. 서라벌로 가야 한다는 생각은 자연스럽게 도래했으나, 숙부가 제시한 승려의 길과 아버지가 원하는 화랑의 길, 그 어느 쪽으로도 새벽의 마음은 쉽게 정리되지 않았다.

현실의 벽이 너무 높으니 차선을 선택하여 최선에 이르

라는 숙부의 말씀은 언뜻 지혜로운 처세로 들렸으나 새벽은 그것이 도피처럼 여겨졌다. 현실의 장벽과 정면 대결해 보고 싶은 열기가 소년 새벽을 사로잡았다.

일종의 오기 어린 집념이라 할 이런 마음의 밑바닥에는 자신을 홀로 남기고 떠난 숙부에 대한 원망과 아버지에 대한 연민이 동시에 자리 잡고 있었다. 숙부로 인해 마음에 빛살이 들어차자 아버지가 지닌 어둡고 고독한 방이 더욱 잘 보인 것은 뜻밖의 일이었다. 다정의 기쁨을 알게 되자 그와는 담 쌓고 지내는 아버지의 그림자가 더욱 쓸쓸해 보였고, 아버지가 지닌 한결같은 메마름이 더욱 가슴 아팠다. 아버지의 집을 벗어나고 싶은 욕망과 아버지의 소망을 들어드리고 싶은 욕망이 한데 뒤섞였고, 아버지가 원하는 것을 성취함으로써 아버지 앞에 보란 듯 당당해지고 싶은 어린아이 같은 욕망도 함께 뒤섞였다. 사랑하면서도 미워했고 인정받고 싶으면서도 도피하곤 했던 그간의 아버지와의 관계들이 조금씩 투명하게 드러나고 있었다.

엎치락뒤치락 갈피를 잡지 못하는 시간들이 흘렀다.

'내가 원하는 것은 무엇인가? 숙부의 것도 아버지의 것도 아닌 내 욕망은 어디를 향해 있는가?'

긴 시간을 거쳐 이 질문 앞에 도달했을 때, 숙부가 남긴 향가집에서 하나의 시편이 떠올랐다.

머리와 가슴에 횃불을 밝혀라. 그것이 청년의 일.

밝힌 횃불을 꺼뜨리지 않도록 힘써라. 그것이 노년의 일.

기억하라. 머리와 가슴에 횃불이 없는 자는 이미 죽은 사람.

젊어서는 너무 이글거려 괴롭고

늙어서는 자꾸 꺼지려고 해서 괴롭구나.

괴로워도 횃불이 없는 자는 산 자가 아니네.

님하, 머리와 가슴에 횃불을 잘 보호하여

대해 청산을 관통하라. 그것이 인간의 길.

시편을 소리 내어 거듭 읊다가 서탁을 손바닥으로 쿵, 내리쳤다. 새벽의 심장은 불덩어리 해처럼 뛰었다. 그것은 스스로의 궐기였다.

숙부가 종적을 감춘 지 꼭 3년째 되는 날 새벽이었고, 여자가 왕이 되어 신라의 앞날이 위태로워질 것이라는 흉흉한 소문이 어지러운 시점이었고, 새벽이 열여섯 살이 된 해였다.

숨을 가다듬은 새벽이 서탁에 화선지를 펼치고 먹물에 붓을 적셨다.

문밖엔 비가 가늘고 길게 지나갔다.

빗소리를 들으며 서라벌의 김준후 공에게 서찰을 썼다.

"소인의 숙부께서는 승려로의 출가지도를 공께 의논드리라 하였으나, 소인은 승려의 길이 아니라 화랑의 길을 걷고자 합니다. 뵈옵고 길을 여쭈어도 폐가 되지 않을지 답을 청하옵니다."

한달음에 써 내려간 서찰을 물끄러미 내려다보며 새벽은 제 마음에 빛이, 혹은 새로운 그늘이 들어차는 것을 느꼈다.

*

서찰을 가지고 서라벌에 갔던 장아범이 돌아왔다.

김준후 공의 답신은 간결했다. 준비되는 대로 속히 서라벌로 오라는 것이었다.

다음 날 아침상에서 담나는 말없이 아들의 이야기를 들었다. 아침상을 물린 후 마주 앉아 황차를 석 잔 나누었다. 담나는 여전히 무표정했으나 새벽은 그 얼굴에서 자신을 향해 미소 짓는 아버지를 느낄 수 있었다. 그걸로 충분했다. 관아로 출근하는 아버지를 대문 앞까지 나가 배웅한후 새벽은 간단히 짐을 꾸렸다.

"도련님께서 서라벌 전대등의 집으로 가신다! 국가의 재정 업무를 담당하는 품주의 최고 관직이 바로 전대등님이시다. 재정 업무의 관할자란 무엇이냐. 왕궁의 기밀에 참여하는 권력이자 임금님의 최측근이란 뜻이렷다!"

장아범은 앞마당에 가솔들을 모두 모아 놓고 한바탕 연설을 하고는 마당 중앙의 회화나무를 껴안고 빙빙 돌며 노래했다. 모여 선 이들이 모두 박수로 장단을 맞추었다.

"호화 호화요, 드디어 때가 왔도다. 우리 도련님이 왕경으로 간다오. 저 우뚝한 서라벌에 드높은 화랑이 되러 간다오. 화랑이 된 다음에는 무엇이 될 것이냐? 세상을 호령할 출세길의 시작이로다!"

붉게 상기된 채 소리 높여 외쳐 대는 장아범의 노래에 맞추어 가솔들이 약속이나 한 듯 다 함께 회화나무 둥치를 쓰다듬었다. 학자수(學者樹)이자 출세수(出世樹)라며 숙부가 특별히 아끼던 나무였다.

장아범은 가솔 노비를 붙여 서라벌로 입성하길 권하였으나 새벽은 홀로 길을 떠났다. 한 세계를 벗어나 새로운 세계를 향해 가는 새벽에게 필요한 것은 젊은 피의 육신과 '천상천하유아독존'의 자존감과 마음의 지도 한 장이면 충분했다.

짊어진 바랑에는 숙부가 남긴 향가집과 갈아입을 옷가지 한 벌, 그리고 노자로 쓸 은덩이 두 개가 들어 있었다. 장아범과 하인들의 살뜰한 배웅을 받으며 집을 나설 때 대문 안으로 길게 비쳐드는 햇빛에 잠시 눈시울이 더워졌지만, 흰 닥나무 화선지처럼 환한 마당에 어리는 곡절 많은 추억들은 이제 광야의 잔솔처럼 거칠어져도 좋으리라.

"가자!"

불지촌을 떠나며 새벽이 스스로에게 던진 한마디는 간결했다.

3년 전 숙부를 떠나보낼 때보다 훌쩍 키가 자란 새벽이 깊게 숨을 들이쉰 후 단호히 몸을 돌렸다.

2

.
.
.
.
.

"그대를 기다리고 있었다."

처음 대면한 김준후 공은 학처럼 온화한 얼굴에 세련된 화법을 구사하는 사람이었다.

"3년 전 내 벗님께서 신라를 떠날 때 자네를 부탁하였다. 금강 같은 정신이 머지않아 찾아올 거라 했지."

말의 목적은 정확하고 어투는 시종 부드러워서 새벽은 금세 긴장을 내려놓을 수 있었다. 깊고 영민하게 반짝이는 새벽의 눈매에 안도의 빛이 섞이는 것을 본 김준후 공이 빙그레 웃었다.

"내 벗님과 많이 닮았구나. 그의 학문은 내가 따라갈 수 없는 경지여서 그에 비하면 내 학문은 그저 금고를 여닫는 데 쓰일 뿐이다."

스스럼없이 숙부를 그리워하는 김준후 공을 대면하자 새벽의 두 눈에 물기가 어려 왔다.

"너를 두고 떠난 숙부를 원망하는 것이냐?"

그렇다고도 아니라고도 대답할 수 없었다.

"네 숙부의 고뇌는 정당한 것이다."

다 알 수는 없는 맥락의 말이었으나 새벽은 안심이 되었다. 곧이어 사랑에 들어온 김준후 공의 외아들 보현랑은 부친의 인품을 꼭 빼닮은 듯했다. 부드러우면서도 의로운 기운이 홍안에 넘쳐흐르는 그는 낭도 500인으로 구성된 보현지도의 수장이었고, 새벽이 실제로는 처음 보는 서라벌의 화랑이었다. 아직 소년티를 덜 벗은 새벽보다 고작 한 살 연상이지만 네댓 살은 위인 듯 의젓했고 모든 행동거지에 기품이 넘쳤다.

"온다던 이가 자네로군. 타고난 명석함이 금강 같다 하던데, 과연 내가 그리던 벗일세."

첫 대면에서 보현랑은 시골뜨기 새벽에게 먼저 손을 내밀었다. 의자에서 일어나 보현랑의 손을 맞잡은 새벽의 얼굴에 수줍은 듯 청신한 미소가 어렸다. 그런 새벽을 향해 보현랑 역시 환하게 미소 지었다. 보현랑은 새벽이 첫눈에 마음에 들었다. 대부분의 서라벌 청년들은 보현랑 앞에서 이런저런 셈을 하며 눈치를 보거나 과도한 충심을 의례적으로 보이곤 하는데 압량 시골에서 갓 올라온 이 새로운 벗은 전혀 낯선 느낌이었다. 어리바리해 보이지만 그는 자신이 느끼는 대로 행동하고 있었고 수줍어 보이지만 외부 조건에 주눅 들지 않는 담백한 자유로움이 느껴졌다. 만나자마자 서로에게 끌린 열여섯과 열일곱. 우정과 의리로 충만해져 세상이 두렵지 않을 나이였다. 웃고 시선을 마주치고 움직이는 모든 동작 하나하나가 절제되어 있으면서도 춤을 추듯 부드러운 보현랑을 바라보며 새벽은 연신 감탄했다. 솔숲에서 거풍한 옷을 입은 것처럼 움직일 때마다 보현랑에게서 시원한 솔향기가 풍겼다.

"화랑이 모두 랑과 같습니까?"

새벽에게서 돌연 튀어나온, 어린아이같이 천진한 질문에 보현랑이 하하하, 웃었다.

"그리던 화랑의 모습에 혹 못 미치는가?"

"아, 아닙니다. 아름다운 남자로군요, 화랑이란."

귀밑이 발개지며 얼른 내놓은 새벽의 대답에 김준후 공과 보현랑 모두 파안대소하였다. 원탁에 앉은 세 사람의 환한 웃음이 일순 가족을 이룬 듯 화평해 보이는 순간이었다.

"하하, 무릇 신라인은 아름다움에 예민하지. 우리 보현이 오늘 새벽에게서 최고의 상찬을 들었구나."

아버지로서의 권위 의식이랄지 고위 관리의 위세 같은 것은 눈 씻고 찾아보려야 없는 김준후 공의 말이 새벽의 마음을 부드럽게 적셨다.

"저만 빼놓고 다들 이리 즐거우시다니요?"

낭랑한 목소리가 들리더니 쟁반을 든 귀부인이 들어 섰다.

"오셨습니까, 어머니."

보현랑이 자리에서 일어나며 반갑게 귀부인을 맞았다.

"분부하신 방에 채비를 모두 마쳤습니다. 우리 보현의 벗이라 하니 각별히 신경 써서 창호도 새로 발라 두었습니다."

준후 공에게 아뢴 귀부인이 새벽과 눈을 맞춰 인사를 나누고는 다탁에 쟁반을 놓았다. 연잎차를 마시던 다구와 찻잔을 한쪽으로 정리하고 자그마한 푸른 옥주전자와 옥잔 세 개, 은접시 하나를 놓았다.

"미주와 갓 채취한 송화 가루로 만든 다식입니다. 식구나 다름없는 귀한 손님이라 하셨으니 인연의 예를 나누시지요."

옥잔에 맑은 술을 한 잔씩 따라 준 그녀가 자애로운 눈빛으로 새벽과 보현랑을 바라보았다. 그 따스한 시선에 새벽은 마음 어딘가 베인 것처럼 싸륵거렸다. 어머니가 살아 계셨다면 저런 모습일까. 불지촌의 메마르고 고독한 아버지 얼굴이 문득 떠올랐다.

새벽이 어머니 없이 자란 사정을 곧 기억해 낸 준후 공이 다사로운 눈빛으로 새벽을 바라보며 술잔을 들었다.

부인이 방을 나간 후 화제를 바꾼 준후 공이 보현랑에게 물었다.

"올해 보현지도에 지원한 낭도 수가 많이 늘어났다던데 어찌할 생각이냐?"

"정원을 초과해서는 들이지 않을 생각입니다."

"지나치게 세태에 동떨어져 간다는 저간의 말도 새겨 둘 필요가 있지 않겠느냐?"

아들을 떠보듯이 준후 공이 물었고, 보현랑이 잠시 생각에 잠겼다.

새벽도 들은 바가 있었다. 서라벌의 화랑도들 사이에 세를 불리기 위한 경쟁이 치열하다고 했다. 거느린 낭도 수에 따라 화랑의 위상이 달라지는 것이 현실이었다. 그런데 보현지도는 500인의 낭도를 유지하며 더 이상 세력을 키우지 않았다.

"과도한 세 불리기는 수련의 질을 떨어뜨립니다. 소자는 대의를 따라갈 뿐입니다."

"옳기는 하다만, 보현지도의 행보를 이해하지 못하는 이들도 많을 것인데?"

"소자 어릴 적부터 아버님께 그렇게 가르침 받았습니다."

준후 공이 아들을 지그시 바라보았다. 새벽도 홀린 듯이 보현랑을 바라보았다.

"큰 사람은 큰 것을 말하고 작은 사람은 작은 것을 말한다. 그러므로 큰 사람이 대의로서 하는 말을 작은 사람은 알아듣지 못한다. 살필 것은 한 가지다. 대의가 나오는 바탕이 맑다면 스스로를 믿어라. 심성이 맑아야 뜻이 맑고 뜻이 맑아야 인심과 천심을 두루 헤아릴 수 있으니, 그런 대의라면 풍류라 할 것이며, 그런 풍류라면 진정한 화랑도이다."

보현랑의 낭랑한 목소리가 방 안을 청명하게 만드는 듯했다. 새벽은 넋을 놓고 그런 보현랑을 바라보았다. 부드러움과 단호함이 완벽하게 조화를 이룬 그 앞에서 자신은 한낱 어린아이 같다는 자괴감이 스쳐 갔다.

"허면 새벽의 입도는 어찌 되는 것인고?"

준후 공이 짐짓 장난스러운 표정으로 물었다.

"결원은 세 명이오나 지원자는 많으니, 입도 시험을 치를 것입니다."

보현랑이 새벽을 바라보며 싱긋 웃었다. 새벽 역시 보현랑을 바라보며 싱긋 웃었다. 충분히 시험에 통과하리라는 보현랑의 신뢰를 새벽은 분명히 느꼈다. 처음 만난 이가 자신에 대해 이처럼 무한한 신뢰를 보여 준다는 사실이 새벽의 가슴을 한 차례 더 뜨겁게 만들었다.

그런 두 사람을 흐뭇하게 바라본 준후 공이 새벽을 향해 물었다.

"너의 새벽은 시방 어느 쪽이냐?"

부드럽게 말하면서도 사람을 돌연 긴장시키는 공의 질문으로 방 안 공기가 팽팽하게 당겨졌다.

"저는 아직 제가 누구인지 모릅니다. 동트기 전의 어둠과 같은 상태에서 저를 만나고 있을 뿐입니다."

"너는 숙부가 바란 것과는 다른 길을 선택했다. 후회하지 않을 자신이 있느냐?"

깊게 타오르는 눈빛으로 새벽이 준후 공을 바라보았다.

"서라벌로 올 때 스스로에게 준 약속이 있습니다. 저는 이제 아명인 새벽을 버리겠나이다. 저의 의지로 얻은 것이 아니니 제 것이 아닙니다. 제가 스스로에게 주는 첫 번째 이름은 원효입니다."

"그러한가, 허허, 알았느니! 보현은 원효가 낭도 수업에서 일취월장하여 화랑의 관모를 쓰게 되는 날을 속히 만들라. 이 아비가 너희 둘의 성장을 참으로 기대하게 되는구나."

원효와 보현랑이 우애의 눈빛을 주고받는 그 순간, 원효는 새로이 도래하고 있는 서라벌의 시간 앞에 한 점 주저 없는 설렘을 느끼고 있었다. 두 젊은이가 발산하는 청춘의 빛을 준후 공이 고개를 끄덕이며 흡족하게 지켜보는 바로 그때였다.

"준후 공, 소인 야신입니다! 낭도 교육 의제로 보현랑을 뵈러 왔습니다."

문밖에서 힘차고 굵직한 목소리가 들려왔다. 보현랑을 따라 나서자 대청 아래 마당에 우뚝 선 거구의 사내가 보현랑을 향해 절도 있게 인사를 올렸다. 사내의 왼쪽 허리에 찬 장검과 중검의 칼 머리가 쟁강 부딪쳤다. 사내의 시선이 보현랑 뒤에 선 원효를 순식간에 훑었다. 자신을 탐색하는 날카롭고 강렬한 시선을 느끼며 원효가 얼결에 목례를 했지만, 사내는 원효에게서 이내 시선을 거둔 채 저벅저벅 걸어 보현랑에게 다가섰다.

3

· · · · ·

　아침 일찍 수련장에 나온 보현지도의 대낭두 야신은 막사 중앙의 홍송 원탁에 펼쳐 놓은 서라벌 지도를 내려다보고 있었다.

　한눈에 들어오는 서라벌의 궁성과 읍성, 사찰들, 주택지, 나정, 계림, 능원……. 이 모든 것을 감싸 안듯 흐르는 북천, 남천, 서천의 외곽으로 봉긋봉긋 자리 잡은 산들……. 그 산자락 사이사이 십(十)화랑도의 수련터들이 일목요연하게 표기된 지도를 내려다보는 야신의 눈빛은 먹잇감을 산 채로 포획한 맹수의 그것처럼 집요하게 번득였다.

　'이 얼마나 멋진 도시인가. 이곳으로 모여드는 패기 충천한 사나이들의 발걸음은 또 얼마나 근사한가. 천 명 중에 한 명만이 이 도시의 권력 핵심에 가게 될 것이다. 권력을 맛본 이들 중 다시 극소수만이 서라벌의 패권자가 된다. 서라벌의 패권자는 신라의 패권자가 되는 것이다!'

이런 생각을 할 때마다 야신은 피가 끓었다. 자신의 손아귀가 누군가의 목줄을 꽉 움켜쥔 상상만으로도 가슴이 통쾌해졌다. 약관 20세. 광대뼈가 도드라진 긴 얼굴은 이목구비 윤곽이 뚜렷하고 선이 시원시원했다. 구릿빛 근육으로 다져진 청년의 몸은 군살 하나 없이 장대하고 탄력이 넘쳤다. 세상은 정복하는 자의 것이라고 야신은 믿었고, 승부욕이 발동하면 상대를 제압하기 위해 한 단계 한 단계 끈질기게 전진했다. 일신 우일신은 진정한 강자가 되기 위한 과정이며 군자의 덕은 곧 힘으로 나타나는 것. 집요한 노력 끝에 맛보게 되는 정복의 순간, 전신을 훑어 내리는 동물적 쾌감이야말로 야신을 흥분시키는 최상급의 것이었다.

홍송 원탁으로부터 휙, 몸을 돌린 야신이 막사 입구로 걸어가 소가죽 창을 절반가량 걷어 올렸다. 전방 30보 노송 앞에서 활갯짓을 하고 있는 원효가 보였다. 미간에 세로로 주름이 패며 야신의 눈빛이 깊고 날카롭게 빛났다.

보현지도에 들어온 이후 야신은 단 하루도 빼놓지 않고 가장 먼저 수련장에 나왔다. 선도산 중턱에 위치한 수련장에 아침 일찍 도착하자마자 내처 산 정상까지 달려 올라가 보현지도의 깃발을 꽂고 내려왔다. 하루의 훈련을 마친 저녁이 되면 다시 산 정상까지 달려 올라가 깃발을 거두어 내려오면서 야신은 스스로에게 주문을 걸었다. 타고난 신체 조건에 더해진 이런 목표 의식과 성실함은 금세 두각을 보여 보현지도의 2인자가 되는 데까지 긴 시간이 걸리지 않았다.

그런데 원효의 등장으로 기이한 균열이 생기기 시작했다. 낭도 시험에 통과한 원효는 수련장에 처음 온 날부터 선도산 정상을 구보로 다녀오는 유난을 떨더니, 다음 날부터는 야신보다 일찍 수련장에 나왔다. 그러더니 어제는 통수 깃발에 관해 야신에게 직접 물었다.

선도산 정상에 보현지도의 깃발을 꽂는 것은 원칙상 수련장에 가장 먼저 나온 낭도의 몫으로 규정되어 있었다. 그동안은 수련장에 가장 먼저 나온 이가 대낭두 야신이기도 했거니와, 간혹 늦게 나오는 날이 있더라도 대낭두가 손수 챙기는 통수 깃발을 누구도 건들지 못했다. 그것은 야신의 힘을 상징했다.

질문하는 원효의 얼굴은 의중을 종잡을 수 없었다. 존경 어린 눈빛으로 야신을 바라보면서 보현지도의 규칙들을 하나하나 물어 오는 그 얼굴은 어리바리한 소년의 것이었다. 그런 한편에선 기묘한 분방함이 느껴져 야신은 불쾌했다. 신참이 대낭두 앞에 서면 긴장하는 것이 당연하건만 원효에게선 긴장이 아니라 호기심이 느껴졌다. 냉혹한 권력의 세계에 처음 진입한 자가 보이는 그런 모습은 예컨대 권력에 대한 무지로부터 오거나 터무니없는 자신감으로부터 오거나 둘 중 하나일 것이었다. 화랑도 생활을 통해 궁극적으로 원하는 바가 무엇인지 도대체 종잡을 수 없는 유형인 원효에 대해 야신은 본능적으로 긴장했다. 적이냐 동지냐. 먹느냐 먹히느냐. 세상을 움직이는 이 절대의 원칙을 어딘지 모르게 어그러뜨리는 이종(異種)의 존재. 현실 세계의 야망과는 전혀 다른 무엇인가를 찾고 있는 듯한 원효의 얼굴은 몹시 비위가 상하는 것이었지만 야신은 있는 그대로의 규칙을 대답해 주었고 이후 야신의 비장들이 보현지도 통수 깃발에 관한 묵계를 그에게 전해 둔 터였다. 갓 입도한 열여섯 살짜리 애송이가 강고한 묵계 앞에 어떻게 반응할지 내심 흥미가 동하기도 했다. 그런데 결국 오늘, 원효는 가장 먼저 수련장에 나와 통수 깃발을 산 정상에 꽂은 후 천연스럽게 태껸 수련을 하고 있는 것이다.

막사 밖의 원효를 빨아들일 듯 노려보던 야신이 이윽고 몸을 돌렸다. 묵계를 저토록 아무렇지 않게 파한 원효를 당장 족치고 싶었으나 그것은 사내 대장부가 할 일이 아니었다. 원칙은 원칙, 보현지도 규칙에 어긋난 바 없으니 나무랄 수 없는 일이었다. 게다가 비록 근본 없는 지방 육두품이라 할지라도 김준후 공 집에 거처하는 연줄을 가졌으니 함부로 다룰 수 없는 상대이기도 했다.

홍송 원탁 앞으로 돌아와 우뚝 선 채 야신이 다시 지도를 내려다보았다.

월성의 사방위를 연결한 해자를 따라 야신의 손가락이 지도 위에서 천천히 움직였다. 목표를 이루는 그날의 자신을 상상하며 심호흡했다. 무예로 단련된 크고 단단한 야신의 손이 지도 위의 서라벌 대로를 따라 움직여 가다가 이윽고 월성의 문을 열어젖혔다.

"신라 모든 권력의 핵심. 여기로 갈 것이다. 훼방하는 자는 누구도 용납하지 않는다!"

야신에게 세상의 모든 사내는 적 아니면 동지였다. 적은 어떻게 다루는가. 제압해 처단하거나 회유해 내 편으로 만들면 된다. 어린 야신의 고사리 손에 검을 쥐어 주던 아버지는 그렇게 가르쳤다. 대장부는 권력을 가져야 한다! 선대왕들의 정략혼인에 소모되다 일찍 도태된 귀족의 비분이 고스란히 전해지는 아버지의 손아귀 힘을 느끼며 야신은 아버지가 못 이룬 것을 대신 이루는 것이 장자의 도리이자 자신의 욕망이기도 함을 일찍 받아들였다. 가문을 변방 귀족이 아니라 왕경 귀족으로 복권시키는 것은 조국 신라의 정의 회복을 위한 일이기도 하다! 성장할수록 아버지처럼 야신의 가슴에도 불이 일었다. 보라, 신라를 부국강병하게 만들 실력이 없는 자들이 혈통 따위로 대물림하는 나약한 왕실이란 얼마나 부조리한가. 고구려, 백제는 물론 중원의 압박으로부터 신라를 지킬 수 있는 진짜 실력자들이 권력을 잡아야 한다! 힘 있는 정치력이 부재한 작금의 신라는 도태될 것이 뻔했다. 필요한 것은 서라벌 정치권의 개혁! 그것을 위해 자신은 권력의 핵심으로 가야 하는 것이다. 스스로에게 부여한 대의를 상기하며 야신이 숨을 깊게 들이쉬었다.

그런데 원효, 저 애송이는 어느 쪽이 될 것인가.

*

원효가 보현지도에 입도한 지 반년이 지났다. 서천에 비친 선도산 그림자가 붉은 단풍 빛을 띠어 갔다. 강물이 조금 줄고 홍엽이 떨어지는 강가에서 서라벌 아이들이 물수제비 뜨기 경연을 벌였다.

낭천제(郎天祭)가 고지되었다.

서라벌 십화랑은 물론 보현지도에서도 낭천제 의식에 대표단으로 참가할 낭도를 뽑는 절차가 시작되었다. 가장 유능한 낭도가 선발되는 이 과정 자체가 수련이자 경연이므로 화랑도마다 긴장감과 활력이 넘쳐흘렀다.

검술을 연마하는 시간에 대야성 야철장에서 공수된 진검들이 수련장에 진열되었다. 나란히 걸린 진검들에서 반사된 날 선 햇빛이 수련장의 분위기를 한껏 고조시켰다. 야신이 흡족한 미소를 지으며 착검 명령을 내렸다. 그런데 원효는 서 있기만 했다.

"낭도 원효는 왜 착검하지 않는가?"

원효가 속내를 알 수 없는 모호한 표정으로 야신을 올려다보았다.

"진검이 겁이 나는 것인가?"

"아닙니다. 그렇지 않습니다!"

무심코 던진 말을 강하게 부정하는 원효의 반응은 뜻밖의 것이었다.

그간 검술 수련에서 원효는 훌륭한 성적을 거두어 왔다. 수련 중인 검술이 일정 수준을 넘어서면 목검이 아닌 진검 대련을 원하는 것이 대부분 낭도들의 욕망이었다. 그런데 원효는 마치 날 선 검을 처음 보는 사람처럼 당황하고 있었다. 원효의 반응에 흥미가 동한 야신이 원효를 몰아세웠다.

"검을 잡아라."

"저는 목검을 쓰겠습니다. 허락해 주십시오!"

"목검 따위를 들고 낭천제에 참가하는 법도는 없다."

몹시 드문 일이긴 하지만 진검을 두려워하는 유약한 낭도들이 있었다. 그들은 대개 1년을 못 버티고 화랑도에서 퇴출되었다.

야신이 날카롭게 제련된 장검을 뽑아 원효의 턱밑에 갖다 댔다. 칼등에서 반사된 햇빛이 원효의 얼굴 위에 어룽거렸다.

"보현지도의 규율과 대낭두의 권위에 저항하는 것인가?"

원효가 서둘러 고개를 저었다. 그 눈빛은 절박한 호소를 담고 있었다. 뜻밖의 반응에 야신이 실소를 터뜨리려는 참이었다.

"법흥제 이후 신라는 불도를 흠모하는 나라이지 않습니까. 살아 있는 생명을 함부로 죽이지 말라. 이것이 불도의 중요한 가르침이라고 압니다. 그러니 살생의 도구를 손에 쥐는 것은 신라의 풍류와 맞지 않을 뿐만 아니라 저 개인의 풍류와도 맞지 않습니다."

야신의 얼굴이 순식간에 굳어졌다. 겁먹은 얼굴과는 달리 능란한 혀로 불도를 운운하는 원효를 쏘아보며 야신이 주먹을 불끈 쥐었다. 하지만 참았다. 이자는 김준후 공 집에 머무는 특혜를 받고 있다. 신중해야 한다.

"하나만 알고 둘을 모르면 그것을 어찌 지혜라 하겠는가. 바로 그런 연유로 화랑도는 살생유택의 계율을 따른다."

꿰뚫듯 단호한 야신의 응수에 원효가 주춤했다. 불도를 운운했으나 그것만이 전부는 아님을 원효는 알고 있었다. 진열된 진검들을 본 순간 화인처럼 그날이 떠올랐다. 다섯 살의 생일, 부엌문 밖에 쪼그려 앉아 들었던 어머니 이야기가 떠오른 것이다. 어머니 집안은 대대로 지신(地神)과 일신(日神)을 모셔 온 신녀 가계라 했다. 평범한 사람들과 다를 바 없었으나 한 가지, 생명 있는 존재의 숨을 끊어 취하면 안 된다는 불문율이 있었으므로 살생한 고기를 입에 대지 않았다. 새벽을 잉태했을 때 어머니 유르뫼는 몹시 몸이 허약해졌다. 하혈을 한 번 한 적 있으나 다행히 태중 아기만은 잃지 않은 터라 더욱 몸조심을 했다. 허약해진 몸을 보하고자 아버지는 어머니에게 고기 죽을 먹였다. 자연사한 짐승을 발견해 가져온 것이니 탈 없으리라 했고 마다하던 어머니는 태중의 아이를 염려해 그것을 먹었다. 그런데 그 고기는 장아범이 사냥꾼에게서 사 온 것이었다. 밤실 고개에서 그리되신 게 그 일로 동티 난 건 아닌지 장아범은 두고두고 후회하며 가슴을 쳤다고 했다. 다섯 살 원효는 그날 이후 고깃점을 입에 대지 않았다. 번쩍이는 진검들 앞에서 갑자기 그때 기억이 떠오르며 "검을 잡지 말라"고 마음속 누군가 외치는 것 같았다. 그것이 자신의 목소리임을, 그 목소리를 지켜 줘야 한다는 것을 원효는 본능적으로 알아챘다. 자신이 고기를 먹지 않는 것과 검을 잡지 않겠다는 의지가 이렇게 연결될 줄은 몰랐으므로 원효 스스로도 놀란 참이었다. 분명한 것은 짐승이든 사람이든 살생의 가능성이 있는 어떤 무기도 손에 잡고 싶지 않다는 마음의 소리였다. 눈앞에서 번쩍이는 진검들을 본 순간 그것을 돌연 깨달았고, 불쑥 떠오른 자신의 목소리를 아슬아슬하게 따라가고 있는 형국이었다. 어떻게 할 것인가.

"송구하오나,"

원효가 말을 이었다.

"가려서 살생하는 것은 살생의 도구를 손에 잡지 않는 것보다 차선이라 여깁니다만……."

"무어라?"

발에 밟히는 솔가지 하나를 옆으로 탁, 밀어 차 내며 야신이 성큼 원효 앞으로 다가섰다. 야신이 손에 든 칼이 내뿜는 검기가 선뜩했다. 흠칫 몸을 떠는 원효의 귓전 가까이 얼굴을 갖다 대며 야신이 낮은 목소리로 말했다.

"두렵다고 말해라. 도망가게 해 주지."

움찔하는 원효를 지켜본 후 야신이 이번엔 낭도 전체를 향해 외쳤다.

"화랑도는 신라를 지키기 위해 존재한다. 복창하라!"

우렁찬 목소리로 낭도들이 복창했다.

"그러므로 무예 수련을 기본으로 행한다!"

낭도들의 외침이 쩌렁쩌렁한 가운데 야신이 느긋한 표정으로 원효의 반응을 기다렸다. 쫓기듯 생각을 정리하면서 시선을 떨군 원효가 입을 열었다.

"무예를 수련하는 이유가 적을 제압하기 위해서입니까?"

"당연하지 않은가!"

"진검만이 상대를 제압할 수 있는 것은 아니지 않습니까?"

"그러면 목검을 들고 전쟁터에 나가 적 수십 수백과 상대하겠다는 건가. 보라, 원효!"

간신히 야신과 시선을 맞추었으나 원효의 시선은 흔들리고 있었다.

"하하, 낭도들이여, 원효는 진검이 두려운 모양이다."

낭도들이 웃었다. 야신은 원효를 퇴로 없는 길 끝으로 몰아갔다.

"낭도 원효가 검 들기를 원하지 않는다면 화랑도에 속

해 있을 이유가 없다. 지금 이 순간부터 원효를 보현지도에서 퇴출시키겠다."

"대낭두! 소인, 무예를 연마하지 않겠다는 것이 아닙니다. 살펴 주십시오!"

갑자기 현실을 깨달은 사람처럼 원효가 다급히 야신 앞에 허리를 굽혔다. 철없는 신참 낭도에 대한 훈육이 끝나 가는 분위기였다.

"수고 많으셨네, 대낭두! 낭도 퇴출 건에 대해선 소임자에게 맡겨 주시게."

부드러우면서도 단호한 목소리가 울려 퍼지며 보현랑이 수련장으로 들어섰다. 순식간에 낭도들이 길을 텄고, 금빛 삼족오 문양이 찍힌 흑자색 반비 자락을 휘날리며 걸어온 보현랑이 야신 앞에 섰다. 대낭두의 낭도 훈육을 치하함과 동시에 낭도 퇴출 권한이 수장인 자신에게 있음을 각인시켜 월권을 제어하는 보현랑은 나무랄 데 없이 신라 최고 화랑의 풍모였다. 야신이 재빨리 머리를 조아렸다.

"원효는 방책을 말해 보라."

보현랑이 원효를 향해 묻자, 심호흡을 한 후 원효가 입을 열었다.

"저…… 군대에는 보병만 있는 것이 아니지 않습니까……. 궁수 부대는 다른 무엇보다 활을 잘 쏘는 것이 중요하며…… 기병대나 장거리 척후의 임무를 맡은 병사라면 말타기에 능해야 할 것입니다……. 저마다의 타고난 기량을 살려 장점을 더욱 육성하는 것이 전체를 위해 유익할 듯하여……."

"선택과 집중은 개인에게도 조직에도 모두 유효하지. 한데, 특징이라고 할 만한 게 없는 낭도들은 어찌하려는가? 일테면 쓸모없는 인력이라면?"

보현랑이 날카롭게 되물었다.

우물쭈물하며 대답을 찾던 원효가 자신 없는 얼굴로 입을 떼었다.

"저어, 세상에 쓸모없는 사람은 없는 게 아니올지……."

기어들어 가는 원효의 대답을 들으며 보현랑의 얼굴에 미소가 지나고, 야신의 미간이 한껏 찌푸려진 순간이었다.

"소인, 진검은 사용하지 않을 것이되 잘할 수 있는 다른 무예를 찾아보겠나이다!"

동의를 얻고자 하는 다급함에 원효의 목소리가 갑자기 커졌다. 자신의 목소리가 너무 커서 놀란 표정이 된 원효가 주저하며 다음 말을 이었다.

"만약 소인이 무예에 영 소질이 없다면 보현지도의 가척(歌尺)이 된다면 어떻습니까? 훈련에 지친 낭도들을 위로하고 다시 힘을 솟게 하는 투쟁가를 짓고 부를 수 있다면 그 역시 보현지도 전체에 유익한 역할 아니겠는지요?"

좌중에서 조금씩 실소가 터지며 서로 눈치를 살폈고, 이어 보현랑이 큰 소리로 웃었다.

"하하. 노래자이라. 조만간 낭도 원효의 노래를 한번 들어 봐야겠군!"

농처럼 던진 보현랑의 말뜻을 헤아리느라 원효와 야신 모두 침묵한 채 하명을 기다렸다. 이윽고 보현랑이 입을 열었다.

"승리하는 군대는 먼저 승리할 수 있는 여건을 갖추고 나서 싸움을 걸고, 패배하는 군대는 먼저 싸우고 난 이후에 승리를 구한다고 하였다. 전쟁은 피할 수 없으나 공격보다 방어가 우선이며, 필승도 중요하지만 지지 않는 불패도 그만큼 중요하다. 불패의 힘은 원만구족(圓滿具足)에서 나오고 원만을 갖추는 데 가무는 필히 긴요한 것. 하급의 책사는 노래를 금하고 상급의 책사는 노래를 활용하는 자라 하였다. 하여 예부터 승리한 군대에는 뛰어난 투쟁가가 있었다."

보현랑의 말이 이어지는 동안 원효는 다시금 감탄했다. 자신이 우발적으로 찾아가고 있는 길에 대해 보현랑은 정연한 논리를 만들어 주고 있었다. 충동적인 행동으로 시작된 착검 거부였으나 원효에겐 점점 더 확신이 생기고 있었다.

"대낭두 야신은 낭도 수련에 원효의 제안을 참고토록 해 주게나."

모든 낭도들 앞에서 보현랑이 원효의 손을 들어준 순간, 야신의 얼굴은 무표정했다.

"대낭두 야신, 낭도 훈련의 총책임자로서 새로운 수련 방법을 시험 운영해 보도록 하겠나이다."

야신이 고개를 조아린 채 보현랑의 말을 예로써 받들었다. 이 침착함이야말로 먹잇감을 포획하는 순간까지 긴장을 놓지 않는 맹수의 본능에 가까운 것이었다. 바윗돌 같은 주먹을 꾹 쥔 채 원효를 향해 야신이 입을 열었다.

"그렇다면 낭도 원효는 무엇을 장기로 무예 수련을 할 것인가. 내가 첫 대련을 맡아 주겠다."

원효가 잠시 고민했다. 말타기라면 자신 있지만 그것은 대련이 될 수 없었다. 숙부와 함께 말을 타고 압량벌을 달리던 기억이 떠오르자 원효의 얼굴에 미소가 떠올랐다. 권력의 중심을 향해 질주하며 어디서든 이전투구 자세가 준비된 서라벌 모든 야심가들의 얼굴과는 전혀 다른, 원효의 미소를 일별하며 야신의 눈빛에 섬광처럼 적의가 서렸으나 이내 냉정해졌다.

"준비가 안 되었다면 다음 기회로 미루어도 좋다, 낭도 원효!"

야신의 말이 떨어진 순간, 원효가 입을 열었다.

"대낭두께 수박희와 각희 대련을 청합니다."

낭도들 사이에서 한꺼번에 커다란 웃음이 터져 나왔다. 일시에 터진 무리의 웃음에 원효가 어리둥절해하는 것을 바라보며 보현랑도 지그시 미소를 지었다.

보현랑이 수신호를 내렸다. 기수가 보현지도의 깃발을 흔들며 나각을 불었다. 대련이 시작되었다.

기합을 넣으며 야신이 활개를 폈다. 흔들거리는 야신의 발이 허공을 성큼 건너뛰어 원효의 왼편 땅에 착지하는 순간, 원효는 낭도들의 웃음의 의미를 단박에 알아차렸다.

야신의 태견은 원효로서는 처음 경험하는 세찬 기운으로 넘쳤다. 야신은 수박보다 각을 더 날래게 쓰고 원효는 수박의 원만한 품을 놀이하듯 탔다. 두 사람의 무예는 한 뿌리였으나 전혀 다른 것이었다. 원효는 숙부에게서 배운 대로 태견 특유의 굼실거리는 품밟기와 활갯짓을 한 마리 학의 춤처럼 구사했으나, 야신의 태견은 목표를 향해 정확히 내리꽂히는 해동청처럼 불필요한 동선이 완벽히 절제된 비상과 하강을 구사했고 곰처럼 장대한 힘이 넘쳤다. 대련을 시작하고 얼마 지나지 않아 원효는 야신의 발질에 무릎을 꺾을 수밖에 없었다. 누가 봐도 그것은 실력의 차이였다.

"제법이군. 하지만 무예란 실전에서 살아남지 못하면 쓸모가 없다."

차가운 시선으로 원효를 내려다보며 야신이 말했다. 그러곤 무리를 향해 외쳤다.

"이것이 백기신통비각술이다. 낭도 원효의 무예는 달빛 벗 삼은 주흥 속에 연약한 여인네들과 노닐기엔 안성맞춤이겠구나. 왕경인의 무예는 그와 다르지."

그랬다. 원효가 숙부와 더불어 즐겼던 태껸은 대낭두 야신이 비웃는 바로 그 가치에 의해 아름다워진 무예였다. 흐르는 물과 바람처럼 자연스럽게 움직이며 사람의 몸을 자연 본래의 모습에 가까이 가져가는 수련. 그것은 그대로 풍류도였고 야신의 말처럼 달빛과 함께 노닐기에 적합한 무예였다. 그런 연유로 원효는 태껸을 사랑했다.

그런데 지금 이곳에서는 숙부와 함께하던 태껸은 아무 소용이 없었다. 실전에서 살아남지 못하면 쓸모없는 것. 대낭두 야신의 말이 옳았다. 원효는 이곳이 서라벌임을 상기했다. 그리고 어렴풋이 깨달았다. 서라벌 사람들이 스스로를 왕경인이라 차별해 부르는 그 칭호의 내면에 도사린 욕망에 대해. 그것은 시골 읍 불지촌 나마의 아들로 고적하게 살아온 원효가 한 번도 경험해 보지 못한 치열한 욕망이 들끓는 세계였다. 단순히 한 나라의 수도에 사는 사람을 칭하는 말이 아니라 왕경인 중의 왕경인, 이 나라의 핵심 권력이 되고자 스스로를 높여 부르는 말로서의 왕경인.

적의와 살기를 뿜으며 원효의 급소를 가격하던 야신의 눈동자가 원효의 뇌리 깊숙이 박혀 왔다.

4

·
·
·
·
·

원효가 서라벌에 온 지 만 1년이 되는 해, 이윽고 보현지
도의 결사가 다가왔다.

신라의 화랑도는 각 무리의 사정에 따라 짧게는 반년에
서 길게는 3년까지 산천 곳곳을 무리 지어 이동하며 심신
을 수련하는 결사의 전통이 있었다.

결사가 시작되기 닷새 전, 낭도 전원의 사기를 진작하기
위해 무예와 시서화 경연이 벌어졌다. 결사 수련 동안 떨어
져 지내야 하는 가족들이 모두 참석해 낭도들을 격려하고
결사가 잘 진행될 수 있도록 축원해 주는 날이기도 했다.

아침 일찍부터 경연장은 낭도들과 가족들, 손님들로 붐
볐다. 정월 보름께 이미 경연의 기별이 각 낭도들의 가정
에 전해진 탓에 경연장은 입추의 여지 없이 꽉 찼고, 본부

석 왼편 금색 상자마다 선물들이 수북이 쌓였다. 보현지도
의 결사를 축원하기 위해 황룡사 도감이 직접 주지 스님의
축원문을 들고 왔다. 도감을 따라온 절집 부목 처사들이
행사의 진행을 함께 도울 참이었다. 청룡백호 장식을 새긴
호두나무 의자들이 줄지어 놓인 단상에 오른 보현랑이 소
가죽을 씌운 큰북을 세 번 울리자 경연이 시작되었다.

단상 바로 앞까지 자리를 잡은 여인들로 인해 경연장은
더욱 활기를 띠었다. 화랑도의 의젓한 구성원이 되었다는
자부심으로 한껏 고양된 낭도들이 곳곳에서 무예를 겨루
고, 차례가 끝나면 젊은 여인들과 친근하게 인사를 나누고,
때로 열을 올리며 화랑의 풍류와 신라의 나아갈 길을 토론
했다.

점심때가 되자 보현랑과 대낭두 야신의 가솔 노비들이
밥과 술을 나르며 수발을 들었다. 악사들이 가야금을 뜯으
며 흥을 돋우고 신라 최고의 노래자이 계보를 잇는 박달치
가 새봄을 맞아 지었다는 노래 「왕경지애」를 선보이며 박
수를 받았다. 여인들이 마음속으로 사모하던 낭도를 직접
만나 볼 수 있는 시간이었으며 은밀하고도 당당한 시선들
이 미풍에 실려 즐거이 오갔다. 비파와 완함을 연주하며
향가를 읊는 낭도들과 피리를 불며 춤추는 낭도들이 뒤섞
여 어울렸고, 향기로운 술과 차향과 여인들의 향수 냄새가

은은히 퍼진 경연장은 시름없이 흥겨웠다.

"화랑에게는 한계가 없다!"

대회 개막 훈시에서 소리 높여 경연의 사기를 돋우던 야신은 누가 봐도 당당한 기운이 헌걸차서 지나가는 곳마다 여인들의 눈길이 따라붙었다.

경연 호각 소리에 불려 나온 듯 나비들이 날고, 나비를 쫓던 아이들은 미시가 지나자 불꽃 튀는 경연도 지루한지 그만 시들해져 눈들이 풀렸다.

신시가 지나자 행사는 마지막 순서였다. 무예 경연의 우승자들과 시서화 경연의 장원자들이 단상에 올라 김준후 공, 보현랑 등과 인사를 하는 동안 원효는 야신과 함께 행사 마무리를 도왔다. 행사 진행을 맡은 터라 원효는 경연에 나가지 않았지만, 첫 결사를 앞둔 심정은 어떤 낭도보다도 설레고 굳고 뜨거웠다.

마음에 둔 정인을 위해 꽃을 꺾으며 웃음꽃을 피우는 여인들을 볼 때 마음 한쪽에 봄바람 같은 것이 이는 것 같기도 했다. 누군가 자신을 보고 있는 듯한 느낌 때문에 여러 번 주위를 둘러보기도 했다. 분명 올 사람이 없는데 누군가를 기다리는 것 같기도 한, 다사로운 날이었다.

행사가 종료된 후 작별을 하며 하나씩 둘씩 흩는 발걸음엔 아쉬운 여운이 가득했다.

"주막집으로 오시게. 그 얘기 마저 하자고."

"그러세. 주막집 거쳐서 거기도 가자고. 이 내 마음을 전해야지."

"거기가 거기라고 나는 생각하는데 자네가 생각하는 거기도 거기겠지?"

시시덕거리는 파장의 대화가 봄 아지랑이처럼 나른했다.

원효는 진분홍빛 노을이 참꽃 지지미처럼 뭉게뭉게 뭉친 초봄의 서편 하늘을 올려다보았다. 그리고 야신과 그의 가노 둘과 함께 서라벌 도심으로 발길을 돌렸다. 보현랑의 명으로 야신의 집에서 챙겨 와야 하는 물목이 있었다. 함께 귀가하는 길이 야신도 원효도 서로 불편했지만 두 사람 모두 특별한 내색은 없었다.

이틀 전 결사 수련의 계획을 짜는 회의에서 원효와 야신은 또 한 번 충돌한 바가 있었다. 결사 수련 기간 중 무예 시간을 더 늘려 잡아야 한다고 야신은 주장했고, 1년 만에 보현지도의 학문 담당 낭두가 된 원효는 학문 정진 시간이 더 확보되어야 한다고 주장했다.

"지혜로운 선인이 이르기를, 재상 하나가 만 권의 글을 읽는 것보다 백성 만 사람이 각기 한 권의 책을 읽는 편이 낫다고 했습니다. 작금의 신라도 이러한 지혜를 살펴야 할 때라고 봅니다."

늘 그렇듯 원효는 자신이 생각하는 바를 유려한 말솜씨로 청하였고, 보현랑은 이번에도 원효의 의견에 손을 들어주었다. 그 상황을 떠올리는 것만으로도 야신은 불쾌했다. 보현지도 2인자인 자신의 권위에 아무렇지 않게 도전하는 원효도 고까웠지만, 보현랑에게 섭섭하기도 했다. 하지만 보현랑은 매사가 합리적인 인물이었다. 보현랑의 판단은 원효에 대한 편애라기보다 보현지도 특유의 가풍에 원효의 제안이 잘 맞아떨어진 때문일 터였다.

실제로 보현지도는 서라벌의 주류 십화랑과는 성격이 다른 면이 많았다. 10여 년 전 서라벌을 풍미하던 김유신 등의 십화랑은 이미 정계에 진출해 조정의 핵심 권력이 되었고, 지금은 그 후계 화랑들이 각각 십화랑의 전통을 고수하며 서라벌 화랑도의 주류를 형성하고 있었다. 그런데 보현지도는 십화랑도의 보편 성향과는 다른 길을 걷고 있었다. 군사력 증진 수련이 주가 되는 다른 화랑도에 비해 보현지도는 전통적인 풍류도 수련을 중요하게 추구했다. 이는 보현지도가 독자적인 행보를 하겠다는 것을 천명한 것이기도 했다.

야신이 비주류 보현지도에 들어온 것은 여러 가지 계산이 있어서였다. 화랑도는 골품제 등급이 저마다 다른 신라의 청년들을 융화의 기치 아래 아우르고 있었으나, 실상

화랑도 상위 계층의 서열은 강고했다. 근래엔 왕족이나 정권을 잡고 있는 실세 귀족의 자제만이 화랑이 되었고 일반 귀족 출신은 낭두에 오르는 것이 최대치였다.

보현지도는 비주류이긴 했으나 막후 배경인 김준후 공 특유의 중도적 입지로 다양한 세력들로부터 신뢰를 받는, 일테면 안전한 소수파였다. 실세와 직접 연결된 십화랑도의 앞날이 권력의 흐름과 안배에 따라 그 미래가 불안정한 데 비해 보현지도는 상대적으로 안전하다 할 수 있었다. 보현지도의 풍류 가풍 속에서 야신은 현실적 정치 안목을 예리하게 작동시켰고, 보현랑은 그런 야신의 능력이 보현지도가 현실 정치 감각을 잃지 않게 하는 중요한 균형 능력이라 여겼다. 보현랑과 대낭두 야신의 관계가 돈독한 것은 그런 신뢰가 있기 때문이었다.

그런데 바로 그 사이에 끼어든 원효는 목에 걸린 가시 같은 존재였다.

어떻게 쳐 내야 할 것인가.

뒤에서 걷는 원효의 기척을 느끼며 야신이 노을 지는 하늘을 바라보았다. 화창했던 봄 하늘이 조금씩 어두워지고 있었다.

읍성으로 접어들기 직전의 황톳길이었다.

가지를 늘어뜨린 늙은 살구나무가 쓰러질 듯 선 길가 움막 앞에 누더기 헝겊 조각을 걸친 열 살쯤 되어 보이는 여자아이가 오도카니 서 있었다.

여자아이의 약간 뒤편에는 병석에서 막 일어난 듯 황달기 그득한 바짝 마른 아낙이 퀭한 눈으로 행인들을 시선으로 쫓고 있었다. 검은 살구나무 둥치가 여인의 몸통보다 몇 갑절은 커 보였다.

점점 거리가 좁혀져 그들과 대여섯 걸음 정도 간격이 된 순간이었다.

여인이 여자아이의 등을 떠미는가 싶었다. 여자아이가 제 어미로부터 떠밀려 나오며 움찟거렸다. 곧 울음을 터뜨릴 듯한 얼굴로 뒤돌아 어미를 한 번 바라본 아이는 결심한 듯 길 한가운데로 나와 오도카니 섰다. 여자아이도 제 어미만큼이나 비쩍 마르고 퀭했다.

앞서 가던 야신이 우뚝 걸음을 멈추었다. 무슨 생각을 했는지 야신의 입가에 웃음기가 떠오르더니 몸을 돌렸다. 뒤따르는 원효의 표정을 빠르게 일별한 후 야신이 여자아이를 향해 까닥, 손짓을 했다.

여자아이가 쭈뼛거리며 다가오자 야신이 가솔 노비에게 명했다.

"벌려 봐라."

겁먹은 여자아이가 어리둥절하는 사이, 나이 지긋한 가

노가 아이의 얼굴을 잡고 빠른 손놀림으로 입을 벌렸다. 여자아이의 자그마한 얼굴이 늙은 가노의 손아귀에서 헤 벌어졌다. 가노의 손가락이 빠르게 아이의 입속을 훑은 후 "쓸 만하옵니다."라고 아뢰었다. 야신이 화려한 푸른 비단 반비 속주머니에서 납작한 은 덩이 하나를 꺼내어 가노에 게 던졌다. 어느새 다가온 여인의 손에 은 덩이를 건넨 가 노가 여자아이의 손을 잡아 자기 옆에 바짝 붙여 세우기까 지, 은 덩이를 받은 여인이 살구나무 아래로 되돌아가기까 지, 그 모든 일이 순식간에 일어났다. 모든 과정이 늘 있어 온 것처럼 자연스러웠다. 야신 일행은 아무 일 없었던 듯 다시 걷기 시작했다. 하늘이 조금 더 어두워졌을 뿐이었다.

원효의 폐부 깊숙이 통증이 지나갔다.

여인은 살구나무 아래서 꼼짝하지 않고 있었다. 살빛 진 물이 방울져 흘러나오듯이 꽃망울 몇 개가 터진 우듬지 사 이에서 까치 한 마리가 집요하게 울었다. 그때 원효의 마 음속에 '지옥'이라는 말이 떠올랐다. 제 어미를 차마 다시 뒤돌아보지 못한 채 가노를 따라 걷는 바짝 마른 누더기 소녀의 뒷모습이 원효의 시야를 아프게 찔러 왔다.

벼락을 맞은 것처럼 멍해진 원효가 갑자기 정신을 차리 고 급히 야신을 향해 뛰었다.

"대낭두! 댁의 노비로 이 아이를 사신 것입니까?"

봄바람이 살랑 불었다. 행사 때문에 한껏 치장한 야신의 옆얼굴은 사내다운 늠름함이 넘쳐흘렀다. 미풍 속에서 야신이 기분 좋은 얼굴로 명료하게 대답했다.

"이 계절이 빈한한 이들에겐 가장 힘든 고비다. 노비를 새로 들이기에도 좋은 계절이지."

원효의 눈빛이 충격과 고통으로 흔들렸다. 압량의 불지촌은 평범한 시골 촌락이지만 굶주림 때문에 자녀를 귀족의 노예로 파는 일 따위는 구경할 수 없었다. 그런데 이 서라벌에 숱한 굶주림이 있고, 그 때문에 자신의 아이를 노비로 파는 일이 버젓이 일어나고 있는 것이다. 아이를 떼어 보낸 후 살구나무 아래 주저앉은 여인은 손으로 제 입을 틀어막은 채 검은 동굴처럼 켕하였다.

"간청합니다, 대낭두! 이 아이를 어미 곁으로 돌려보내면 아니 되겠습니까? 아니, 제가 이 아이를 다시 사면 안 되겠습니까?"

기다렸다는 듯이 야신의 입술이 벌어지며 흐웃, 차가운 웃음이 흘러나왔다. 야신이 가노에게 손짓하자 가노가 아이의 손을 끌고 왔다. 아이의 크고 검은 눈에 눈물이 말갛게 차오르고 있었다.

"은 두 냥이면 되겠습니까?"

야신을 향해 원효가 다급히 말했다. 야신이 무릎을 구부려 아이와 눈을 맞추고 느긋하게 아이의 머리를 한 번 쓰다듬어 준 후 말했다.

"내 집에 오면 일신이 편할 것인데 미안하다. 저자가 나보다 비싼 값에 너를 사겠다는구나."

아이의 눈에서 눈물이 주르르 떨어졌다. 야신이 아이의 등을 돌려세워 원효 쪽으로 밀었다. 그리고 자신도 빙글 몸을 돌려 성큼성큼 가던 길을 걸어갔다. 걸어가는 내내 야신의 웃음소리가 끊이지 않았다.

현기증이 나는 것을 참으며 원효가 간신히 아이의 손을 잡았다.

*

다음 날 원효가 야신의 집을 찾았을 때, 야신은 매우 살갑게 원효를 맞아들였다. 원효는 하룻밤 새 몹시 수척했다. 짙은 그늘이 내려앉은 그 얼굴을 일별하며 야신은 원효가 내놓은 은 덩이 두 개를 탁자에 올려놓았다.

"어떤가, 어제 자네가 한 일에 대해 후회가 없나?"

야신이 차를 권하며 한 손으로 탁자 가장자리에 놓인 검 손잡이를 만지작거리면서 심드렁하게 말을 이었다.

"그런데 어쩌누. 그 어미는 계집아이를 또 팔려고 할 것인데……. 팔 수 없다면 호랑이가 물어 가는 게 낫지. 식솔을 한 사람이라도 줄여야 하는 게 그들의 입장이다. 자네가 한 행동은 하나만 알고 둘은 모르는 어린애 짓에 가까웠으니, 쯧쯧."

원효는 아무런 대답이 없었다. 그랬다. 은 덩이 하나쯤이야 가난한 식솔들의 한두 달 양식과 맞바꾸면 이내 사라져버린다. 그 이후의 상황은 마찬가지가 될 것이 뻔했다.

어제의 경험이 원효를 한없이 자책하게 했다. 원효가 자신의 왼손을 내려다보았다. 자신의 손 안에 작은 새처럼 들어왔던 여자아이의 손은 너무 메말라서 차마 꼭 그러쥐지도 못할 정도였다. 아이의 손을 쥔 채 마음이 저릿하게 아파서 자꾸 코끝이 시큰거렸다. 그런데 그보다 더 아팠던 것은 그다음이었다. 아이의 손을 잡고 여인에게 다시 데려다주었을 때, 원효가 상상한 것은 어린 딸을 꼭 끌어안는 어미의 모정이었다.

그러나 현실은 그렇지 않았다.

원효에게서 아이의 손을 잡아채는 어미의 몸짓은 따스하기보다 강퍅했고, 그 순간 원효를 바라보는 눈길엔 여전히 고통이 가득했다. 아니, 처음 봤을 때 그 눈에 들어차 있던 공허보다 더욱 고통스러운 무엇인가 강렬히 스미어 희번덕거렸다. 원효는 숨이 막혔다. 어미의 눈빛이 자신에게 저주를 퍼붓고 있다는 느낌이 덮쳐 왔다. 강퍅한 손에 이끌려 움막으로 돌아가는 아이의 가녀린 등이 사시나무처럼 떨고 있었다. 극한의 절망이 도발하는 형언키 어려운 냉기. 원효는 느닷없는 수렁에 빠진 것만 같았다.

"자네도 충분히 괴로웠겠지."

마치 모든 일들을 속속들이 알고 있다는 듯 야신이 노골적으로 원효를 비웃으며 말을 이었다. 건성으로 조롱하던 말투는 이제 먹잇감을 포획하려는 사냥꾼의 그것처럼 단호해졌다.

"자, 이제 말해 보라. 자네라면 어떻게 했어야 한다고 생각하나? 나는 그 애를 샀다. 그런데 자네 생각은 우리가 그 계집아이를 못 본 척하고 지나갔어야 했다는 것인가. 아니면 노비 부리는 풍습을 없애야 한다는 말인가. 자네의 행동은 결국 그 어미에겐 비루한 근성을, 계집아이에게는 반복되는 고통을 안길 뿐이다."

야신의 말을 들으며 원효는 불지촌 집에서 함께 살던 가노들을 떠올렸다. 그들은 노비였으나 식구나 마찬가지였다. 그런데 서라벌의 귀족들이 부리는 노비들은 마소에 가까웠다.

"궁금한 것이 있습니다. 미욱한 저를 깨우쳐 주십시오."

이윽고 원효가 입을 열었다.

"굶주림 때문에 자식을 파는 일이 그렇게 대수롭지 않다면, 서라벌에선 과연 인의가 무엇이며 예는 무엇입니까?"

슬픔과 탄식이 그대로 드러나는 얼굴로 원효가 안타깝게 야신을 바라보았다. 고통으로 인해 원효의 눈동자는 한없이 흔들리고 있었다. 그 얼굴을 뜯어보며 야신은 헛웃음을 흘렸다.

"인의를 묻는가? 이런, 이런, 이럴 때 바로 적반하장이란 말을 쓰지."

고통스럽게 흔들리는 원효의 눈동자에 의문이 어렸다. 괴로운 마음이 이성을 마비시킨 탓인지 원효는 야신의 말을 얼른 알아듣지 못했다.

"대체 무슨 말씀을 하시는 겁니까, 대낭두! 저는 다 같은 인간으로 태어나 왜 누구는 아무 잘못 없이 마소 취급을 당해야 하는지 묻고 있는 겁니다!"

주먹을 불끈 쥔 원효의 토로에 야신이 쯧쯧, 혀를 차며 말을 이었다.

"잘 들어라, 원효. 자네 역시 그들을 마소 취급하지 않았나? 자네가 진실로 그들을 불쌍히 여겼다면, 그 계집아이를 일단 내 집에 데려다 놓은 후 다시 데려갔어야 했다. 그런데 자네는 어미와 아이가 뻔히 보는 눈앞에서 대놓고 흥정을 하자고 덤비더군! 마소를 사고팔듯이 말이지. 그런 것이 자네가 말하는 사람에 대한 예인가? 그런 게 인의라고?"

두 주먹을 무릎에 붙인 채 원효는 떨려 오는 몸을 간신히 견디고 있었다.

자신에 대한 실망이 거대한 파도처럼 덮쳐 왔다.

야신이 느긋하게 말을 이었다.

"나야 그런 일쯤 아무렇지도 않다. 나는 실제로 그들을 마소나 다름없이 여기거든. 노비란 그저 귀족을 위해 일하려고 태어난 천것들이지. 나는 그런 사람이다. 그런데 자네는 다르지 않나. 자네는 늘 성인군자 노릇을 하고 싶어 하지. 그 잘난 정의감에 사로잡혀서 말이다."

창백해진 원효가 휘청거리며 자리에서 일어나려 했다.

"나는 약한 것들이 싫다. 착한 척하는 유약한 것들이 역겨워. 위선 떨지 마라, 원효! 너는 그 천하고 약한 것들 앞에서 영웅이 되고 싶었을 뿐이야. 그 역시 속물근성이지!"

야신은 조금도 틈을 주지 않았다. 탁자 위의 검을 들어 원효가 막 일어서려는 의자의 뒷부분을 가로막은 후 원효의 얼굴을 쏘아보며 말을 이어 나갔다.

"아이들이 노비로 팔려 가는 사정이 가여운 것인가, 그들의 굶주림이 가여운 것인가? 둘 다인가? 낭두 원효! 그렇다면 자네는 검을 잡아야 한다."

야신이 뒤쪽 벽에 수평으로 걸려 있던 장검을 앉은 자세로 끌어 내렸다. 칼집에서 스르렁, 검이 반쯤 밀려 나왔다. 이미 놓여 있던 검 옆에 장검을 나란히 놓았다. 두 개의 칼을 원효가 창백한 얼굴로 내려다보았다.

"서라벌 변두리에서 비참하게 살아가는 백성들 대부분은 백제, 고구려와의 분쟁 지역에서 흘러들어 온 유민들이다. 경작지도 일거리도 없고, 팔 것이라곤 몸밖에 없는 사람들! 자식을 노비로 파는 일도 그들 사이에선 그리 나쁜 일이 아니며, 심지어 자식을 팔 수 있다면 그것이야말로 천지신명이 도운 결과라 여기기도 한다. 그런 사람들을 노비로 삼아 생계를 유지하게 해 주는 것 또한 왕경의 귀족으로선 덕을 베푸는 것이다. 그런 풍습이 싫다면, 어떤가, 원효! 이제라도 목검 따위 버리고 진짜 검을 잡아라. 필요한 건 힘이다. 힘을 길러서 더 부강한 신라를 만들어라. 신라가 부강해지면 굶주리는 백성들도 없어질 것 아닌가."

흥분으로 서서히 뜨거워지는 심장박동을 느끼며 야신은 입안에 고여 오는 단침을 쓰읍, 들이삼켰다. 하얗게 핏기가 가신 원효의 얼굴을 쏘아보는 야신의 얼굴은 승자의 득의가 넘쳐흘렀다.

자, 이제 목줄을 조여 주지.

야신이 검을 칼집에 천천히 밀어 넣었다.

피곤한 듯 한숨을 한 번 내쉰 야신이 갑자기 생각났다는 듯 심상한 표정으로 물었다.

"참, 그런데 원효. 자네는 골품을 어떻게 생각하나?"

야신이 질문의 형태를 빌려 야비하게 쑤셔 넣은 검이 원효의 심장을 찢었다. 쿨럭이며 피가 흘렀다. 고통으로 인해 이미 초토가 된 원효의 마음에 피 냄새가 가득 고여 왔다. 야신의 말은 자신이 오랫동안 스스로에게 던지고 있는 질문이기도 했다.

"골품은 나라의 근간이다, 알다시피."

자신의 말에 스스로 고개를 주억거리며 야신이 팔짱을 끼었다. 탁자의 검들이 뿜어내는 빛이 야신의 얼굴에 어른거렸다.

"서라벌에 모여든 신라의 청년들에겐 상층 계급으로 진입하고자 하는 꿈이 있다. 그러기 위해선 화랑이 되어야 하지. 자네에게도 그런 꿈이 있을 테고."

야신의 얼굴은 능청스러웠고 말은 적재적소에 단검을 꽂듯이 날카로웠다.

"하지만 보라. 자네도 알다시피 지금은 시대가 달라졌다. 과거에는 육두품 중에서도 화랑이 나왔으나, 작금의 현실은 사실상 진골 귀족만이 화랑이 될 수 있다."

원효의 가슴 저 깊은 곳에 박힌 검이 울었다. 검의 머리를 찍어 누르며 야신이 웃었다. 원효는 입술을 깨물었다. 야신은 준비해 둔 말들을 지근지근 검을 쑤시듯이 이어 나갔다.

"이것이 신라의 질서이다. 유민들이 자식을 노비로 내다파는 게 오늘 서라벌의 현실이듯이 아무나 화랑이 될 수 없는 것도 오늘 서라벌의 현실이다. 뛰쳐나갈 수 있겠나, 낭두 원효? 하긴, 선대 진평왕 시절에 신라의 골품을 비판하며 당나라로 건너간 육두품이 있다 하더군. 계두라는 이름을 가진 그자가 지금은 당나라 태종 휘하에서 관직을 얻었다지. 자네도 그자에 대해 들어 보았나?"

야신이 다시 한 번 검을 살짝 뺐다 집어넣은 다음 딸각 소리를 내며 칼집 고리를 만지작거렸다.

마지막 본 숙부의 핏빛 눈자위가 옥 장식 정교한 야신의 칼자루에 겹쳐지며 떠올랐다.

화랑도에 들어가느니 승려가 되는 게 낫다던 숙부의 목소리가 들려왔다.

두 개의 검에서 풍겨 나오는 쇠 비린내에 머리가 깨질 듯 아파 왔다. 원효의 몸 깊은 곳에서 뜨거운 것이 울었다. 현실에 대항하는 힘을 가지고 싶다는 욕망이 무섭게 끓어올랐다. 그와 동시에, 현실의 한계를 인정해야 하는 부조리한 상황이 원효의 마음을 짓밟았다. 강력한 울림을 가진 야신의 목소리가 귓속을 파고들며 웅웅 울렸다.

"그렇다. 자네도 느끼듯이 신라의 상층부는 썩었다. 혈통으로 결정되는 왕이라니, 헛! 잘 들어라, 원효. 내가 원하는 것은 진짜 힘이다. 아무 힘 없는 자들 앞에서나 일희일비하는 영웅 흉내가 아니라 현실을 바꿀 힘이 있는 진짜 영웅 말이다!"

5

· · · · ·

걷고 또 걸었다.

스스로의 뺨을 치고 싶은 마음이었다. 자신을 비웃고 조롱하던 야신을 떠올리면 오기가 치밀었으나, 그보다 스스로에 대한 자책감이 훨씬 컸다.

"육두품 신분에 갇힌 자네의 울화가 알량한 적선으로 자꾸 드러나는 것 아닌가? 내가 자네라면 적선 따위가 아니라 노비 제도 자체를 바꾸기 위해 싸울 것이다. 물론 나는 노비가 필요하다고 생각하는 사람이다. 노비가 없다면 인간사에 필요한 허드렛일을 대체 어찌 해결하겠는가. 어떤가, 원효, 자네는 나를 설득시킬 티끌만 한 논리도 보여 주지 못하는구나."

야신의 논리 앞에 무력한 자신이 한없이 남루했다. 무작

정 걷다 보니 어느새 남천 건너 남산 자락에 닿아 있었다. 가파른 산비탈을 한참이나 달려 올랐다. 정신을 차려 보니 어느 틈에 남산 중턱이었다. 경사가 급한 산허리에 앞쪽으로 약간 기운 커다란 바위가 우뚝 펼쳐졌고 그 벽면에 거대한 불상이 새겨져 있었다. 고개를 들어 불상의 얼굴을 바라보자 갑자기 눈물이 울컥 솟구쳤다. 불상이 저 아래 펼쳐진 서라벌을 자비롭고 슬픈 얼굴로 내려다보는 듯했고, 동시에 자신을 내려다보는 듯했다.

여태 나는 무엇을 위해 그 많은 책을 읽어 온 것일까. 책을 손에 잡기 시작한 일곱 살부터 인의예지신과 덕에 대해 읽고 새겼건만 도대체 그중 어떤 언어가 내 것으로 체득된 것일까. 그 언어들은 현실에서 대체 무엇을 할 수 있는가. 한심하다, 원효. 네 그릇이 참으로 볼품없지 않은가.

괴로운 마음이 들자 다시 산비탈을 달려 올랐다. 생채기 생기는 것도 모른 채 험한 산길을 달리고 또 달렸다. 시야에 불쑥불쑥 부처의 조각상들이 들어오고 사라졌다. 한참을 더 올라가자 조금 전 보았던 바위보다 훨씬 더 웅장한 바위가 병풍처럼 나타났다. 그 앞에 멈춰 원효가 숨을 몰아쉬었다. 여래상, 보살상, 비천상, 나한상, 탑과 사자상 등으로 빼곡하게 새겨진 바위의 사면을 따라 그 거대한 바위를 빙 둘러보았다.

이 숱한 부처들이 서라벌 백성 모두를 골고루 굽어보고 계실까.

비단 사찰만이 아니라 서라벌 인근의 모든 산에는 끊임없이 불상들이 조성되고 있었다. 조정에서 관여하는 불사(佛事)도 있지만 대부분은 자발적으로 이루어지는 불사였다. 특히 이 남산은 부처로 조각되지 않은 바위가 드물 정도로 산 전체가 불상으로 가득했다. 부처를 조각하는 백성의 마음을 생각하자 애틋하고 서러운 기분이 사무쳤다.

이렇게 수많은 부처가 계셔도 보살핌을 받지 못하는 백성이 있다면 그것은 누구의 잘못인가.

그런 생각이 들자 맥이 탁 풀렸다. 바위의 뒤편에 우묵하게 파여 편편하게 다져진 지면에 원효가 털썩 드러누웠다. 누워 올려다본 서라벌의 푸른 하늘에 흰 구름이 뭉게뭉게 흘러갔다. 어디선가 불상을 조각하는 중인 듯 고요 속에 간간이 정 치는 메아리가 들려왔다.

변화하기 때문에 흘러가는 것인가, 흘러가기 때문에 변화하는 것인가.

멍하니 하늘을 올려다보는 원효의 눈가에 눈물이 길게 흘러내렸다. 왜 누군가는 노비로 태어나고 누군가는 육두품으로 태어나는가. 평민으로 태어나고도 노비로 팔려 가는 아이들은 자라서 노비가 되는 것인가. 한 번도 절실하게 품어 본 적 없던 질문들이 가슴을 두드렸고 그와 동시에 삶이 한없이 공허하다는 느낌이 들이닥쳤다. 어린 날 오도카니 바라보던 노을빛이 눈 속에 어른거렸다. 한 번도 본적 없는 어머니가 보고 싶었다. 사람은 왜 태어나고, 죽으면 어디로 가는 것입니까. 오래된 질문들과 새로운 질문들이 뒤엉겨 가슴을 답답하게 짓눌렀다. 두렵고 외로웠다. 누운 채 심호흡을 하며 하늘을 보자니 서서히 맥이 풀리며 졸음이 밀려왔다. 말라 가는 눈물의 감촉을 느끼며 원효가 까무룩 잠이 든 참이었다.

부처와 협시 보살을 위시해 여러 명의 비천상이 꿈속으로 들어왔고, 암벽의 북쪽 아래 새겨진 염불하는 승려의 모습도 또렷하게 보였다. 염불 소리를 실제로 듣는 듯했고 향로에서 풍겨 나오는 목향 내음이 느껴지는 듯했다. 한없이 외롭던 마음이 가라앉으며 평화로운 기분이 전신을 감쌌다. 부끄러움과 슬픔과 참회가 자신을 남산으로 이끌었으나 산중턱 바위 아래 드러누워 느닷없이 평화로워진 자신이 얼떨떨하기도 했다. 부식토 냄새와 신선한 수액 냄새가 풍겨 나오는 산속에서 큰 바위에 새겨진 부처의 품에 어린아이처럼 안겨 있는 기분이 들었다. 그리고 그 순간, 부처의 세상이 조각된 바위 아래 누운 원효와 그런 자신을 내려다보는 원효가 존재하는 듯한 기이한 느낌도 들었다.

두 원효가 하나인 것도 같고 둘인 것도 같았다.

시원한 바람이 불어왔다. 비천상의 아름다운 보살 하나가 원효의 얼굴을 가까이서 들여다보고 있다는 느낌이 들었다. 비천상들이 뿌린 꽃잎이 자신의 이마에 와 닿는다는 느낌도 들었다. 희미한 꽃향기를 맡으며 잠에서 깨어난 원효가 막 눈을 뜨려는 참이었다.

"사방이 정토라면서 칫, 무슨 정토에 굶어 죽는 사람이 있어?"

어디선가 낭랑한 목소리가 들려왔다. 병풍처럼 둘러진 큰 바위의 앞쪽에서 나는 소리였다. 아이와 어른의 중간 목소리쯤으로 느껴지는 여자의 목소리. 거침없으면서도 부드러운 새순 같은 음성이었다. 곧이어 떠들썩한 인기척이 나며 한 무리의 발소리가 가까워졌다.

"하지 마! 너희 팔다리를 이렇게 부러뜨려 버리면 좋아?"

아까 그 여자 목소리가 다시 들렸다. 투덕거리는 기척이 들리더니 새된 남자애 목소리도 들려왔다.

"뭐야? 지금 우리한테 훈계하는 거야?"

원효가 몸을 일으켰다. 바위의 앞쪽으로 다가갔을 때엔 이미 아래쪽 산비탈로 줄행랑치고 있는 소년들의 뒷모습이 보였다.

바위 앞면의 여래상 앞에 계집아이 하나가 무릎을 꿇고 앉아 있었다. 열두어 살 정도 되어 보이는 아름다운 소녀였다. 진분홍빛 비단 반비를 입은 소녀는 땋은 머리 장식이며 귀고리 같은 장신구로 보아 귀족 가문의 딸인 듯했다.

소녀 옆에는 목검을 든 소년이 숨을 몰아쉬고 있었다. 소년들의 무리를 줄행랑치게 한 것이 그 소년인 듯했다.

소녀가 바위 아래 편편하게 다져진 땅에 푸른 면포를 펼치고 그 위에 진달래꽃이 소복하게 든 바구니 하나와 은사발 하나, 호리병 하나를 올렸다. 호리병을 기울여 은 사발에 맑은 물을 채운 뒤 여래상 앞에 삼배를 했다. 작은 체구의 계집아이지만 기품이 있고 진지해서 방해될까 조심스러워 걸음이 멈춰졌다.

조금 더 기다린 후 원효가 낮은 기침을 하며 바위 앞쪽으로 나섰다. 기다렸다는 듯이 소녀가 원효를 쳐다보았다. 반달 같은 홑겹 눈에 얼굴이 하얀 소녀였다. 잠들었을 때 자신의 얼굴을 가까이서 내려다본 그 비천상과 닮은 듯했다. 이상하게 원효의 마음이 두근거렸다.

"이제 안 아파요?"

소녀가 대뜸 물었다. 무슨 말인지 모르겠는 표정의 원효를 빤히 바라보며 소녀가 다시 말했다.

"아파서 거기 누워 있던 거 아니에요? 난 가끔 그러거든요. 여기가 아플 때."

원효의 가슴이 뜨끔했다. 자신의 명치께에 손바닥을 댄 채 소녀가 원효를 향해 빙긋 웃었다.

"이리 와서 여래님께 인사해요."

시키는 대로 바위 앞에 이르러 좀 전에 소녀가 한 것처럼 여래상을 향해 삼배를 올렸다. 부처의 상 앞에서 정식으로 삼배를 올려 보기는 처음이었다. 원효가 삼배를 하고 나자 소녀가 바구니에서 진달래꽃 한 송이를 집어 원효에게 내밀었다. 꽃을 건네 오는 소녀의 손가락과 꽃을 받는 원효의 손가락이 허공에서 스쳤다. 불에 덴 듯 얼른 손을 거둔 원효가 꽃을 내려다보았다. 얼결에 받긴 했으나 이걸 어쩌라는 것인지.

"먹어요. 그럼 나아요."

맑고 단단한 소녀의 목소리. 고개를 숙인 채 원효가 빙긋 웃었다. 참으로 묘한 소녀였다. 원효보다 한참 어려 보이는 외양이지만 행동거지 하나하나가 차분하고 당당해서 나이를 가늠할 수 없었다. 마치 마법에라도 걸린 듯 조그만 계집아이의 말을 따라 원효가 꽃을 입으로 가져갔다.

"괜찮죠?"

꽃을 입에 넣고 우물거리는 원효에게서 한순간도 눈을 떼지 않던 소녀가 이어서 은 사발에 담긴 청수를 내밀었다. 원효가 여래상을 올려다보며 부처님께 바친 것을 마셔도 되냐는 표정을 지어 보이자 소녀가 큰 소리로 까르르 웃었다.

"여래님은 본래 나눠 주는 분이에요."

고개를 끄덕인 원효가 소녀에게서 은 사발을 받아 천천히 물을 마셨다.

"황룡사 부처님들은 죄다 너무 번쩍거려서."

하마터면 은 사발을 놓칠 뻔했다. 귀족 집안의 처녀들은 황룡사를 드나들며 소원 비는 게 관례이건만 이 소녀는 왜 산속 석불을 찾아와 기도를 드리는 걸까 하는 생각을 방금 했기 때문이었다.

"게다가 여기 여래님은 제가 원하는 건 다 들어주시거든요."

장난기 가득한 얼굴로 소녀가 함빡 웃었다. 마치 원효의 마음을 읽고 대답해 주는 것처럼.

"오늘 여기서 운명의 사람을 만나게 될 거라고 약속해 주셨는데."

여전히 장난스럽게 눈을 빛내며 소녀가 원효를 바라보았다.

"내가 원한 그 사람."

숨이 막힐 듯 심장이 두근거리는 것을 느끼며 원효가 큰

숨을 들이쉬었다.

"다행이야, 존귀한 사람."

소녀가 중얼거렸다. 원효에게 하는 말인 것도 같고 독백인 듯도 했다. 원효는 점점 더 기묘한 기분에 사로잡혔다.

"천상천하유아독존."

탐색하듯 원효의 눈동자를 바라보는 시원한 눈매에 따스한 빛이 어리더니 문득 소녀가 이름을 물었다.

"사람은 돌을 보고 절하지는 않지만 돌로 깎은 부처의 형상을 보고는 절을 하잖아요. 이름을 가르쳐 주실래요?"

얼떨결에 대답했다.

"원효."

소녀가 고개를 끄덕이더니 불쑥 손을 뻗었다. 희고 긴 소녀의 손가락이 원효의 얼굴로 다가와 눈물자국이 남은 눈가에 가만히 닿았다가 보드라운 깃털처럼 떨어졌다.

사내가 눈물을 들키다니! 당혹스럽고 부끄러운 마음에 귀밑이 발개진 원효를 바라보며 소녀가 웃었다. 원효는 소녀의 반달눈 안에 들어 있는 자신이 낯설고 두근거렸다.

"그날…… 보았는데, 경연에 참석지 않아 이름을 알 수 없었어요. 운명이라면 다시 만날 거라고 나에게 주문을 걸었죠. 그래도 좀 불안했는데."

무슨 말인가. 어리둥절한 원효를 보며 훗, 웃은 소녀가 원효의 낭도복을 가리켰다. 보현지도의 낭도복! 아, 그렇다면 경연에 왔던 모양이라 짐작하며 원효가 쑥스럽게 옷매무새를 고쳤다.

"보현지도에 아는 낭도가 있습니까?"

쑥스러움을 무마하기 위해 깍듯한 경어로 원효가 물었다. 소녀가 대답 대신 고개를 끄덕이며 푸른 면포에 호리병과 은 사발을 싸고 바구니를 챙겨 든 후 자리에서 일어났다. 생각보다 훌쩍 키가 크고 몸피가 낭창한 소녀를 따라 원효도 일어섰다. 소녀가 원효에게 한 발 가까이 다가서서 말했다.

"당신이 옳아요. 나라도 그렇게 했을 거예요, 원효랑."

이건 무슨 말인 걸까.

한바탕 꿈을 꾸는 듯 원효는 몽롱했다. 소녀의 입을 통해 원효의 이름이 불리는 순간, 꼼짝할 수 없는 그물에 걸린 듯 사위가 아득히 저물었다가 밝아졌다. 소중한 것을 품듯이 가슴 앞에 두 손을 모은 소녀가 낭랑한 목소리로 이어 말했다.

"할 수만 있다면 한 번이 아니라 열 번이라도 그렇게 하는 게 도리라고 나는 생각해요. 지푸라기 하나라도 잡을 수 있다면 다시 일어설 수 있는 사람들이 있을 거예요."

도대체 이 소녀의 정체는 무엇인가. 마음을 읽는 듯한

이 신비한 소녀는.

한마디 한마디 또박또박 마치 붓을 들고 문장을 쓰듯이 말하는 소녀의 음성을 원효는 그저 홀린 듯 듣고 있었다.

"그러니 너무 자책하지 마세요. 시험은 계속될 테지만."

홀린 것처럼 원효가 고개를 끄덕였다. 소녀가 생긋 웃었다.

"가자, 휘소야. 어서 돌아가 상처를 치료해야겠다."

소녀가 목검을 든 소년에게 말했다. 소년이 한 손에 감싸 쥐고 있는 것이 작은 새임을 그때 알았다. 아까의 소년 무리가 둥지에서 떨어진 어린 새의 날개와 다리를 꺾으며 놀고 있었던 모양이었다. 소년들은 흔히 그렇다. 불지촌에서 공연히 뱀을 괴롭히던 아이들이 떠올랐다. 순식간에 마음 어딘가가 찌르르 아파 왔다.

이윽고 소녀가 사라졌을 때 아차 싶었다. 소녀의 이름을 묻지 못했다.

"돌아가 눈앞의 일들을 하세요. 다시 만나게 될 거예요."

바위 속의 여래가 부드러운 음성으로 소녀가 마지막으로 하고 간 말을 다시 되뇌어 주고 있는 것 같았다.

여기까지 도망을 왔었구나.

저 멀리 산 아래 서라벌을 내려다보며 원효가 심호흡을 했다.

6

. . . . .

"별 볼일 없이 뼈다귀만 승한 나라에 뭣하러 온 것이냐!"

원효를 향해 일갈하던 부개 화상의 목소리가 사방에서 들려왔다. 그 목소리들을 들으며 원효는 서라벌 도심을 다급하게 달렸다. 얼굴과 목 언저리로 할퀴듯이 날선 바람이 불어 가고 불어왔다. 창검으로 무장한 검은 복면들이 원효를 쫓고 있다. 바람 속에서 야신이 웃는다. 긴 자루에 달린 날 넓은 낫을 공중에 휘두르며 야신이 흑마를 타고 달려온다. 날카로운 쇳소리가 원효의 귓가를 스쳐 가고, 원효의 바로 옆에서 야신의 낫을 맞고 고꾸라지는 사내가 있다.

언제부터 여기 계셨는가. 사내의 가슴팍에서 쿨럭, 피가 솟구친다. 쫓아라! 야신의 목소리가 다시 쩌렁, 울린다.

사내를 등에 업고 원효가 달린다. 등줄기를 뜨겁게 적시는 사내의 피를 느끼며 원효가 진땀을 흘린다. 황룡사 일주문을 지나 공사 중인 분황사, 읍성 입구, 쪽샘, 안압지, 월성의 해자를 돌아 나정을 지나 남천을 건너고 남산 아래까지 순식간에 내달린 원효가 다시 남천을 건너와 능원의 거대한 무덤들 사이로 달리고 또 달린다.

쿨럭쿨럭, 피를 쏟더니 사내가 원효의 등에서 미끄러져 내린다. 사내를 잡으려 원효가 서둘러 손을 뻗었지만, 사내의 육신은 원효의 손끝을 스쳐 지나 아득히 어두운 어딘가로 빠져나가고 만다.

외마디 비명을 지르며 막사의 침상에서 눈을 뜬 원효의 얼굴은 온통 땀에 젖은 채였다.

길고 긴 악몽이었다.

손을 넣어 등을 만져 보았다. 뜨겁고 끈적한 피의 촉감이 고스란해서 흠칫 몸을 떨었다.

보현지도 1년 결사의 마지막 한 달이 시작되는 초봄의 그믐밤이었다.

오한을 느끼며 원효가 몸을 일으켰다. 현기가 밀려왔다. 침상 바깥으로 몸을 수그려 갓신을 발에 꿴 후 원효가 큰 숨을 들이쉬고 내쉬었다. 손깍지를 낀 채 자신의 두 발을 가만히 내려다보는 원효의 눈빛이 붉었다. 결사 기간 동안 두 켤레째인 갓신은 벌써 많이 해졌다. 갓신 앞코를 물끄러미 내려다보던 원효가 자리에서 일어섰다.

막사 바깥은 고요하고 초봄의 밤바람은 아직 찼다. 진영 둘레에 흔한 오리나무들이 비 오는 소리를 내며 흔들렸다. 오리나무 가지 끝에 새순들이 새의 혀처럼 돋고 있었다. 눈을 가느스름하게 만들며 먼 어둠 속을 바라보다 원효가 고개를 치켜들었다.

축시의 밤하늘은 검푸르다. 구름이 없는데도 두꺼운 장막으로 가려 놓은 듯 캄캄한 하늘 저편에서 빛이라 할 무언가 스미어 나오는 것 같은 기이한 하늘이었다. 어디서 산불 같은 것이 일었다가 사그라진 뒷자리처럼 바람 속에서 희미하게 그을린 냄새가 났다.

의아히 여긴 원효가 주위를 살피며 진영의 네 방위에 꽂힌 깃발에 차례차례 시선을 주었다. '현묘지도(玄妙之道) 풍류보현(風流普賢).' 폭이 넓은 비단 깃발에 금사로 새겨진 여덟 글자가 펄럭였다. 보현지도의 상징 색인 보라색 비단 끈이 각각의 깃발 위에 묶여 바람을 따라 나부끼고 있었다. 동남풍…… 바람의 기운이 좋지 않다……. 바람 속에서 언뜻 맵고 자욱한 살기를 느끼는 순간, 인기척이 났다. 본능적으로 방어 태세의 활갯짓을 하며 원효가 재빨리 몸을 돌렸다.

"학문만 궁구하는 낭도인 줄 알았다간 큰 낭패를 보겠군. 자네의 순간 품새는 일품이네."

보현랑이 살갑게 원효의 어깨를 감쌌다.

"여태 깨어 있었나? 아니면 그믐의 적요가 그대를 깨웠나?"

안도의 숨을 가볍게 내쉬며 원효가 낮은 목소리로 대답했다.

"수상한 꿈에서 깨었으나 아직 꿈인지도 모릅니다."

원효의 대답에 보현랑이 시원하게 웃었다.

"잘됐네. 술 한잔하겠는가. 서라벌에서 온 물목들 중에 근사한 술이 있더군."

보현랑은 어딘지 조금 들뜨고 기분이 좋아 보였다. 낮에 서라벌 김준후 공 댁의 가솔 노비 6인이 지고 온 물건들은 보현지도 결사의 마지막 한 달을 위한 보급품들이었다. 그중에 두견주가 있었고, 진중앙에 자리한 보현랑의 막사 탁자엔 이미 술잔이 준비되어 있었다. 솔잎 향을 풍기며 보현랑이 먼저 좌정했다.

"어떤가? 1년 결사가 무사히 끝나 가네. 이제 꼭 한 달이 남았군. 꽃피는 계절이 돌아오는 것이기도 하니 나는 좋군."

"결사 기간 중 보현지도 학문의 성숙이 충분치 못한 듯해 책임이 무겁습니다."

"학문 담당 낭두로서 자네는 최고네. 그런데 어떤가. 화랑의 현묘지도 말이네. 부모에 효도하고 나라에 충성하는 노나라 공자의 유가 사유와, 자연의 순리를 좇아 풍류를 즐기는 주나라 노자의 도가 사유와, 유아독존 동체대비의 삶을 살라 이르는 축건 태자의 불가 사유 중 자네는 어느 쪽이 특히 더욱 궁구하고 싶은가?"

"회통(會通)이 진경 아니겠는지요. 다만 학문하는 자로서 아쉬운 것이 있다면 석가모니의 불가 사유는 그 경론이 충분히 수입되지 못한 처지인지라 저는 그에 대한 갈증이 크다 할 수 있습니다."

"그러한가. 결사 수련 기간 동안 가까운 사찰의 고승들이 여러 차례 방문해 베푼 강론이 그다지 만족스럽지 못했나 보군. 자네의 답답증은 이해되나 딱히 공부할 만한 경론이 충분치 않으니……."

보현랑이 팔짱을 낀 채 잠시 생각에 잠겼다가 갑자기 환한 얼굴이 되더니 화제를 바꾸었다.

"참, 이걸 보여 주고 싶었네."

보현랑이 탁자 한 켠에 올려 두었던 비단보를 펼쳤다. 그 속에는 시침질한 화랑의 관모가 들어 있었다. 함께 나온 것은 관모 양옆에 꽂는 윤기 흐르는 두 개의 수꿩 꽁지 깃이었다. 그중 하나를 들어 보이며 보현랑이 원효를 향해 미소 지었다.

"옷이야 당일 입는다 해도 관모는 미리 한번 써 보면 좋을 듯해서 보내라 하였네."

결사를 마치고 서라벌에 돌아가면 관례에 따라 화랑 수임식이 거행된다. 그때 쓰게 될 관모를 미리 보여 주려는 보현랑의 배려에 원효의 마음이 일렁였다. 그러면서도 원효의 눈빛에는 그늘이 내려앉아 있었다. 그것을 눈치챈 보현랑이 원효를 향해 따뜻하게 미소 지었다.

"원효, 자네는 내 형제일세. 자네가 무엇을 염려하는지 알고 있네. 걱정할 바 없네, 내 적절히 조처할 것이니."

원효가 두 개의 꿩 깃 중 하나를 웃옷 안쪽에 고이 넣었다.

"지금은 이것만 간직하겠습니다."

원효의 그늘을 살피며 보현랑이 말없이 고개를 끄덕였다.

"선물이 하나 더 있네."

분위기를 바꾸려는 듯 장난스러운 미소를 지어 보이며 보현랑이 원효 가까이로 의자를 당겨 앉았다. 싱글거리는 보현랑의 환한 낯빛을 보자 조금 전의 근심 따위는 싹 씻겨 나가듯 마음이 차분해졌다. 아, 이분은 참으로! 처음 만난 날부터 지금까지 보현랑은 내내 원효에게 감탄의 대상이었다. 모든 행동이 우아하면서도 허식 없이 소탈한 그는 귀족이 귀족인 이유를 온몸으로 보여 주는 사람이었다.

보현랑이 두견주를 따랐다. 붉은 술이 가득 찬 유백색 술잔을 원효에게 전하는 보현랑의 얼굴에 미소가 떠나지 않았다.

"진달래꽃이 새로 피기 전에 이 술을 마셔야 한다더군. 그래야 새봄에 피는 꽃이 더욱 곱게 핀다 하네. 이 술을 담근 이의 말일세."

보현랑이 앞섶에서 비단 손수건을 하나 꺼내어 탁자에 고이 펼쳤다. 붉은 비단 손수건에는 보현지도의 상징인 삼족오가 금사로 수놓아져 있었다. 그 아래 은사로 수놓아진 두 글자는 '요석'이었다. 빛날 요(曜). 저녁 석(夕).

"정인이 계셨습니까?"

술잔을 잡으며 원효가 물었다.

흐뭇하게 고개를 끄덕인 보현랑이 앞가슴에 오른손 주먹을 얹으며 맑게 웃었다.

"그 애에게서 처음 받은 선물이네. 하하. 난생처음 웬일로 오라비에게 선물을 하겠다 하더군. 보현지도의 삼족오와 내 이름, 새로 보현지도의 화랑이 되는 이의 이름을 수

놓아 보내겠다고! 하하, 기특하지 않은가. 어머니가 그러
셨네. 여인네들은 손수 수를 놓아 선물하기 시작하면서 소
녀에서 아씨가 되어 간다고 말이지. 자, 이것 좀 보아. 이게
바로 새로 탄생할 보현지도 화랑의 것이네!"

보현랑이 또 하나의 붉은 비단 손수건을 펼치는 순간,
원효의 눈 속이 시큰거렸다. 붉은빛 속에 큼지막하게 금사
로 수놓아진 네 글자. 화랑 원효.

이유를 알 수 없이 원효의 가슴으로 통증이 지나갔다.
벅차고 또한 아득했다.

"자네 것이니 챙겨 넣게나."

'화랑 원효'라 수놓아진 비단 손수건을 접어 보현랑이
원효에게 건네주었다. 원효가 그것을 받아 품에 넣었다. 해
맑은 소년처럼 기뻐하며 이야기를 쏟아 놓는 보현랑은 언
제나처럼 눈부시다. 연심을 말하는 순간에도 이리 환하다
니, 무엇이건 보현랑에게 이르면 빛이 되는 것 같다. 그에
비하면 자신은 모든 면에서 자신이 없고 또한 무거웠다.
이유가 무엇일까. 자신의 내면에 똬리 튼 깊은 우울을 느
낄 때마다 불지촌의 노을이 떠올랐다. 왠지 서러운 그 노
을빛으로부터 아직 자유롭지 못한 느낌이 시시로 엄습하
곤 했다. 그럴 때마다 보현랑이 한없이 부러웠다.

"빛나는 노을빛, 어여쁘지. 내 이름보다는 그 아이 이

름을 품고 싶어 이리 수놓아 달라 했더니 부끄러워하더군. 하하. 그러고 보니 요석과 원효, 나는 마음의 가장 소중한 벗으로 새벽과 저녁을 함께 지닌 운 좋은 사내로군! 자, 벗, 한잔하세."

환하게 웃는 보현랑의 얼굴을 이윽히 바라보며 원효가 두견주 붉은 술에 막 입술을 가져가는 순간이었다.

"긴급한 전갈이옵니다!"

막사 밖에서 야신의 목소리가 다급히 들려왔다.

서둘러 막사 밖으로 나온 보현랑과 원효를 대면한 야신의 얼굴엔 비장하고도 격한 기운이 넘쳐흘렀다.

"랑이시여, 서곡성이 백제군에 함락되었다 합니다!"

지근의 서곡성은 신라의 요충지였다. 이미 여러 차례 백제의 공격을 당해 온 터라 최정예 부대를 파견하는 곳이기도 했다. 서곡성이 지금 같은 정국에 함락되었다는 것은 서라벌 정계에 대대적인 변화를 불러올 수 있는 매우 불길한 사건이었다. 야신이 연이어 고하였다.

"랑이시여, 서곡성으로부터 30리 세 방위에 화랑도 비천지도와 호국지도의 결사 수련이 진행되고 있사옵고, 여기 우리 보현지도가 있사옵니다. 비록 우리가 정규군은 아니라 하나 저 무도한 백제군 무리들을 쫓고 서곡성을 다시 찾아 내오는 일전에 참여하여 신라 화랑도의 드높은 기상을 만방에 떨쳐 보여 줘야 할 때이옵니다!"

의분이 끓기는 보현랑도 마찬가지였으나 정규군이 아닌 화랑도의 참전은 중앙 군부의 작전 지휘 아래 도모되는 것이 옳았다. 서라벌 군영으로 속히 파발을 띄우는 것이 순서라고 생각한 참이었다. 야신이 재촉했다.

"랑이시여, 한시가 급합니다. 날 밝는 대로 바로 작전을 개시한다면 비천지도, 호국지도와 더불어 우리 보현지도가 이 전쟁에서 큰 공을 세울 수 있습니다. 이미 비천지도와 호국지도는 참전을 결정하였다고 하오니, 속히 명을 내려 주소서!"

야신의 뒤로 비천지도와 호국지도의 낭도복을 입은 네 명의 사내가 결연한 자세로 대기하고 있었다.

*

대낮부터 마른번개가 치고 있었다.

서곡성이 내려다보이는 언덕 능선에 몸을 숨긴 원효는 뜨거운 안광이 서린 시선으로 성 주위를 굽어보았다.

멀리 서편 하늘에서 먹빛 비구름이 몰려오고 있었다. 풍속은 그리 빠르지 않았다. 이 정도의 풍속이라면 비는 해가 저문 후에야 쏟아질 터이다. 우중 전투는 장단점을 모두 가지고 있다. 문제는 적에 대한 정보다. 해토머리 무렵이라 능선 비탈을 따라 간간이 잔돌들이 굴러떨어졌다. 그럴 때마다 바짝 긴장하며 원효는 가슴에 품은 단검을 재빨리 확인했다.

어쩌다 결국 나는 칼을 품게 되었는가.

선택의 여지가 아주 없었던 것은 아니다. 끝내 거부할 수도 있었으나 그러지 않았다. 그것은 스스로 허락한 함정이기도 했다.

"척후의 임무는 우리 중 가장 지혜로운 용자가 맡아야 마땅합니다. 몸보다 머리를 쓰는 일이며, 보는 것이 곧바로 방책을 내오는 일이기도 하기 때문입니다."

대낭두 야신이 백제에 함락당한 서곡성의 탈환을 위해 가장 중요하게 주장한 것이 척후, 곧 정탐의 일이었다. 야신은 강직하고 의로운 말로 보현지도의 학문 담당 낭두 원효에게 척후의 사명을 맡길 것을 제안했다.

보현랑은 침묵으로써 원효의 의중을 물었고, 원효는 기꺼이 소임을 완수하겠노라 답하였다. 보현랑이 단검을 내주었다.

"만일의 경우를 대비한 것이네."

검을 잡는 데 익숙지 않은 원효를 위해 보현랑이 손잡이에 삼끈을 직접 감아 주었다. 원효가 보현랑으로부터 칼을 받아 품었다.

야신은 이마에 검은 점이 있는 갈색 말 한 필을 손수 끌어 내왔다.

"척후마로 훈련된 말일세. 내가 특별히 아끼는 명마지."

진을 나오기 직전 평복 차림으로 변복한 원효가 말에 올라타려 할 때, 야신이 말갈기를 쓰다듬어 준 후 원효와 수인사를 나누었다. 그리고 원효의 귓가에 빠르게 속삭였다.

"원효, 그대의 담력도 생각보다 수가 높군. 무사히 임무를 수행하고 돌아온다면, 내 자네의 천운을 인정하지."

그때 원효는 이 전투에서 야신이 원하는 것이 무엇인지 간파했고, 자신의 마음이 진정으로 원하는 바가 무엇인지도 알게 되었다.

원효가 야신의 눈을 정면으로 응시하며 빙긋 웃어 보였다. 원효의 미소에 야신은 살기 어린 악수로 응수했다. 상관없는 일이었다. 다만, 운명의 맨얼굴과 대면할 시간이 다가오고 있다는 사실에 원효의 마음에 기묘한 흥분이 일었을 뿐이다.

성 북문 쪽으로 진입하는 계곡 지형과 그곳에 매복시킨 보초병들을 다시 한 번 파악한 후 원효가 말을 매어 둔 물푸레나무 숲으로 되돌아가는 참이었다.

말이 울었다. 예사롭지 않은 울음소리였다.

척후마로 훈련된 말이 울다니!

서둘러 숲에 들어서니 말은 거품과 침을 잔뜩 흘리며 발작을 시작했다. 말이 펄쩍 뛰어오르고 제자리를 빙빙 돌면서 관목들을 밟아 놓은 자리에서 흙먼지와 부식토 냄새가 물큰하게 흘렀다. 말의 눈동자는 시뻘겋게 터진 응혈이 흐르며 번들거렸다.

야신이 특별히 아끼는 척후마는 이곳까지 오는 동안 단 한 번도 말 울음소리를 내지 않고 마치 바람과 한 몸인 듯 달려왔다. 과연 명마다웠다. 그런데 그 말이 지금 화택에 갇힌 가축처럼 울부짖으며 발작을 일으키는 것이다.

독풀이다. 독풀을 먹였구나!

편자를 새로 박거나 갈 때 천남성 같은 종류의 말린 독풀을 개어 마취용으로 말발굽에 발라 두곤 하는데 그런 종류의 독풀을 말에게 먹인 것이 분명했다. 진을 떠나온 시각을 헤아려 보았다. 말의 전신에 독이 퍼져 발작이 나타나기까지의 시간을 계산한 치밀함에 꼭뒤가 섰다. 야신이라면 능히 가능한 일이다. 어찌한다? 괴롭게 울부짖으며 뛰어오르기를 반복하는 말은 죽지 않을 만큼의 독풀을 먹였을 테니 시간이 흐르면 발작은 멈출 것이나, 그 전에 백제군이 몰려올 터였다.

말은 고통스럽게 울며 더욱 처절하게 날뛰었다.

말의 급소를 쳐 실신시키는 방법이 최상이지만 날뛰는 말의 급소를 맨손으로 가격해 맞추기란 쉽지 않다. 말에 차여 거듭 나가떨어지기를 반복한 끝에 결국 원효가 품에서 단검을 꺼내 들었다. 단검의 손잡이를 꼭 그러쥔 원효의 얼굴이 서편 하늘에서 몰려오는 먹구름처럼 차고 깊었다.

용서해라.

날뛰는 말의 등짝을 간신히 타고 오른 원효가 말 목덜미 동맥 뛰는 혈에 단검을 꽂았다. 다음 순간, 무릎을 꺾으며 주저앉은 말은 조용해졌지만, 이미 숲 속 사방위에 창검으로 무장한 백제군 병사들이 둥그렇게 조여 오고 있었다.

*

피가 흥건히 고인 눈으로 말이 원효를 바라보고 있었다.

죽어야 하는 이유를 알지 못한 채 죽어 가는 짐승의 눈동자…… 속으로…… 기이한 장면들이 흘러갔다.

까마득한 시간 전의 전생인 듯 거기 한 구도자가 있었다. 아는 얼굴인 듯도 하고 처음 보는 얼굴인 듯도 했다. 남자인 듯도 하고 여자인 듯도 했다. 언뜻 어머니라는 느낌도 스쳐 갔다.

당신입니까.

원효가 물었다.

화답하듯 말이 울었고, 말의 눈동자 속에서 구도자가 고개를 끄덕였다.

죽은 말의 눈동자 속에서 어린 비둘기 한 마리가 뛰쳐나와 구도자의 품으로 날아 들어왔다. 비둘기는 오들오들 떨었다. 구도자가 비둘기를 소맷자락에 품어 준 다음 순간, 매 한 마리가 헐떡이며 날아 들어왔다.

'내가 쫓던 비둘기를 내놓으라.'

매가 말했다. 떨고 있는 비둘기의 체온을 느끼며 구도자가 그리는 못한다고 답했다.

'내 서원은 모든 생명 있는 존재들을 구원하는 것이다. 살고자 하는 생명을 너에게 내어 줄 수 없느니.'

구도자의 목소리가 웅웅 울리고, 원효의 가슴으로 그 목소리의 파동이 고스란히 전해졌다.

'당신이 그 비둘기를 내놓지 않으면 내가 굶어 죽소. 나는 오랫동안 배고파 쇠약해져 있고 이제 더 이상은 사냥을 하기 위해 날 수조차 없소.'

매가 힘없이 말했다. 구도자가 슬픈 목소리로 물었다.

'만일 너에게 다른 고기를 주면 네가 사느냐?'

'나는 갓 죽인 더운 고기라야 먹는다오. 그것이 매의 본

성이오.'

매의 말을 들은 구도자가 품에서 단검을 꺼냈다. 삼끈이 촘촘히 감긴 칼자루를 꼭 쥔 구도자가 긴 한숨을 한 번 내쉬고 자신의 넓적다리 살을 베어 내어 매에게 주었다.

'당신도 알다시피 생명에 관여된 것은 엄중한 것이니, 비둘기의 무게와 똑같은 근수를 받아야겠소.'

구도자가 고개를 끄덕이곤 저울의 한쪽에 비둘기를, 다른 한쪽에 막 베어 내 피가 흐르는 자신의 살점을 올렸다. 저울은 비둘기 쪽으로 기울었다.

구도자는 다시 자신의 팔에서 살을 베어 저울에 더 올렸다. 그러나 저울은 여전히 자그맣고 야윈 비둘기 쪽으로 기운 채 꿈쩍도 하지 않았다.

구도자는 다시 옆구리 살을 베어 내 저울에 올렸다. 저울은 그래도 미동이 없었다.

원효는 숨죽여 가만히 신발을 벗었다. 이윽고 구도자는 자신의 온몸을 저울 위에 올렸다. 그제야 저울은 평형을 이루었다. 원효가 긴 숨을 내쉬었다.

생명의 무게란 이런 것이다. 아무리 작고 미미한 목숨일지라도 살아 있는 모든 것은 각기 온 존재로서 있을 뿐 경중이 없다.

원효는 울었다. 비둘기의 처지와 매의 처지와 구도자의

처지가 똑같이 아팠다. 죽어 간 말이 아팠다. 그리고 심지어는 말에게 독풀을 먹인 야신조차 아팠다.

야신…… 그를 떠올리자 눈앞이 흐려졌다.

야신, 내가 그대를 용서하지 않는다면, 부질없는 살생을 저지르게 해서이지 나를 사지에 몰아넣은 때문만은 아니다. 그런데 그대는 왜 그런 짓을 할 수밖에 없었는가.

*

"야신……."

가위에 눌린 듯 원효가 몸을 뒤척였다. 온몸이 덴 듯 쓰리며 고통스러웠고 타는 듯 목이 말랐다.

"물……."

누군가 표주박 호리병의 입구를 원효의 입에 대 주었다.

정신이 들자 한 사람의 얼굴이 원효의 눈앞에 있었다. 간신히 눈에 초점을 모아 보니 백제군 군장을 한 소년이었다. 한 손에 창을 든 채 몸을 수그려 표주박 호리병을 원효의 입에 대 주고 있는 그의 얼굴은 몹시도 앳되었다. 원효가 놀라 물었다.

"누구냐?"

"괜찮아요? 이틀 동안 깨어나지 못하기에 또 송장 치우는 줄 알았어요."

그 소리에 원효는 번쩍 정신이 들었다. 미칠 듯 울어 대던 말 울음소리, 포위당했던 물푸레나무 숲, 백제군의 장창에 가격당하던 순간 번쩍이던 마른번개, 포박당해 끌려 들어오며 보았던 성안 풍경들, 그리고…… 끔찍하고 잔인하게 벌어진 취조와 고문의 기억들이 단편적으로 떠올라 왔다.

완전히 정신이 들자 주위를 둘러보았다. 성안 종루 옆에 임시로 지어진 옥사 안이었다. 서곡성을 지키던 신라군을 비롯해 포로로 포박된 신라인들이 옥에 가득했다. 국경의 성이라 대부분 남정네들이지만 간혹 여인네들이 섞여 있고 모두 팔과 다리에 오라를 지운 채였다. 원효는 굵은 밧줄에 묶여 옥사의 맨 앞쪽에 송장처럼 처박혀 있었다.

몸을 움직여 보려 하자 여기저기서 곤장에 터진 상처가 벌어지며 피가 배어 나왔다.

"움직이지 마요."

소년이 대나무로 만들어진 조그만 약합(藥盒)을 꺼내더니 붉은 황토빛 나는 찐득한 고약을 물에 개어 상처 난 곳들에 치덕치덕 발라 주었다.

소년이 하는 양을 지켜보다가 원효가 간신히 입을 뗐다.

"백제 군인이냐, 너도?"

소년이 당연하지 않느냐는 얼굴로 천진하게 고개를 끄덕였다.

"저는 의무병이에요."

다음 순간 종루 쪽이 수선스러워지며 북소리가 긴급히 들려오더니 여기저기서 비명이 터졌다.

"신라군이다!"

빠른 발걸음들이 흩어지며 땅을 뒤흔들 듯 말발굽 소리가 들려왔고 시야에 연기가 자욱이 피어올랐다.

"한 놈도 남김없이 죽여라. 백제 놈들을 몰살하라!"

성문을 돌파한 중앙 기마대 맨 앞쪽에서 저항하는 백제군을 진압하며 내달리는 야신의 호령이 말발굽 소리와 함께 날카롭게 날아들었다.

잽싸게 무릎을 꿇고 얼굴을 감싼 채 바닥에 이마를 대고 벌벌 떠는 소년병의 등 너머로 보현지도의 깃발이 어른거리며 올라오는 것이 보였다.

．
．
．
．
．

  보현지도, 비천지도, 호국지도의 깃발이 휘날리는 가운데 백제군 포로 200여 인이 성안 광장 한쪽에 몰려 있었다. 포승에 묶여 무릎 꿇린 포로들은 행색이 남루하기 짝이 없었다. 성을 빠져나간 장교들과 전사한 군사들 외에 우왕좌왕하다 포로가 된 백제군들은 대부분 차출된 민간인들이었다. 그런 포로들을 바라보는 원효의 눈에 겁에 질려 창백해진 소년병이 두드러지게 들어왔다.

  소년은 누군가를 찾아 두리번거리다가 이내 고개를 푹수그렸다. 심하게 몸을 떠는 소년은 빈 껍질만 남은 번데기처럼 작고 가냘팠다. 이제 열두어 살이나 되었을까. 원효가 안타까운 눈빛으로 소년을 바라보았다.

  백제군에 포박당해 성안으로 끌려와 심문을 당하는 동

안 원효는 살고 싶은 생각이 가장 간절했다. 뜻밖이었다. 화랑도에 속한 모든 낭도들이 그렇게 훈련받듯이 원효 또한 자신은 죽음을 두려워하지 않는다고 여태 생각해 왔다. 그런데 아니었다. 죽음에 대해 어떤 태도를 취하건 육체는 삶을 원했다. 몸뚱어리의 본질은 살고자 한다는 것이었다.

죽음을 각오하고 적진을 향해 돌격함에 물러나지 말라는 계율은 누구를 위한 것인가. 원효는 신음을 흘리며 고개를 떨구었다.

고문으로 온몸이 상처투성이긴 했지만 멀쩡히 목숨이 붙어 있는 원효를 보자 야신은 심기가 불편했다.

"무능한 백제 놈들!"

척후병을 붙잡고도 살려 둔 백제군에게 부아가 치밀었다.

"모두 성 밖으로 끌고 가 목을 치고 귀를 잘라라!"

주 군단 정예병이 도착하기 전에 성의 탈환을 주도한 야신은 훈장이라도 받은 듯 목소리에 위엄이 넘쳐흘렀다. 이번 작전에서 공이 명백한 야신은 한껏 고양되어 있었고, 끌고 가 노역시키는 것이 관례인 민간 출신 포로병들에 대해 군이 처단 명령을 내리는 야신을 말리는 사람은 없었다. 호국지도의 화랑 관천은 대열을 재정비하고 퇴각한 백제군의 재침을 막기 위해 성루에 올라가 있었고, 비천지도의 화랑 원유는 부상자들을 격리하고 돌보느라 분주했다.

원효는 낭도 비손에게 보현랑의 위치를 물었다. 뜻밖에 보현랑은 성안 진입에 성공한 직후 서라벌 김준후 공으로부터 은밀한 전갈을 받고 현장을 야신에게 맡긴 채 서라벌로 급히 떠나고 없었다. 평소 원효를 따르던 비손은 서라벌에 뭔가 변고가 생긴 것 같다는 말을 함께 전했다.

포로병을 처단하라는 야신의 명을 받들기 위해 보현지도의 일부 대열이 재정비되고 있을 때였다.

원효가 야신의 등 뒤에 이르러 무거운 얼굴로 입을 떼었다.

"보현지도 대낭두께 청합니다. 백제군 포로 중에 소인의 목숨을 구해 준 어린 소년병이 있습니다. 의료병이니 군인이라 할 수도 없는 자입니다. 공을 사려하여 선처해 주시길 간청합니다."

순식간에 정적이 흘렀다.

적병을 살려 달라고 청하다니! 보현지도뿐만 아니라 비천지도, 호국지도 낭도들의 시선까지 일제히 야신과 원효를 향해 꽂혔다. 긴 숨을 한 번 쉴 시간이 지나갔다. 성안에 진입한 이후 그때까지 애써 원효를 외면했던 야신이 몸을 돌렸다. 냉정하고 위엄에 찬 목소리로 야신이 원효를 향해 곧장 호통 쳤다.

"공…… 이라 했느냐?"

원효가 고개를 숙여 야신에게 예를 표했다.

헛! 야신이 한 번 웃었다.

"대체 너는 누구냐?"

순간 원효의 심장이 거칠게 박동했다.

"대체 네가 누구냐고 물었다."

침을 삼켜 화를 누른 채 심호흡을 한 원효가 야신과 눈을 맞추었다.

"보현지도 학문 담당 낭두 원효입니다."

야신이 큰 소리로 웃으며 무리를 향해 몸을 돌리더니 소리쳤다.

"들었느냐, 낭도들이여? 여기 원효가 있다!"

야신이 허리춤에서 칼을 빼 들었다. 철컹, 칼집이 바닥에 내던져지고, 차갑게 빛나는 야신의 칼끝이 원효의 목을 똑바로 겨누었다.

찬물을 끼얹은 듯 병영이 순식간에 조용해졌다.

"원효, 네 죄를 스스로 고하라!"

원효는 입을 굳게 다문 채였다.

그런 원효를 쏘아보며 야신이 입을 뗐다.

"너는 척후의 임무를 다하지 못한 자다. 그로 인해 보현지도 전체의 사기를 떨어뜨렸다."

원효의 가슴에 불이 일었다. 날뛰던 말 울음소리가 다시금 사무쳐 왔다.

"임전무퇴! 퇴함과 패함이 없어야 하는 것이 화랑이다. 임무를 다하지 못하고 실패한 자라면 그 수치를 자결로 갚아도 모자라거늘, 그런 자를 치료한 적병의 공을 들먹여 적을 살리라 하는 것이냐?"

보현지도는 승리했으나 원효는 패배했다. 패배를 인정하라고 들이미는 칼날이었다.

"살려 두어 득 될 게 없는 놈! 널 백제 놈들과 함께 매장하고 싶지만 그러지 못하는 게 안타깝다."

싸늘한 얼굴로 야신이 휙 몸을 돌려 포로 무리 가운데로 성큼성큼 걸어 들어갔다. 거구의 야신이 발을 차며 움직일 때마다 포로들이 나뒹굴었다.

이윽고 야신이 소년병 앞에서 걸음을 멈추었다. 칼끝으로 소년병의 목줄을 겨냥한 후 턱을 받쳐 올렸다.

"네가 저자를 치료하였느냐?"

비 오듯 땀을 흘리는 소년병이 이를 덜덜 부딪치며 간신히 고개를 끄덕였다. 오직 두려움으로 가득 찬 눈빛이었다.

"이유가 무엇이냐?"

대답을 찾지 못한 채 소년이 바싹 메마른 입술을 핥았다.

"감히 동정 따위로 신라 화랑도의 기상을 모욕하다니!"

순간 야신이 소년의 야윈 몸을 걸어차더니 칼을 든 반대편 손으로 옆에 있던 호위 낭도의 날 넓은 낫을 잡아채 둔중한 낫자루로 소년의 오른쪽 정강이를 내려찍었다. 뼈 깨지는 소리와 함께 피가 튀어 올랐고, 소년이 비명도 지르지 못한 채 풀썩 나뒹굴며 실신했다.

뒤쫓아 달려온 원효의 고통에 찬 눈빛과 원효를 조롱하는 야신의 눈빛이 허공에서 부딪치며 몇 합째 날 선 칼부림이 지나갔다. 한쪽은 칼을 휘두르고 한쪽은 일단 몸을 피했다.

이윽고 야신이 원효에게 명령했다.

"패자의 치욕을 만회할 기회를 너에게 주도록 하지."

야신이 낭도들을 향해 외쳤다.

"백제군 포로 처형의 총책을 원효에게 맡긴다!"

좌중에서 함성이 터졌다.

"원효는 명을 받들어 착오 없이 시행하라!"

덫이다.

바람이 소용돌이를 일으키며 지나갔다.

다시금 덫이다.

원효의 머릿속이 하얗게 변하는 순간이었다.

그리고 그 순간, 원효는 이제 곧 자신이 무슨 일을 하게 될지 깨달았다.

두렵다. 하지만 나는 이제 나 자신의 목소리를 따라갈

것이다.

원효가 심호흡하며 스스로를 격려한 후 야신을 똑바로 마주 보았다.

"기꺼이."

원효가 짧게 말했다. 그것이 명령에 대한 대답인지 스스로에게 하는 독백인지 야신은 구별하지 못했다.

*

보현지도의 낭도 40여 인이 백제군 포로 200여 인을 인솔해 성문을 나올 때, 가까운 하늘로 까마귀 떼가 모여들고 있었다. 서곡성 들판 초입에 이르자 먹장구름이 두껍게 내려앉았고 까마귀 떼가 포로병들 머리 위까지 그악스럽게 달려들었다.

"날이 좋지 않습니다. 서둘러야겠습니다!"

부관을 맡은 비손이 원효에게 고했을 때 원효는 두말없이 고개를 끄덕였다. 위치를 결정한 비손이 구덩이를 파라는 지시를 내리고 원효 곁에 돌아온 순간이었다.

"그대를 위해 할 수 있는 일이 이것밖에 없다. 용서해라."

비손이 원효의 말을 헤아리는 사이, 원효가 비손을 가격해 무릎을 꿇렸다. 순식간에 포승으로 결박한 비손의 목에 칼을 겨눈 채 원효가 낭도들에게 외쳤다.

"여기 이 포로들은 모두 양민이다. 밭 갈고 농사짓는 우리 아버지나 형제들과 다를 바 없다. 나는 포로 처형의 총책을 맡았다. 그런데 나는 이 처형이 우리 보현지도, 나아가 신라 화랑도의 명예에 도움이 된다고 생각하지 않는다. 내 결정에 모두가 동의할 필요는 없다. 다만 나는 그대들에게 부탁하고자 한다. 낭도들이여, 지금부터 그대들은 아무것도 하지 말라. 그냥 가만히 있어 주기만 하면 된다. 내가 낭두 비손의 목숨을 겁박했고, 비손의 목숨이 위험하므로, 그대들은 잠시 기다린 것뿐이다."

원효가 비손을 이끌고 포로병들 사이로 들어와 가장 젊어 보이는 포로 셋에게서 포승을 끊어주었다.

"어서! 다른 사람들의 포승줄을 풀어 주시오. 서두르시오. 국경을 넘으시오!"

갑자기 벌어진 이해할 수 없는 사태 앞에 잠시 멍해 있던 백제군 포로들이 슬금슬금 움직였다. 묶인 몸을 서로 풀어 주고, 그중 젊은 포로 하나가 서쪽으로 방향을 잡고 달려갔다.

그때 말발굽 소리가 들려왔다.

누군가 서곡성 쪽을 가리켰다. 먹장구름을 찢으며 번개가 번쩍이는 가운데 야신이 인솔하는 기마 부대가 모습을 나타냈다.

"서두르십시오, 원효랑! 대낭두께선 이런 일을 미리 계산한 것이 틀림없습니다."

비손이 안타까운 얼굴로 원효에게 소리쳤다.

"도망치셔야 합니다!"

다급한 비손의 목소리를 들으며 원효는 빠르게 백제군 포로들을 훑어보았다.

화랑 수임식에 관련해 서라벌에 떠도는 이야기를 종자로부터 전해들은 야신이 얼마나 격분했는지 전해 준 이는 비손이었다. "만약 원효만 화랑이 된다면 보현지도는 풍비박산의 형국이 될 것이다. 나와 원효가 함께 화랑이 된다는 것 역시 있을 수 없는 일이다. 나 야신이 허락지 않는다." 원효가 화랑이 될 것이라는 풍문만으로도 야신은 광기를 번득였고, 야신의 광기는 서곡성 전투에 가담할 것을 강력하게 밀어붙였다. 서라벌 정규군의 어떤 지침도 받지 않은 상태에서 실행한 화랑도의 투입은 극단적인 평가를 불러올 것이 확실했다. 공을 세운다면 큰 공이 되겠지만 성의 탈환에 실패한다면 섣부른 참전에 대한 책임을 물어 보현지도 전체의 명운이 바닥에 떨어질 수도 있는 일이었다. 야신은 이 전투를 독보적인 공을 세울 수 있는 기회로 쓰고자 했고 결국 그리되었다.

그러나 무슨 문제인가. 나는 내 목소리를, 야신은 야신의 목소리를 따라가고 있는 것이다. 나는 내 목소리를 따라가기 위해 그의 덫에 기꺼이 들어온 자다.

한순간 많은 생각들이 스쳐 갔으나 그 모든 생각이 공허한 백지 한 장 같았다.

"어서 도망치십시오, 원효랑!"

비손이 다시 외쳤다.

원효가 눈으로 소년병을 찾았다. 소년병은 포승에서 풀려나고도 자리에 주저앉은 채 겁에 질린 얼굴로 울먹거리고 있었다. 원효가 그를 향해 달려갔다. 야신이 부러뜨려 놓은 다리 탓에 꼼짝할 수 없는 소년을 원효가 들쳐 업었다.

말발굽 소리가 대지를 뒤덮었다.

그리고 무슨 일이 일어났는가.

창검에 찔려 갈라진 배에서 쏟아져 흐르는 창자들, 도끼에 찍혀 박살 난 두개골에서 흘러나오는 뇌수들, 발목이 잘려 나가는 사람들이 눈앞에서 뒹굴었다.

벼락과 천둥이 들판을 가르며 울었고, 하늘은 먹장구름을 흩뜨리며 비를 퍼부었다.

나는 누구입니까?

나는 어떻게 나를 구할 수 있습니까?

당신을 뵙기를 원합니다!

소용돌이 속의 알 수 없는 형체를 향해 원효는 있는 힘을 다해 소리쳤다.

벼락이 내리꽂혔고, 심연의 한 켠이 열렸다.

무엇인가, 이것은?

물컹한 어둠 속에서 진흙더미를 뚫고 푸른 연 줄기가 솟아올랐다. 하나, 열, 스물, 마흔…… 수백 개의 연 줄기가 솟아오르며 각각의 줄기 끝에서 연 봉오리가 탐스럽게 부풀었다. 바람이 불었다. 꽃 한 송이에서 봉오리가 벌어지더니 그 속에서 가냘픈 소년병이 굴러떨어졌다. 상처투성이 소년의 몸에서 흘러나온 피로 연 밭이 붉게 물들자 악취가 풍겼다. 그것이 신호인 양 연 밭 가득한 연꽃 봉오리들이 벙긋벙긋 벌어지면서 삽시간에 수백 구의 시체들이 굴러떨어졌다. 백제군도 있었고 신라군도 있었다. 시체로 가득한 진흙 밭에서 더운 바람이 불어왔다. 구더기들이 바글거리며 끓어올랐다. 인육이 썩어 가는 역겨운 냄새가 코를 찌르는 연 밭을 망연히 바라보다 원효는 엎드려 구토했다. 구더기가 들끓는 그 시체들엔 아군과 적군의 구별이 따로 없었다. 신라군이건 백제군이건 그저 구더기의 집이었고 지수화풍(地水火風)으로 흩어질 몸뚱어리들일 뿐이다.

파사현정(破邪顯正).

연 밭을 바라보며 원효가 중얼거렸다.

파해야 할 삿된 것은 무엇인가. 무명(無明). 인간을 고통 속에 헤매게 하는 번뇌. 나는 직면한 이 실상에 헛된 의미를 덧대지 않겠다.

전쟁은 전쟁, 살생은 살생. 모호하게 뒤엉켜 있던 세상의 바닥이 똑똑히 보였다.

조국. 충. 용맹. 임전무퇴. 이 모든 관념은 한 줌 지배 귀족의 권력 욕망에 소모되는 가여운 희생을 낳을 뿐이다. 헛된 망상을 조장할 뿐이다. 어떤 것도 생명 앞에서는 모두 삿되다. 나는 있는 그대로 보겠다. 있는 그대로 고통의 실상과 대면하겠다. 신라는 보이지 않으나, 저 소년은 보인다. 신라의 맥박은 뛰지 않으나, 저 소년의 맥박은 뛰고 있다. 내게 조국이 있다면 그것은 인간이 경계 지어 놓은 삿된 국경보다 더 큰 조국이어야 할 것이다. 나는 새로운 조국을 찾아낼 것이다. 조국의 이름으로 살생하지 않아도 되는 조국을.

얼마나 시간이 흘렀을까.

원효는 소년을 업은 채 걷고 있었다.

여러 낮밤을 지새우며 아득하게 따라온 햇빛이 정수리

에서 이글거렸다.

"랑이여, 저 같은 것 때문에……"

등 뒤의 소년이 메마른 목소리로 중얼거렸다.

"잘 들어라. 너는 천상천하유아독존의 존재이다. 세상에 제일 중요한 것이 너나없이 목숨이다."

"하여도……."

"쉬잇, 스스로의 목숨을 소중히 생각하여라."

잠시 침묵하던 소년이 원효의 등에서 가쁜 숨을 몰아쉬었다. 그 숨결이 가슴속에 담아 둔 긴 이야기임을 원효는 느낄 수 있었다. 아주 오래전 어린 날, 자신 역시 그렇게 숨결로 전한 말들이 있다.

"이대로 제가 죽으면…… 원한은 제가 다 가져가면 좋겠어요. 불쌍한 우리 아버지…… 미워하면서 살면 그게 지옥이던걸……."

원효의 등은 땀으로, 얼굴은 눈물로 젖고 있었다.

"살아만 있거라. 살겠다는 의지를 버리지 말거라. 미움없이 살 수 있는 땅이 있을 것이다."

원효를 안심시키려는 듯 이따금 한마디씩 내뱉던 소년의 숨결이 잦아들고 있었다. 원효의 걸음이 더욱 빨라졌다. 마지막인 듯 안간힘을 다해 소년이 물었다.

"그 땅은 어디에 있습니까, 랑이여."

"찾아내겠다."

원효의 시야에 서라벌을 감싼 산들이 아득하게 들어왔다.

"모순이 들끓는 바로 거기에서."

아미타림,
그리고 요석

각승 원효는 처음으로 『금강삼매경』을 열었고,
춤추며 들었던 표주박은 끝내 모든 거리의 풍속이 되었네.
달 밝은 요석궁에 봄잠이 깊으니
문 닫힌 분황사에 돌아보는 그림자 허허롭네.

角乘初開三昧軸, 舞壺終掛萬街風.
月明瑤石春眠去, 門掩芬皇顧影空.

— 일연(一然, 1206~1289), 『삼국유사(三國遺事)』

8

．
．
．
．
．

　황룡사 경내는 백고좌 법회 준비로 며칠째 분주했다.

　법회 당일, 살뜰히 대청소된 경내 수많은 전각의 팔작지붕들이 날아갈 듯 사뿐했고 그 사이로 우뚝 솟은 목탑의 각 층 탑신에서 햇볕이 금분처럼 자글거리며 끓었다. 금당 앞마당에 펼쳐진 법석 위로 금사 천막이 펼쳐지고 오방색의 만장들이 휘날리는 가운데 "불(佛)"자가 새겨진 거대한 비단 천이 드리워졌다. 동서남북 모든 방위의 전각에서 향내가 피어오르고, 인왕경을 외는 염불 소리가 기름지게 흘러나왔다. 승려 100인이 앉을 사자좌가 준비되고 그 앞에 각각 등불이 밝혀지며 법석 가득히 수십 종의 꽃들이 뿌려졌다. 법회 준비가 막바지를 향해 가는 중이었다.

　경내에 가득한 분주함을 일일이 기록이라도 하는 듯 진

지한 시선의 젊은 승려가 금당 동쪽의 긴 회랑을 따라 천천히 걸어오고 있었다. 훌쩍 큰 키에 반듯한 어깨, 그 위에 얹힌 타원형의 구릿빛 얼굴은 알맞게 조화된 도형들의 정점인 듯 잘생긴 두상을 돋보이게 했다. 아침에 삭발을 한 듯 파르스름한 두상은 반듯한 이마와 강인한 턱선을 더욱 도드라져 보이게 했다. 쭉 뻗은 콧날 옆에 적당히 솟은 광대뼈와 뺨엔 젊은 혈기가 보기 좋게 감돌고 총기 어린 눈매에선 지적인 열정이 느껴지는 섬세한 얼굴이었다.

그는 염주를 돌리며 행선 중인 듯했다. 느슨히 걷는 것 같지만 모든 동선에 서린 기백이 날카로웠다. 가끔씩 고개를 들어 하늘을 보는 옆얼굴엔 고독한 질풍노도의 기운이 얼핏 서렸으나, 어쩐지 다감해 보이는 그의 잿빛 승복은 큰 키와 긴 팔다리를 감싼 채 풀 냄새가 나는 듯 싱그러웠다.

그가 지장전 전각 앞을 지나는 순간이었다.

법당이 시끄러웠다. 슬쩍 안을 일별하니, 한 불목하니에게 멱살을 잡힌 남루한 소녀가 눈에 들어왔다. 호안석 염주를 손에 든 소녀는 잔뜩 겁에 질린 얼굴로 굵은 눈물을 뚝뚝 흘리고 있었다. 황룡사 모든 전각이 그렇듯 화려한 휘장으로 장식된 법당 바닥은 미끄러질 듯 반질거렸다. 그 위에 찍힌 작은 발 모양 얼룩들을 손가락질하며 몸집이 비대한 나이 든 승려가 노발대발하고 있었다.

"감히 어디라고 이런 천것이 여길 더럽히느냐, 엉?"

번들거리는 얼굴의 승려가 소녀의 멱살을 잡고 선 불목하니를 닦달했다.

"문지기들은 다 무얼 하는 게야? 부처님 전 시주 덕에 먹고살면 그 값을 해야지!"

"그러믄입죠, 임금님 행차 맞이로 일주문이 온통 분주한 틈을 타 이런 것이 그만…… . 송구합니다요."

질책하는 늙은 승려보다 더 표독한 눈빛을 부라리며 소녀의 등을 맵게 때리는 불목하니의 얼굴에도 기름기가 흘렀다.

"이 더러운 거지 계집 같으니! 황룡사는 너희 같은 것들이 출입하는 절이 아니란 걸 모른다더냐!"

그 순간, 젊은 승려가 돌연 법당 문 가까이 다가서더니 인기척을 알리는 기침을 한 후 안쪽에 고하였다.

"백고좌 법회가 곧 시작됩니다. 어른 스님께선 법석에 좌정하시지요. 이런 일 처리는 아랫사람들이 할 일입니다."

기품 있는 얼굴의 청년 수좌가 싹싹하게 권유해 오자 노발대발하던 승려가 승복 매무새를 고치며 고개를 끄덕였다. 때맞춰 젊은 승려가 소녀를 향해 손짓했다. 소녀의 멱살을 잡고 있던 불목하니는 그렇잖아도 귀찮은 일을 해치우

게 되었다는 듯 반가운 표정으로 "아, 네, 스님!" 대답하고
는 얼른 소녀를 문간으로 끌고 나와 젊은 승려에게 넘겼다.

젊은 승려가 전각 뒤편으로 길을 잡아 걸었다. 처음엔
앞서 걸으며 소녀를 이끌었으나 곧 소녀와 걸음을 맞춰 나
란히 걸었다. 젊은 승려가 소녀의 맨발을 내려다보았다. 그
의 시선을 느낀 듯 소녀는 트고 갈라진 거친 발가락들을
오므린 채 걸었다.

"신발은?"

젊은 승려가 물었다. 소녀가 머뭇거리다가 품에서 짚신
두 짝을 꺼내 보였다. 신이라 하기에 무색할 정도로 죄다
해진 신발이었다.

이윽고 동문에 이르자 그가 무릎을 꿇고 소녀의 맨발에
짚신을 신겼다. 때와 먼지로 더러운 얼굴에 마른 눈물자국
이 선명한 소녀가 젖은 눈을 반짝이며 그런 수좌를 내려다
보았다.

지나가던 승려 두엇과 불목하니들이 그 모습을 흘긋거
렸지만 젊은 승려는 태연하게 소녀의 등을 토닥여 준 후
동문 밖으로 두어 걸음 더 걸어 나가 소녀를 배웅했다.

몇 걸음 내딛던 소녀가 문득 걸음을 멈추더니 그에게로
되돌아왔다. 그 앞에 다시 이르러 소녀가 이 한마디는 꼭
해야겠다는 얼굴로 입을 열었다.

"훔치려던 게 아닙니다. 염…… 염주를 그저 한번 만져 보려고……"

젊은 승려가 소녀를 바라보며 고개를 끄덕여 주었다.

소녀의 얼굴이 환해졌다.

뒤늦게 생각났다는 듯 그가 목에 걸고 있던 염주를 벗어 소녀의 목에 걸어 주었다. 그리고 가만히 소녀의 등을 돌려세웠다.

*

천상에서 들려오는 듯 범종 소리가 황룡사 가득 울려 퍼졌다.

문을 활짝 열어젖힌 금당 마당에 마련된 법석에 여왕이 착석하자 사원의 모든 악기가 일제히 소리를 내기 시작하고 승려 수백 인이 정식으로 「인왕반야바라밀경」을 외는 염불소리가 거룩하게 물결쳤다. 염불이 끝나자 드높고 거대한 목탑과 웅장한 장륙존상이 경내를 두루 내려다보는 가운데 고승들의 설법이 펼쳐졌다.

그 광경을 멀찍이서 바라보던 젊은 승려가 하늘을 올려다보았다. 푸르고 높은 봄 하늘에 해동청 한 마리가 떠 가고 있었다.

삼국 중 가장 늦게 불교를 받아들였으나 공인된 지 100
년 만에 불국토의 완성을 향해 가고 있으니 이는 왕의 일
가께서 친히 불교를 돌보신 은덕이라, 신라는 천축의 아육
대왕이 이루고자 한 바로 그 나라임에 틀림없도다……. 부
처의 권위를 빌려 고승들은 왕을 찬양했고 왕족과 귀족의
가호 아래 이 사찰이 더욱더 흥왕하길 축원했다.

젊은 승려가 큰숨을 내쉬며 다시 하늘을 올려다보았다.
멀리 날던 해동청이 날개를 접으며 지상으로 하강을 시작
했다.

젊은 승려가 법석을 향해 뚜벅뚜벅 걸어 나갔다.

법석 가장자리에 질서 정연하게 둘러앉았던 귀족들이
엉겁결에 길을 열었다.

주저 없이 법석의 사자좌들 사이로 걸어 들어간 젊은 승
려가 여왕 앞에 이르러 허리를 깊이 숙여 합장을 했다.

그 모든 행동이 예정된 순서인 듯 자연하고 기품이 충만
해 좌중은 그저 조용히 그를 지켜보았다. 고개를 든 젊은
승려가 여왕을 똑바로 바라보며 입을 열었다.

"석가모니께서 어진 왕의 도리를 설파하는 고귀한 경을
청명하게 들을 수 있어 무한 영광입니다. 하오나 왕이시여,
어진 왕은 실상을 아소서!"

갑자기 등장한 젊은 승려가 뜻밖의 법문을 시작했다.

"소승이 이 귀한 자리를 빌려 한 수행자의 이야기를 해 드릴까 합니다."

가타부타 허락을 구하지 않은 채 이야기를 시작한 젊은 승려에 대해 그제야 법석이 조금 웅성거렸으나 여왕은 흥미롭다는 표정으로 그를 향해 계속하라는 손짓을 보냈다.

"석가모니 부처님과 사촌 간이었던 아나율이라는 수행자의 이야기입니다. 부처님께서 기원정사에서 대중을 위해 법을 설하실 때, 그 자리에 아나율도 있었는데 그는 설법 도중 꾸벅꾸벅 졸았다고 합니다. 설법이 끝난 후 부처님께서 아나율을 따로 불러 말씀하셨습니다.

'아나율이여, 너는 어째서 집을 나와 도를 배우느냐?'

'생로병사를 위시한 모든 괴로움이 싫어 그것을 벗어나려고 집을 나왔습니다.'

'그런데도 너는 설법을 듣는 자리에서 졸고 있으니 어찌 된 일이냐?'

아나율은 곧 자기 허물을 뉘우치고 꿇어앉아 부처님께 맹세했습니다.

'이제부터는 이 몸이 부서지는 한이 있더라도 다시는 부처님 앞에서 졸지 않겠습니다.'

하, 참 대단한 수행자이지요? 천하의 부처님 앞에서 졸다니 말입니다. 하하."

젊은 승려가 돌연 웃음을 보이자 좌중에서 소곤거리는 소리와 함께 웃음소리가 드문드문 새어 나왔다. 찬양 일색의 법문에다 무슨 소리인지 알아먹기 어려운 한자 경전을 잔뜩 인용만 해 대는 고승들의 지루한 설법에 지쳐 있던 좌중에 아연 생기가 돌았다.

고귀하신 석가모니 앞에서 꾸벅꾸벅 조는 제자가 있었다니! 석가모니 부처님이 친히 제자를 불러 문답을 하신 존재라는 것도 뜻밖이었다. 부처님이란 일반 사람과는 전혀 다른 존귀한 신이 아니시던가. 고귀하여 우러러보기만도 벅찬 한울님이시며 열심히 복을 빌면 복을 주시는 신령한 숭배의 대상 아니신가.

그런데 이 젊은 승려는 마치 가까이서 본 듯이 제자와 문답하는 석가모니의 이야기를 전해 주고 있는 것이었다. 젊은 승려의 이야기를 궁금해하며 어서 계속하라는 무언의 요구가 좌중에 충만했다. 젊은 승려가 자신만만하게 싱긋 웃었다.

"이때부터 아나율은 밤에도 자지 않고 뜬눈으로 계속 정진하다가 눈병이 나고 말았습니다. 부처님이 그를 타이르셨습니다.

'아나율이여, 너무 애쓰면 조바심과 어울리고 너무 게으르면 번뇌와 어울리게 된다. 너는 그 중간을 취하도록 하

여라.'

그러나 아나율은 부처님 앞에서 한 맹세를 기억하며 더욱 정진했습니다. 아나율의 눈병이 날로 심해지는 것을 보시고 부처님은 의원에게 아나율을 치료해 주도록 당부하셨습니다. 아나율의 증세를 살펴본 의원이 부처님께 말씀드렸습니다.

'아나율님이 잠을 좀 자면서 눈을 쉰다면 치료할 수 있겠습니다만, 통 눈을 붙이려고 하지 않으니 큰일입니다.'

부처님은 다시 아나율을 불러 말씀하셨습니다.

'아나율이여, 잠을 좀 자거라. 중생의 육신은 먹지 않으면 죽는 법이다. 눈은 잠으로 먹이를 삼고, 귀는 소리로 먹이를 삼으며, 코는 냄새로, 혀는 맛으로, 몸은 감촉으로, 생각은 현상으로 먹이를 삼는다. 그리고 여래는 열반으로 먹이를 삼는다.'

아나율은 부처님께 여쭈었습니다.

'그러면 열반은 무엇으로 먹이를 삼습니까?'

'열반은 게으르지 않는 것으로 먹이를 삼는다.'

'부처님께서는 눈은 잠으로 먹이를 삼는다고 말씀하시지만 저는 차마 잘 수 없습니다.'"

이야기에 몰입한 좌중에서 한숨과 감탄이 터져 나왔다. 젊은 승려는 잔잔한 눈빛과 말씨로 좌중을 향해 조곤조곤 계속 말을 이었다. 낮고 부드러웠으나 강단이 느껴지는 담백한 어조였다.

"그렇게 수행 정진하다 아나율은 결국 앞을 볼 수 없게 되고 말았습니다. 잠시도 눈을 붙이지 않는 처절한 수행으로 앞을 볼 수 없게 되었지만, 그는 마침내 깨달아 마음의 눈을 뜨게 됩니다."

여기까지 이야기를 마친 다음, 젊은 승려는 사자좌의 고승들을 향해 뚜벅뚜벅 걸어갔다. 좌중의 시선이 그의 발걸음을 따라갔다. 사자좌의 순서에 따라 각 좌석 앞에서 차례로 일 배를 하며 그가 한마디씩 전했다.

"부처님 법을 따르려는 수행자는 아나율과 같아야 한다고 생각합니다. 하온데, 황룡사의 승려들은 처음 먹었던 마음을 너무도 쉽게 잊어버리는 것 같습니다. 구도행의 첫 마음, 아나율처럼 순수했던 그 마음을 끝까지 지켜야만 할 터입니다."

갑자기 한 대 맞은 듯 법석이 격앙되며 술렁거렸다.

"뭐라는 것이냐. 이, 이, 철없는 수좌가 백고좌의 고승 대덕을 앞에 놓고서 웬 건방이냐!"

대로한 노승 하나가 자리를 박차고 일어나며 파르르 떨자 사자좌의 모든 승려들이 분기를 드러냈다.

젊은 승려가 여왕 앞으로 걸음을 옮겨 침착하게 말을 이었다. 두려움 없는 그의 움직임은 날렵한 한 마리 젊은 백호 같았다.

"이곳 황룡사는 더 이상 수행의 장소라 하기 어렵습니다. 전각 곳곳의 곳간들은 백성의 혈세로 기름지며 왕실의 재물들로 부패의 냄새가 진동합니다. 절간 뒷방에서 술과 고기를 즐기고 게으름을 부리는 승려들이 있으며 진귀한 보석들로 금고를 가득 채우고 밤마다 노름판을 벌이는 승려도 적지 않으며……"

사자좌에 앉았던 승려들이 벌떡벌떡 일어나며 삽시간에 법석이 아수라장이 되었다.

"망극하옵니다, 전하. 국가의 성스러운 백고좌 법회를 어지럽히는 저 마구니를 엄히 다스리소서!"

고승들의 요구가 빗발치는 동안, 금사로 넓게 짠 햇빛 가리개를 든 시녀들이 불안한 듯 여왕 쪽을 돌아보았으나 여왕은 미동이 없었다. 여왕의 왼편에 시립한 붉은 옷의 귀족 처녀가 몸을 굽혀 여왕에게 무어라 속삭였다. 여왕이 오른손을 수평으로 들어 올렸다. 법석이 일순 조용해졌다.

젊은 승려와 시선을 맞춘 채 여왕이 온화한 목소리로 물었다.

"내 그동안 많은 법문을 들어 왔으나 이런 이야기는 처음이다. 궁금하구나. 아나율이라는 그 수행승은 어찌 되었느냐. 계속하라."

청아한 여왕의 목소리가 울려 퍼지자 젊은 승려는 미소 짓고 법석은 싸늘히 얼어붙었다.

"육안을 잃어버린 아나율의 생활은 말할 수 없이 불편하였습니다. 어느 날 해진 옷을 깁기 위해 바늘귀를 꿰려 하였으나 꿸 수가 없었습니다. 그는 혼잣말로 '세상에서 복을 지으려는 사람은 나를 위해 바늘귀를 좀 꿰어 주었으면 좋겠네.'라고 하였습니다. 그때 누군가 그의 손에서 바늘과 실을 받아 해진 옷을 기워 주었습니다. 그분은 다름아닌 부처님이었습니다."

오호! 좌중에서 감탄이 흘러나왔다. 좌중은 놀라운 집중력으로 그의 이야기에 몰입했다.

"아나율이 깜짝 놀라 물었습니다.

'아니, 부처님께서 또 무슨 복을 지으려고 그러십니까?'

'아나율이여, 이 세상에서 복을 지으려는 사람 중에 나보다 더한 사람은 없을 것이다.'

'여래께서는 이미 원만구족(圓滿具足)하신데 더 지어야 할 복이 어디 있습니까?'

'아나율이여, 나는 중생들을 위해 복을 지어야 한다.'"

숨소리까지 들릴 듯 조용해진 좌중에서 깊은 탄식이 흘러나오며 몇몇 귀족 부인들이 눈물을 찍어 냈다. 여왕 옆에 시립한 붉은 옷의 처녀 눈에도 맑게 빛나는 눈물이 차올랐다.

"아는 바, 석가모니께서는 29세에 태자의 몸으로 왕궁을 버리고 출가하셨습니다. 6년간 목숨을 걸고 진리를 찾아 헤맨 끝에 35세 나이에 보리수 아래서 정각을 얻고 깨달은 자, 부처가 되셨습니다. 그로부터 45년 동안 80세의 나이로 숨을 거둘 때까지 자신이 깨달은 최고의 진리를 세상에 나누어 주기 위해 쉼 없이 편력하고 설법하셨습니다. 법열의 기쁨에 홀로 머물 수도 있었겠으나 그렇게 하지 않으셨습니다. 여러분이라면 어떠했겠습니까?

소승은 미욱한 햇중이라 그런지 제가 만약 깨달은 자라면 법열의 기쁨 속에 머물러 살고 싶을 것 같습니다. 지친 노구를 이끌고 먼지 구덩이와 무더위 속에 매일 걷고 탁발하며 끝없이 가르치는 일 따위는 하고 싶지 않을 것 같습니다."

좌중의 감탄 속에서 젊은 승려의 눈가가 붉어지고 있었다. 그는 마치 자신 속의 간절한 질문에 답하듯이 말하고 있었다.

"수행자란 중생을 너무나 사랑하여 법열에 머물지 않으신 부처님을 배우고 따라가려는 이들이 아닐는지요. 이 자리는 인왕경을 설하는 자리입니다. 임금의 일 역시 이러할

133

것입니다. 백성을 사랑하여 일신의 안락에 머물지 않아야 하는 것이 임금의 자리입니다. 그런 임금의 스승이 되어야 할 불제자들의 현실은 어떠합니까. 절 밖의 백성이 굶주리건 말건 모든 것이 넘치고 안락한 이 절 어디에서 중생을 향한 부처님의 자비를 볼 수 있습니까?"

사자좌 승려들의 얼굴이 붉으락푸르락했다. 지장전에서 소녀를 옥박지르던 승려의 얼굴도 벌겋게 상기되어 번들거렸다.

"부처님께서는 단 한 명의 구제받지 못한 중생이 있으면 그를 위해 세상 한가운데 머문다 하셨습니다. 상구보리 하화중생(上求菩提 下化衆生)! 황룡사 불제자들의 상구보리는 귀족과 황금입니까? 이곳의 하화중생은 게으름과 배척입니까? 여래가 세상에 온 것은 가난하고 소외되어 고통받는 사람들을 위해서라 하더군요. 저기 장경각에 가득 쌓인 숱한 경전들에 말입니다!"

젊은 승려의 포효는 거칠고 뜨거웠다. 그는 포효하면서 동시에 울고 있는 듯했다. 야생의 분방함과 단독자의 고독한 통찰이 넘쳐나는 날랜 백호와도 같은 그 모습을 선덕여왕이 집요한 눈빛으로 응시하고 있었다.

9

·
·
·
·
·

한낮의 아지랑이 속에서 젊은 승려가 밥집에 들어섰다.

늘 떠들썩하던 곳인데 웬일로 조용했다.

두 채의 초가가 낫 모양으로 접해 있는 마당에는 수령이 꽤 된 능소화 두 그루가 마치 연리목처럼 서로를 감은 채 한 그루 나무처럼 서 있었다. 일산을 펼쳐 놓은 듯 수형이 조화로운 능소화나무 밑에 가장자리를 둥그렇게 짠 크고 넓은 평상이 하나 마당의 중심을 잡듯이 펼쳐져 있었고 서너 개의 쪽 평상들이 드문드문 놓여 있었다. 모든 평상들이 윤기 반지르르하게 닦여 있고 부엌과 행랑방들 사이의 벽면에 약초 자루들이 질서 정연하게 매달린 모양새도 여전했다. 주막 용도로 쓰이는 초가 쪽이 병자들이 주로 드나드는 다른 쪽 초가보다 더 낡긴 했지만 두 채 모두 살뜰

하게 보살펴지는 집인 게 한눈에 드러나는 아담한 밥집이
었다.

젊은 승려가 밥집 곳곳을 다사로운 눈매로 살펴보았다.

처음 서라벌에 와 어리바리하던 그를 황룡사로, 월성으
로, 명활산성과 남산으로 안내해 주던 보현랑이 어느 날
이곳으로 그를 이끌었다. 3년 전 그날을 떠올리자 젊은 승
려의 얼굴에 미소가 어렸다.

"랑께서 어찌 시장 뒷골목의 이런 밥집을 아십니까?"

"화랑은 백성의 심신이 놓인 자리를 알아야 한다고 배
웠네."

"저 혜공 스님의 별호는 어찌하여 부개 화상입니까?"

"늘 삼태기를 지고 다니시거든. 각종 약재에 탕기까지
넣어서 말이지."

밥집 평상에 평민들과 함께 앉아 부개 화상과의 대면을
기다리던 그때, 그는 서라벌의 모든 것이 신기하고 궁금했
다. 특히 보현랑의 부친인 김준후 공이 화랑이던 시절에
부개 화상으로부터 가르침을 받은 적이 있다는 것과, 김준
후 공이 관직에 나간 후에는 가르침을 청해도 번번이 퇴
짜를 맞았다는 이야기를 듣자 부개 화상이 더욱 궁금했다.
서라벌 최고 권력인 진골 귀족의 스승 되기를 마다한 그

기인을 보현랑은 이렇게 표현했다.

"본업인 승려보다 의원이 더 어울리고 해탈 도사라고도 하는 분이네. 불도와 풍류도 모두 자유자재한 분이시지. 귀족들을 상대하기 싫어해서 아버님이 그분을 특히 흠모하는지도 모르고. 병자 외엔 아무도 방에 들이지 않으시니 어떻게 병을 고치시는지는 알 수 없네만 저분이 보살피기만 하면 어떤 병자도 목숨을 구할 수 있다고 다들 믿지."

보현랑이 나지막하게 들려준 말이 채 끝나기도 전에 밥집의 뒷방 문이 벌컥 열리며 민머리에 삿갓을 쓴 자그마한 노인이 자기 체구만 해 보이는 삼태기 하나를 등에 진 채 댓돌에 내려섰다.

모여 선 사람들이 순식간에 길을 열고, 쪼글쪼글하게 살 내린 얼굴에 안광만 등잔 같은 자그마한 노인이 기묘한 일자 걸음으로 걸어 나왔다.

보현랑이 반갑게 인사를 하러 나섰으나 그저 휭하니 지나쳐 갈 기세이던 노인이 갑자기 우뚝 멈춰 섰다. 그러고는 보현랑 옆에 선 그를 돌아보았다. 쏘듯이 꽂히는 노인의 시선에 그는 어리둥절했으나 이내 침착하게 눈을 맞추었다. 한참을 쏘아본 노인이 이윽고 입을 뗐다.

"너는 신라인인 게 좋으냐?"

어느새 그의 코앞에 얼굴을 들이민 노인이 앞니가 하나

밖에 남지 않은 잇몸을 훤히 내보이며 키들거렸다.

"신라인인 게 좋으냐고 물었다."

그는 말문이 막혔고, 보현랑이 대신 입을 열었다.

"화랑이 되고자 하는 장부이옵니다. 당연한 말씀이십니다, 스승님."

"내가 왜 네 스승이냐? 얼어 죽을! 아비랑 쌍으로 방정이구나."

보현랑의 말문을 닫아 놓은 후 노인이 다시 그를 쏘아보며 물었다.

"별 볼일 없이 뼈다귀만 승한 나라 아니냐? 신라는 삼국중 제일 후졌다."

"더디 출발했으나 신라는 가장 부강해질 것입니다."

"너에게 묻지 않았느니!"

화랑의 의기로 대답을 자초했던 보현랑이 다시 고개를 숙였다.

"말해 보라. 왜 하필 서라벌이냐?"

휘몰아치는 노인의 기세에 주저하던 그가 간신히 말문을 열었다.

"지금 제가 이곳에 있다는 것을 알 뿐입니다."

정적이 흘렀다.

흐읏! 희한하게 한 번 웃은 노인은 다그치기를 멈추고

삿갓을 다시 눌러쓰더니 삼태기를 추어올리며 휙 몸을 돌렸다.

"흥, 꼴값 좀 하겠구나."

노인이 걸음을 옮기자 마당 평상에서 밥을 먹던 사람들이 모두 일어나 합장했다. 귀찮다는 듯 손사래를 휘휘 저으며 밥집을 나서는 노인의 뒤통수에 대고 보현랑도 허리를 숙여 합장했다. 얼떨결에 그도 따라 했다. 밥집을 나선 노인은 순식간에 시장 통을 벗어났다.

"저 어른, 굉장한 칭찬을 하신 거네. 만날 꼴값도 못한다고 야단치시는데, 꼴값 좀 하겠다고 하시는 거 처음 봤네. 하하하."

그때의 보현랑 웃음소리가 마당 어딘가 고였다가 다시 들리는 듯했다. 보현랑이 떠오르자 젊은 승려의 얼굴에 그늘이 지나갔다. 생각을 털어 내듯 그가 고개를 가로저었다. 언젠가 빚 갚을 날이 오리라, 지금은 다만 그리 생각하기로 했다.

마당 평상엔 늘 백성들이 가득했는데 오늘은 웬일인지 아무도 없고, 바유도 흰새도 보이지 않았다. 갸우뚱하며 마당을 가로질러 뒷방으로 향했다.

뒷방 문을 열자 혜공이 있었다. 젊은 승려의 얼굴이 순식간에 환해졌다. 혜공은 윗목에 면벽하여 가부좌한 자세로 염주를 굴리고 있었다. 혜공의 몸피는 더 작아진 듯했다. 아주 오랫동안 고요만이 내려앉아 구들과 천장으로 화한 듯한 방 안에서 소리 없이 돌아가는 염주알마저 큰 소리를 내는 듯 느껴졌다.

이곳이 왜 이리 적요한가. 그동안 무슨 일이 있었던 것인가.

젊은 승려가 가만히 침을 삼키며 혜공의 뒷모습을 바라보았다.

"그래, 공부는 진척이 있었느냐? 헷헤, 그런데, 1년 만에 나와 버렸군. 네놈 성질도 참."

여전히 벽을 마주한 채 혜공이 손가락을 짚어 잠시 셈을 하더니 온몸을 흔들거리며 웃었다.

"송구합니다."

"참 시끌벅적하기도 하다. 서라벌이 온통 황룡사 젊은 중 얘기로 떠들썩하니, 두 번 출가했다간 황룡사 같은 절은 밥 말아 아예 처드시겠군. 흐잇힛."

면벽한 혜공의 뒷모습에 대고 삼배를 올리며 원효는 1년 전을 떠올렸다.

*

그 아이, 백제의 소년병 수파현을 업고 이 밥집에 도착한 후 원효는 의식을 잃었다.

"죽은 마음이 죽어 가는 몸을 업고 왔구나."

시간이 얼마나 흘렀는지 가늠되지 않는 어느 순간, 누군가의 목소리가 들려왔다.

그 목소리를 듣는 순간 원효의 눈 속으로 뜨거운 눈물이 울컥 차올랐다.

죽은 마음. 그랬다. 죽음을 통과하는 느낌이었다. 몸은 산 몸이었으나 마음은 서곡성 들판에서 죽었다. 시간이 사라진 막막한 들판에 한 점 핏방울처럼 맺혀 있는 자신을 느끼며 원효는 적막했고 슬펐으며 말할 수 없이 가슴이 아팠다. 그런 가운데 자신의 뇌리에 사무쳐 오는 절규를 들었다.

알을 깨고 나가야 한다. 알 속에서는 날지 못한다. 길을 찾아야 한다!

자신에게 스스로 부과한 숙제를 떠올리며 절박한 외침이 내면에서 들끓었다.

사람이 목숨을 얻어 세상에 오는 이유, 목숨을 부지하며 살아야 하는 이유, 존재의 이유에 대한 진리를 찾을 수만 있다면 목숨을 버려도 좋다!

전쟁터에서 목도한 숱한 죽음들…… 생명이 빠져나가자 비루한 고깃덩어리에 불과한 주검들…… 시취 가득한 전쟁의 경험은 원효의 내면을 순식간에 폐허로 만들었다. 안간힘을 다해 업고 온 소년병을 향해 살아야 한다, 고 말하면서도 정작 원효 자신은 나고 죽는 그 모든 일들이 허망하기 짝이 없게 느껴지고 있었다. 죽으면 아무것도 아닌 것이 삶이다. 그런데 왜 사는가? 존재의 이유, 삶의 가치를 어디서 어떻게 찾을 수 있는 것인가? 몸속에서 천둥 번개가 치듯이 원효의 온몸이 울고 있었다.

그때 다시 그 목소리가 들렸다.

"문수법상이 법왕유일법(文殊法常爾 法王唯一法) 일체무애인 일도출생사(一切無礙人 一道出生死)"

원효가 벌떡 몸을 일으켰다.

눈앞에 혜공이 있었다.

오래전 보현랑과 함께 밥집에서 스쳐 간 그 행색 그대로였다. 혜공은 원효를 앞에 뉘어 둔 채 염주를 돌리며 염불을 하고 있던 모양이었다. 방금 들은 것이 혜공의 염불임을 깨닫자 원효가 혜공 앞에 몸을 엎디었다.

"다시 한 번 들려주십시오!"

원효의 반응을 이미 짐작했다는 듯이 혜공이 그 부분을

다시 읊조려 주었다.

한 자 한 자 새겨들으며 원효가 즉석에서 말씀을 풀었다.

"문수여, 진리는 항상 그러하나니 법왕은 오직 한 법뿐이네. 일체에 걸림 없는 사람은 그 길로 생사를 벗어나네."

"흥, 꼴값은 제법 하겠다 했더니, 다듬어 놓으면 쓸 만은 하겠구나."

"이 말씀의 유래는 어디입니까?"

"화엄경."

"화엄…… 이름 없는 꽃을 포함한 수많은 꽃으로 법계를 아름답게 장식한다……."

"옳거니. 세상엔 별별 꽃이 다 있지."

"중생인 우리 모두 하나씩의 꽃일 수도……."

"얼쑤. 그래서?"

"이름 없는 한 송이 꽃에도 무한한 우주의 기운이……."

"그럼 그럼!"

"산천초목 천지 만물이 통째로 진리의 몸이다……."

"내 말이!"

혜공이 모처럼 기분 좋아 죽겠다는 듯이 몸을 흔들며 웃었다.

"일체무애인 일도출생사…… 일체에 걸림이 없는 사람은 그 길로 생사를 벗어나네!"

원효가 마치 넋이 빠진 사람처럼 중얼거리더니 불쑥 손을 뻗어 혜공의 손을 꽉 붙잡았다.

"뭐, 뭐냐. 이놈아. 아프다, 아파!"

"알려 주십시오! 이 말씀들을 공부하려면 어디로 가야 합니까?"

*

"난 그때 분명히 말했느니라. 3년 동안 황룡사 밖으로 꼼짝하지 말라 했다. 황룡사의 모든 경전을 베껴 쓰고 공부하라 일렀느니."

"경전은 모두 공부했습니다. 황룡사 장경각엔 더 이상 제가 읽을 경전이 없습니다."

"1년 만에?"

"네, 스승님."

"내가 왜 네 스승이냐?"

혜공이 몸을 획 돌리며 처음으로 원효의 얼굴을 마주 보았다.

"삭발 수계를 해 주셨으니 스승님이시지요."

원효가 혜공의 코앞에 민머리를 들이밀어 슥슥 만지며 능청스럽게 대꾸했다.

"도반이다, 도반! 스승은 징그럽게, 얼어 죽을."

"알고 계셨습니까?"

원효가 싱긋 미소를 머금은 채 물었다.

"당연하지!"

"그런데 왜 거기로 절 보내셨습니까?"

"실세니까. 불제자 권위를 처바른 놈들의 바닥을 보라고 보냈지, 헷헤. 1년 만에 그 바닥을 다 보았으니 일단은 영특하다 해야겠군. 그런데 제일 중요한 이유는 말이다."

혜공이 원효의 귀를 쑥 잡아당기더니 속삭였다.

"거기 장서고가 경전이 제일 많으니라. 나 같은 땡중이야 평생 경전 볼 일 없다만 너는 좀 다르지. 공짜 밥에 공짜 책 누릴 양이면 기름진 데가 좋지 않겠냐, 헷헤. 어디 째깐한 절에 갔어 봐. 죽어라 땔감 하고 물 긷고 밥 짓느라 시간 다 보냈을걸?"

"의식주를 해결하는 일도 수행이라 했습니다."

"에라이, 새파랗게 젊은 놈이 케케묵은 말씀으로 똥 막대기 닦고 계시네. 쳇, 알 까던 닭이 웃을 말씀. 닥치고. 그래, 무엇이 가장 아프더냐?"

"사람들이 모시는 불상엔 부처의 생명이 없습니다. 불상에 생명을 불어넣어야 하는 이는 출가한 스님들입니다. 스님들이 깨달음을 실천할 때 불상은 생명을 갖습니다. 그런데 깨달음의 실천에 온 생애를 바친 부처의 맨발은 사라지고 중생의 행복을 위한 바라밀행이 망각된 자리에 황금 좌대와 비단 가사만 펄럭입니다. 생명 없는 등상불(等像佛), 빈말이 된 부처님 말씀, 그게 가장 아프고 고통스러웠습니다."

"자, 수행하러 가자."

혜공이 만족스러운 듯 기지개를 켜더니 흔들, 몸을 일으켰다.

시장 한복판으로 걸어가는 혜공과 원효 뒤로 아이들이 뒤따랐다. 야채전과 싸전 주변에선 한 무리의 아이들이 반갑게 달려오며 "부개 화상님, 부개 화상님!" 노래 부르듯 종알거리며 따랐다. 혜공이 헤벌쭉 웃으면서 "오냐오냐." 응대해 주며 걸었다.

"부궤라 부른 것은 진골 화랑들이었다. 지들끼리 떠들 때 삼태기 '궤'자를 써서 나를 부르더구나. 삼태기 지고 다니는 부궤 화상은 밥집에서 부개 화상이 되었다. 부침개 같지 않냐? 헷헷. 이런 것이 민초의 말이다. 한자를 모르는 백성이 '부궤'라 어렵게 부를 이유가 없다. 부궤건 부개건 나는 나지. 헷."

혜공과 원효를 뒤따르던 아이들 무리에 간간이 섞여 든 어른들은 혜공보다 원효에게 관심을 보였다.

"백고좌 법회에서 황룡사 부자 스님들 야단쳤다는 그 젊은 스님?"

"옴마, 억수로 씨언합니더, 스님!"

옹기전 아낙의 걸걸한 목소리가 시원한 소낙비처럼 날아든 가운데 여기저기서 원효를 알아보며 합장 인사를 건네 왔다.

"나보다 더 유명하군, 흥!"

혜공이 퉁명스럽게 걸음을 옮겨 시전 동편 비단전 골목에 자리를 잡고 가부좌로 앉으며 원효에게 얼른 앉으라는 눈짓을 했다. 원효가 자리를 잡는 동안 혜공은 벌써 선정에 든 듯했다. 물건을 설명하고 값을 흥정하는 소리를 비롯해 욕설과 음담패설까지 끼어드는 시장 통의 온갖 소리들 속에서 혜공의 얼굴은 말할 수 없이 평화로워 보였다. 어수선한 그 모든 소리들을 바람 소리, 물결 소리처럼 듣고 있는 듯했고, 그 모든 소리들과 하나로 어울려 흘러가는 듯했다.

그런데 원효는 집중이 되지 않았다.

실눈을 떠 옆에 있는 혜공을 바라보았다. 규칙적인 숨결과 편안한 표정, 쪼글거리는 노승의 얼굴은 저무는 햇빛을 받으며 천진불 같은 미소를 띠고 있었다. 앉은 자리와 완벽하게 하나 된 스승에 비해 시장의 소란스러움에 자꾸 휩

쏠려 평정을 찾지 못하는 자신이 한심했다.

　그때 원효의 눈앞에 길쑴한 그림자가 여릿하게 어른거렸다. 그림자로부터 은은한 향내가 풍겨 나오는 것 같았다. 달콤하면서도 시원한, 머릿속이 상쾌해지는 향기였다.

　원효가 고개를 들었다. 15~16세 정도 되어 보이는 젊은 처녀가 다소곳이 선 채 원효가 시선을 마주쳐 주길 기다리고 있었다. 처녀의 흑단 같은 머릿결이 미풍에 나부낄 때마다 향기가 끼쳐 왔다. 갸름한 흰 얼굴 속에 오밀조밀 박힌 이목구비가 정갈한 처녀였는데 화려한 미인이라기보다 총명하고 당찬 느낌이었고 몸 전체에서 맑은 기운이 전해져 왔다. 붉은 비단 반비 위에 양팔로 감아 두른 진달래꽃빛 비단 표가 하늘거렸다. 표는 평민 여인들은 두를 수 없는 것이니 귀족일 텐데 평범한 귀족 역시 아닌 것 같았다.

　시선이 마주치는 순간, 처녀가 생긋 웃었다. 원효의 가슴속 깊은 어딘가에서 통증이 욱신, 순식간에 지나갔다. 막막하면서도 감미로운, 망망대해의 한 점 유배지에 가득 핀 꽃무더기 속에 갑자기 파묻힌 듯한, 몽롱하고도 아련하며 애달프고 날카로운 외줄의 현이 가슴속 어딘가에서 퉁겨지며 떨고 있는 것 같았다.

　이게 도대체 무슨 일일까.

　숨 쉬기가 힘들었다. 간신히 숨을 고르며 원효가 시선으로 물었다. 무슨 일입니까.

처녀가 목례를 한 후 옷섶에서 편지를 꺼내었다.

편지에 쓰인 것은 "왕청래(王請來)" 세 글자였다.

무슨 말인가.

"보신 그대로입니다."

원효의 마음을 읽듯 처녀가 말하며 생긋 웃었다.

원효의 가슴이 다시 욱신, 했으나 내색하지 않았다.

왕이 청한다. 왜?

'명(命)'이 아니라 '청(請)'이라 쓴 글자를 다시 보며 잠시 망설였다.

그때 혜공이 큰숨을 내쉬며 기지개를 켰다.

"흐잇, 오늘 장 잘 봤다!"

원효의 얼굴을 보더니 혜공이 대뜸 한소리 질렀다.

"안 가니? 그것도 네 일이다. 왜 이리 굼떠!"

10

‧
‧
‧
‧
‧

"소녀를 기억하지 못하시지요?"

"만난 적이…… 있습니까, 우리가?"

생긋 웃는 옆얼굴을 잠시 보이며 처녀는 다시 사뿐사뿐
앞장서 걸었다. 진달래꽃 빛 표가 살랑 나부끼며 파식국의
푸른 보석이 매달린 처녀의 귓불에서 옥돌 부딪는 소리가
잘그락거렸다. 걸음을 늦춘 원효가 한 걸음 뒤에서 처녀를
따라 걸었다.

"만났습니다, 저는."

잠시 후 걸음을 멈춘 처녀가 원효를 돌아보지 않은 채
말했다. 단단하고 맨들맨들한 조약돌이 갑자기 손에 건네
지는 것 같은 또렷한 말소리였다. 만났다…… 라는 처녀의
말이 가슴으로 뛰어 들어오자 소스라치며 당황한 원효가

성큼성큼 걸음을 재촉했다.

이 사람에게 나는 끌리고 있구나.

원효는 스스로의 감정을 알아차렸다. 그녀처럼 자신도 "만났다."라고 말하고 싶었다. 그것은 설레면서도 부담스러운 감정이었다. 사람을 좋아하는 감정이 잘못일 수는 없다. 다만 그 감정이 조절될 필요가 있다고 그는 생각했다. 승려가 된 것은 승려의 길을 가기 위해서이다. 돌연 나타난 처녀를 향한 이 낯선 감정 앞에 엄격해져야만 한다고 원효는 스스로에게 요구했다.

시장 골목에서 처음 봤을 땐 퍽 성숙한 느낌이었지만, 지금 가까이서 본 그녀의 낯빛은 솜털이 보송한 게 소녀에 가까워 보인다. 현기증이 이는 것처럼 눈앞을 환하게 하는 얼굴이었다. 몇 살이나 되었을까. 이름은 무엇일까. 저도 모르게 궁금증이 자꾸 일어나자 원효의 얼굴이 화끈거렸다.

"저는 요석이라 하옵니다. 올해 열다섯이 되지요."

나란히 걷던 그녀가 갑자기 입을 열었다. 그녀가 갑자기 자신의 이름과 나이를 말하자 원효는 마음을 들킨 것처럼 화들짝 놀랐다. 이마에 진땀이 배었다.

"그저, 궁금하실 것 같아서……."

그녀의 말은 자연스럽고 구김이 없었다. 매끈하게 다듬이질된 풀 먹인 옷감처럼 산뜻하고 당당했다. 그 산뜻한 당당함이 다시금 스무 살 원효의 마음에 파문을 일으켰다. 그 파문은 좀 전의 감정과는 다른, 당혹스럽기보다는 유래를 알 수 없으나 오랜 벗을 만난 듯한 신뢰의 마음이 동반된 감정이었다.

이 다채로운 감정의 드나듦 속에서 원효의 가슴은 따뜻해지면서도, 불가사의하게 침착해졌다. 다행이었다. 원효가 빙긋 웃었다. 그런 원효를 곁눈으로 슬쩍 보며 처녀 역시 생긋 미소를 머금고는 날렵한 발걸음을 재게 디뎠다.

이윽고 월성의 해자를 건넜다.

궁의 서문을 지나 한참을 걸어 구중궁궐 여왕의 지밀에 가까워질수록 경호하는 군인들의 수가 많아졌고, 그들은 한결같이 요석을 향해 정중하게 인사했다. 요석은 여왕의 최측근으로 궁에 늘 드나드는 모양이었다.

그제야 닷새 전 백고좌 법회에서 여왕 바로 옆에 시립해 있던 붉은 옷의 처녀가 그녀일 거라는 데 생각이 미쳤다. 여왕과 어떤 관계일까. 요석? 그러고 보니 언젠가 들어 본 적 있는 이름이었다.

순간적으로 보현랑이 생각났다. 기억의 회로들이 줄지어 연결되듯 언젠가 보현랑이 펼쳐 보인 붉은 비단 손수건에 금사로 수놓아져 있던 '요석'이라는 글자가 선명하게 떠올랐다. 이어서 떠오른 또 한 장의 붉은 비단 손수건. '화랑 원효'가 떠오르자 욱신거리는 통증이 심장을 관통하며 지나갔다. '화랑 원효'를 수놓아 준 아씨가 바로 이 사람인가? 보현랑께서 은애하시던 바로 그이? 원효가 순간 걸음을 멈추었다. 화랑이 되지 못할 운명의 사람에게 '화랑 원효'를 수놓아 준 사람과 동행해 임금을 만나러 가고 있다니! 이 순간이 말할 수 없이 낯설고 기이했다. 그날, 보현랑이 원효에게 전해 준 그 붉은 비단 손수건을 품고 서곡성으로 말을 달렸더랬다. 전쟁의 참상을 경험하고 수파현을 업고 서라벌로 돌아올 때도 붉은 비단 손수건이 품속에 있었다. '화랑 원효'는 거기서 끝났다. 황룡사로 출가할 때 그 비단 손수건은 원효의 오래된 바랑에 숙부의 향가집과 함께 넣어 혜공 스님께 맡겼다. 삭발 수계를 하던 날, 불태워 버릴까 하다가 차마 못 태운 그 마음자락 끝엔 무엇이 있었던 걸까. 빛나는 저녁과 신새벽……. 우리는 어떤 인연인 것인가, 라고 생각하다 원효는 화들짝 놀랐다. 이미 그녀와의 인연에 의미를 부여하는 자신을 깨닫자 생각을 떨쳐 버리려는 듯 원효가 급히 고개를 저었다.

요석은 침착하고도 재빨리 걸었다. 화려한 성장을 한 차림이었음에도 옷차림이 전혀 방해되지 않는 듯 날래게 걷는 모습이었다. 태극 모양으로 자리 잡은 두 개의 후원 사이로 접어들자 나지막한 전각이 나타났다. 전각에 들어선 요석은 뜻밖에 지하로 길을 잡아 내려갔다.

전각의 지하에 자리한 지밀의 문이 열리자 여왕의 처소에 어울릴 법한 향내 대신에 오래된 서책 냄새가 끼쳐 왔다.

*

왕위에 오르기 전부터 오랫동안 여왕이 사용해 왔다는 원형의 지밀은 사방이 책으로 가득한 곳이었다. 그 한 중간에 자줏빛 비단보가 덮인 커다란 원탁이 놓였고, 들어오는 이들을 향해 얼굴을 보인 채 여왕이 앉아 있었다. 원탁 위에는 술 주전자와 다구가 함께 놓였고 몇 권의 책이 올려져 있었다.

"가까이 와서 앉으라. 궁금한 것이 많으니라."

여왕에게서 흐릿한 술 냄새가 풍겼다.

"오늘은 정무를 일찍 파하였다. 이제 곧 날이 저물 테지. 삭망에는 심기가 어지러워지느니, 내 그대와 긴 밤 이야기를 나누고자 청하였다."

마주 앉은 여왕의 얼굴엔 피로와 병색이 완연했다. 닷새 전 백고좌 법회에서 처음 보았을 땐 우아하고 당당한 기품이 압도한 탓에 전혀 눈치채지 못했다.

"즉위한 지 다섯 해에 접어든다. 병드는 게 당연하지 않겠느냐. 그런 눈빛은 거두어라."

원효의 얼굴에 떠오른 표정을 간파한 여왕이 손수 차를 따라 원효 앞에 놓아 주었다. 그리고 자신의 잔에는 술을 채웠다.

"보느냐. 술 없인 잠들지 못하는 신세가 신라의 왕이다. 하지만 오늘은 과음하지 않으리니. 석아, 너도 와서 앉거라."

여왕이 다정한 말로 바로 옆의 의자를 가리키자 요석이 다가와 앉았다.

40대 후반의 여왕은 피로가 짙게 드리우긴 했지만 눈가와 이마에 자리 잡은 주름과 분칠을 하지 않아 훤히 드러난 관자놀이의 검버섯에도 불구하고 아름다웠다.

원효는 문득 어머니를 떠올렸다. 원효를 낳자마자 핏덩어리 아기를 딱 한 번 안아 본 후 미소를 지은 채 숨을 거두었다는 어머니. 그 어머니의 자리를 채워 준 것은 숙부였다. 헤아려 보니 어머니가 살아 계셨다면 여왕과 나이가 비슷하지 않을까 싶기도 했다.

"그대가 화랑도에 있었다는 이야기를 들었다. 가진 능력을 펼 수 없는 울분이 아직도 깊은 것이냐. 육두품의 설움 말이다."

원효가 놀라며 여왕을 바라보았다. 여왕의 얼굴에 여유로운 웃음기가 번졌다.

"놀랄 것 없다. 김준후 공은 그대를 대국에 유학 보내고 싶어 하더군. 그만큼 그대를 안타까워하는 것이겠지. 그래, 그대가 파악하는 신라는 지금 어떠한 모습인가. 허심탄회하게 말해 보라."

여왕의 말투는 진심과 허세가 반반씩 섞여 있는 듯했다. 어디까지 이야기할 것인가, 잠깐 숙고하다 원효가 침착하게 입을 열었다.

"지금 신라에는 희망이 없습니다."

원효의 입에서 첫 마디가 흘러나오자 여왕의 창백한 얼굴에 기다렸다는 듯 호기심이 어렸다.

"저마다의 능력과 노력이 아무 소용이 없는 나라에서 인재는 더 이상 자랄 수 없습니다. 타고난 혈통이 미래를 결정하는 나라에서 대다수 젊은이들은 절망으로 스러집니다. 쉬운 노릇은 아닐 터이나 이 문제를 깊이 고민하소서."

자세를 고쳐 앉으며 한 손으로 이마를 짚는 여왕에게서 유향 냄새와 함께 희미한 식은땀 냄새가 풍겼다. 요석이 비단 수건을 들어 여왕의 이마에 밴 땀을 가볍게 찍어 내 주었다.

"그리고?"

여왕의 안색을 살핀 원효가 다시 말을 이었다. 부드러운 음성이었지만 절박한 느낌이 담긴 말투였다.

"삼국 간의 전쟁은 각국의 귀족 세력이 자기 권력을 유지하기 위한 싸움에 불과합니다. 전쟁에 동원되어 죽어 간 백성들의 피가 강이 되어 흐릅니다. 백성의 삶에는 아군과 적군이 갈리지 않으나, 귀족의 삶은 아군과 적군의 구별을 필요로 합니다. 대다수 백성들이 단 한 줌 귀족의 부와 권세를 위해 희생당하지만 귀족들은 아무리 많이 가져도 만족하지 못합니다. 신라는 불국토를 염원하나 지금과 같은 세상은 부처님 세상과 거리가 멉니다. 탁류…… 지독한 탁류의 세상이라 아룁니다."

"너는 탁류에 휘말려 흘러가지 않기 위해 출가한 것이냐?"

흐트러진 듯하면서도 여왕의 눈빛은 순간순간 예리하게 빛났고 자신이 원하는 질문의 시점을 놓치지 않았다.

"탁류 속에서 승자가 된들, 탁류를 맑게 만들 수 없습니다. 어찌해야 탁류를 다시금 본래의 감로수로 되돌릴 수 있을지, 소승이 궁구하는 바는 그것입니다."

원효를 바라보는 요석의 눈빛이 따뜻하고 밝게 빛났다.

"그러하냐. 육두품이자 일개 승려인 너는 탁류 밖에서 자유로운데, 왕인 나는 탁류 속에서 병들었다."

여왕의 창백한 얼굴에 싸늘한 체념이 서리는 듯했다. 왕이 스스로를 탁류 속에 병든 자라 말하다니, 뜻밖의 광경이었다. 여왕이 술잔을 들어 단숨에 비웠다. 요석이 걱정스럽고 따스한 눈빛으로 여왕을 바라보았다.

"나는 아무것도 선택할 수 없었다. 이 가계에 남자가 없었으므로 나는 왕이 되었다. 남자로 태어나야 했으나 그러지 못해 아버지의 실망과 분노를 고스란히 받아야 했고, 선택의 여지 없이 내 가계로부터 물려받은 것이 전쟁이었다. 백제, 고구려와의 전쟁도 그러하거니와 왕가의 혈통을 지키기 위한 근친혼도 일종의 전쟁이었느니."

여왕의 목소리가 메마르게 갈라지며 떨려 나왔다. 깊은 숨을 내쉬며 말을 이어 가는 여왕의 어깨에 요석이 황금빛 표의를 덮어 주었다.

"그러나 오해하지 마라. 왕족인 성골은 아래로부터 만들어진 것이다. 진골 귀족들은 국가가 있어야 귀족의 권력도 유지된다는 것을 간파하였기에 선왕이신 내 아버지의 국가 보위 전쟁에 그들의 병력과 물자를 내놓은 것이다. 반발하는 진골 귀족들은 아버지에게 진압당했지만 대부분의 귀족들은 아버지를 진심으로 따르고 존경했다. 그러면서 아버지의 성골 의식은 더욱 강고해졌다. 사실 선왕도 가엾은 분이시다. 증조부 진흥 대제의 영토 팽창 전쟁으로 신라의 국토는 이전보다 세 배나 넓어졌으나 그 결과 고구려와 백제의 거센 반격을 낳았다. 가엾은 내 아버지 진평왕께서는 그런 고구려 백제의 공세를 막아 내느라 일생을 바쳤다. 그리고 아버지의 일생은 고스란히 내게로 넘겨졌다. 자, 이 업의 끝이 어디이겠느냐?"

고뇌의 흔적이 낱낱이 드러나는 여왕의 맨얼굴을 원효는 보았다. 깊은 한숨을 내쉬는 여왕의 손을 옆자리의 요석이 잡아 주었다. 그런 요석을 향해 여왕이 희미하게 웃었다. 원효는 가슴이 답답했다. 골품의 덫이 왕에게까지 이런 괴로움을 준다는 사실이 불편하면서도 여왕에게 한없이 측은한 마음이 들었다.

"무능한 군주가 되지 않으려면 나도 아버지처럼 전쟁을 계속해야 한다."

빈 술잔을 빤히 들여다보며 여왕이 말을 이었다.

"그런데 나는 전쟁이 지겹다. 새겨들어라. 두려운 게 아니라 지겹다. 평생 보아 온 게 아버지의 전쟁이건만 왕이 된 후에도 이렇게 살다 죽어야 한다는 게 허무하지 않은가. 말해 보라, 영민한 수행자여. 그대가 가려는 곳은 어디인가?"

그 순간 원효는 여왕이 자신을 부른 데에 분명한 이유가 있음을 간파했다. 지금껏 보인 여왕의 흐트러진 듯 솔직한 고백이 목적을 위해 깔아 놓은 포석임을 깨달았다. 있는 그대로의 인간적인 모습을 보임으로써 군왕과 백성 간의 경계를 허물어 놓은 후 왕은 자신이 요구하는 패를 꺼내기 위해 한 걸음씩 움직이고 있었다는 것을. 여왕의 노련함을 눈치챈 순간, 원효는 기뻤다. 마음 한편으로 안심이 되었다.

이윽고 여왕이 원효의 눈을 똑바로 응시하며 덧붙였다.

"전쟁에 몰두하는 귀족들의 안중에 백성의 삶은 없다. 백성을 갈취해 부를 축적하는 서라벌의 귀족들이야말로 도적들이 아니겠는가. 지금 신라는 산중의 도적 떼보다 서라벌 한복판에서 유세 떠는 귀족들의 해악이 갑절은 심하여 나는 잠을 이루지 못한다. 서라벌의 사찰들에서 두드리는 목탁 소리는 어디를 향해야 하는 것인가? 지난 백고좌 법회에서 보여 준 그대의 성심이 내 마음과 같을 것이다."

여왕의 탄식은 오랜 고뇌의 밤을 지새운 사람의 뜨거운 속울음과도 같았다. 귀밑머리가 희끗한 여왕이 탁자에 팔꿈치를 대며 이마를 짚었다. 요석이 탕약을 권하자 여왕이 손사래를 쳤다.

"그날의 백고좌 법회는 어떠했나. 화려하였지. 법회장은 말할 것 없고, 궁에서 황룡사까지 길은 온갖 치장으로 마치 꽃놀이 행차와 같았다. 이제 신라는 점점 더 화려한 의례를 필요로 한다. 환각 같은 것이다. 눈에 보이는 장엄한 행렬이 백성들에게 안도감을 주기 때문이다. 백성들은 왕족과 귀족을 받들면서 그 보호 아래 무탈하게 살아갈 수 있기를 바란다. 신라의 왕족과 귀족이 백성 앞에 자신의 모습을 드러낼 때 최대한 화려하게 보이려 치장에 열중하는 것은 자신이 고귀한 신분임을 증명해 보여야 하기 때문이다. 이 얼마나 어리석은 일들인가. 나는 귀족과 백성의 그런 어리석음을 둘 다 미워한다."

한꺼번에 숨을 토하듯 쏟아 놓는 여왕의 달변은 완전한 알몸의 것이었다. 어떤 허식도 부풀림도 없었다.

"즉위 5년의 세월이 그렇게 흘렀다. 여자 임금을 못마땅해하는 귀족들과 세력 싸움을 하면서 분황사를 짓고 나자 나는 이렇게 늙었다. 백성을 위해 정말 해야 할 일들이 산적해 있건만 전쟁 독이 오른 귀족들의 볼멘소리는 여전히 사그라들지 않는다. 이제는 그들에게 대답을 해 주어야 할 때가 되었다. 내가 누구인지 말이다."

정치와 왕권, 그것은 원효가 전혀 알지 못하는 세계였다. 그러나 날카롭고 신랄하며 열기에 가득 찬 여왕은 귀족들의 탐욕으로부터 백성을 지키고 싶은 마음을 가진 사람임에 틀림없다고 원효는 판단했다.

지쳐 보였지만 여왕의 내면 깊은 곳에는 생생한 꿈이 소용돌이치고 있다는 것을 원효는 느낄 수 있었다. 고통을 감내하며 왕좌를 지키면서 여왕은 무언가 계속 궁구하는 중이었다. 절벽 쪽으로 내쫓기면서도 꿈꾸는 것을 포기하지 않겠다는 야수와 같은 근성이 여왕에게도 있었고, 원효는 그런 여왕에게 동질감을 느꼈다. 둘 모두 고독했고, 둘 모두 일생을 걸고 가 닿고 싶은 분명한 세계가 있었다.

"그대는 신라라는 한심하고 좁은 세상에 회의를 느끼겠지. 그런데 원효, 그대는 왜 승려가 되었나? 대국에서 유학하고 황룡사에 주석한다면 평생 명예와 부가 보장될 텐데. 그대 같은 그릇이면 능히 국사감이지. 그런데 그대는 왜 그걸 바라지 않는가. 그렇다면 무엇을 얻고 싶은가. 내 짐작이 맞다면, 그대와 나는 공유할 수 있는 꿈을 가졌다. 물론 그대의 꿈이 내 꿈보다 클 것이다. 나는 그리 믿는다. 하지만 어떤 꿈도 현실에 발을 딛지 못하면 현실로 자라날 수 없다. 그대가 가진 것으로 가장 큰 것을 얻을 수 있도록 내가 도와주겠다. 아니, 이것은 그대가 나를 돕는 일이기도 하다. 물론 내겐 신뢰하는 국사가 계시지. 자장 스님은 훌륭한 분이시다. 하지만 그분만으로는 내 뜻을 펼 수 없다. 나는 오랫동안 그대와 같은 인재를 기다려왔다."

여왕은 늙었으나 지혜로웠다. 현실에 대한 통찰의 능력이 섬광 같았다. 원효는 기꺼이 여왕을 도우리라 마음먹었다.

멀리서 누군가 여왕을 위해서 금을 타고 있었다. 악기 소리는 대화를 방해하지 않을 정도로 낮고 아득했다. 지밀

어딘가에 있는 다른 공간에서 악기를 타는 어느 알지 못하는 이의 연주가 들어 보지 못한 울음이나 노래처럼 대기를 감싸며 흘렀다.

이윽고 여왕이 원효에게 자신이 계획하는 바를 들려주었을 때, 원효는 자신이 지금 당장 그 일에 개입할 수 있는 시점이 아니라는 판단 때문에 신중히 대답을 골랐다. 화랑도를 파하고 출가를 결심할 때 그랬던 것처럼 신라 최고의 사찰인 황룡사를 파하고 나온 지금, 당장의 거취를 비롯해 선결해야 할 과제들이 눈앞에 있었다.

"소승이 지금 그 임무에 직접 관여할 수는 없습니다. 하오나 의논할 수 있는 믿을 만한 벗들을 알고 있습니다."

여왕의 청에 이렇게 응대한 것은 혜공 스님과 바유, 흰새 등과 더불어 도모하면 그리 어렵지 않으리라고 판단한 때문이었다. 여왕이 바라는 것을 해 나가기에 아미타의 벗들은 안성맞춤이었다. 그들 스스로 이미 그런 일을 해 오고 있었으므로 이는 오히려 아미타의 벗들이 꿈꾸는 것을 여왕이 돕고자 하는 형국이나 다름없다고 원효는 판단했다. 경우에 따라 위험한 일이 될 수도 있으니 조심할 것을 당부하는 여왕의 말은 기우라 여겨 가벼이 들어 넘겼다.

"그 일에 여기 있는 요석이 함께하고 싶어 한다. 그대는 요석을 특별히 살펴 다오."

여왕의 마지막 말이 떨어졌을 때 원효의 심장으로 환하고 단단한 빛 뭉치가 쿵, 부딪혀 오는 듯했다.

요석이 원효를 바라보며 생긋 웃고는 가만히 고개를 숙였다.

11

· · · · ·

아직 컴컴한 인시의 새벽, 월성을 나선 원효가 잠시 망설이다가 분황사로 길을 잡았다.

"황룡사에서 바닥을 보았으니 이제 어디로 가면 좋습니까?"

원효가 물었을 때 혜공은 기다렸다는 듯이 간결하게 대답했다.

"그야 분황사지!"

산에서 정리를 좀 한 후 당분간 밥집에 머물면 안 되겠냐는 원효의 청을 단번에 무지르며 혜공은 단호하게 분황사로 가라 했다.

"망아지 풀 뜯어 먹듯 절집에서! 알아먹느냐, 이 망아지 수행자야."

일단 그러마고 해 둔 터였다. 결정을 내리기 전에 분황사를 한 번 보고 싶기도 했고 무엇보다 새벽 예불을 드리고 싶었다. 더불어 분황사의 가풍을 미리 확인해 보고 싶은 생각도 있었다.

황룡사에 있는 동안 원효가 가장 좋아한 시간은 장경각에서 홀로 경전을 읽는 시간과 새벽 예불 시간이었다. 새벽 예불을 보러 나오는 승려들의 얼굴은 맑았다. 황룡사의 기름진 습성에 아직 물들지 않은 햇중이거나 황룡사의 개혁을 꿈꾸는 소장파 승려들이 대부분 새벽 예불을 지켰다. 대부분의 황룡사 승려들은 깨어나지도 않은 그 시간, 각각의 전각에 불을 밝히고 예불을 올리는 승려들은 서로 간에 티 나는 교류는 없어도 일종의 동지 의식을 느끼고 있었다.

분황사 경내에 막 들어섰을 때, 새벽 예불을 알리는 도량석이 시작되었다. 어둠이 밀려나면서 여명이 스며들었다. 분황사 경내는 소슬하고 단정했다. 나지막하고 평화로운 음영이 절 마당에 어른거리며 새벽의 기미가 부드럽게 경내를 깨웠다. 도량석 목탁 소리가 전각과 전각 사이로 메아리치듯 퍼져 나갔고, 마흔 명 남짓한 승려들이 금당에 모여 예불 준비를 하고 있었다.

원효는 분황사가 마음에 들었다. 분황사의 분위기는 여러 면에서 황룡사와 달랐다. 휘황하게 거대한 불상 없이 전각들은 소박하고 나직나직했다. 경내의 가장 높은 건축물인 석탑은 황룡사 탑처럼 과시하는 느낌을 풍기지 않았다. 자연석이 정교하게 쌓인 기단 네 귀퉁이 돌사자들 이마를 문질러 주며 원효가 천천히 탑을 돌았다. 둥글둥글 순박한 인상에 강직한 풍모가 드러나는 돌사자들은 어딘지 아미타의 벗들을 떠오르게 했다. 여왕과 아미타의 벗들이 새로운 세상을 위해 공유할 일들을 생각하자 가슴이 뜨거워졌다. 회흑색 안산암을 납작한 벽돌 모양으로 다듬어 정성 들여 쌓은 탑신 한 면에 감실을 지키는 인왕상이 자리 잡고 있었다. 원효가 인왕상을 보고 빙긋 웃었다.

언젠가 이곳에서 백성을 두루 이롭게 할 부처의 말씀을 책으로 엮으리라. 그때가 언제일지는 알 수 없지만 곧 오리라는 확신이 들었다.

예불 드리는 승려들의 염불 소리가 청아하고 힘차게 아침을 깨우는 동안, 법당 맨 뒤에 앉아 예불에 동참한 원효의 얼굴에 미소가 가득 떠올랐다. 황룡사와 달리 대부분 젊은 층인 분황사 승려들의 예불 의식은 담백하고 진정 어린 기운이 가득했다. 꼭 필요한 의식만 치르되 모든 단계가 견결하고 힘찼다. 정성을 다해 부처님 앞에 엎드린 분황사 승려들이 추구하는 바가 무엇인지 바로 느껴졌다. 새벽빛이 아침의 붉은 기운으로 스미어 생동하는 시각, 세상에 처음

나온 생명처럼 원효는 자신의 심장 소리를 들었다.

매일 아침 새로이 태어나야 한다.

원효가 심호흡하며 분황사 일주문을 나섰다.

아직 밥집의 벗들을 만나지 못했으니 오늘은 벗들을 만나야 하리라. 아마도 지금쯤은 전갈을 받고 다들 밥집에 모여 있을 것이다. 백제의 소년병 수파현이 깨어나기까지 한 달을 머물렀던 그곳에서 원효는 새로운 형제들을 만난 셈이었다. 오래 못 본 가족을 만나러 가듯 마음이 벅찼다.

"밥 냄새가 난다, 집으로 가자. 밥 냄새가 난다, 병이 낫는다."

밥집에서 쾌차한 병자들은 모두 이 노래를 흥얼거렸는데, 혜공의 입을 통해 퍼진 이 노래는 일종의 염불이기도 했다. 혜공은 세상에서 제일 센 힘이 '밥심'이라 누누이 강조했고, 밥집의 벗들은 밥 하나만큼은 세상 누구보다 맛깔나게 지었다. 그중에서도 흰새가 갓 지어 낸 밥 한 공기를 떠올리자 금세 입안 가득 침이 고였다.

쪽샘을 지나 수령이 오랜 오동나무들이 많은 읍성로를 활기차게 걷는 원효는 자기도 모르게 휘파람을 불고 있었다.

물지게를 진 물장수 몇이 원효 앞에 멈추어 각각 합장을 하고 지나갔다. 땔감 수레를 끌고 가는 사내도 수레를 멈추고 합장을 했다. 얼떨결에 그들의 합장 인사를 받으며 장식이 화려한 어느 귀족 집 대문 앞에서 길을 꺾어 돌다가 문득 이 상황이 낯설다는 생각이 들었다.

휘파람 불며 방자히 걷고 있는 내게 행인들이 왜 굳이 멈추어 합장을 할까. 승복을 입었기 때문인가. 그러나 승복 입은 승려에게 행인들이 일일이 걸음을 멈추고 합장을 하지는 않는다. 그렇다면 왜일까?

순간, 미간을 찡그리며 원효가 우뚝 걸음을 멈추었다.

아뿔싸! 지밀을 나오기 전 여왕이 하사한 비단 가사 자락이 그제야 눈에 들어왔다. 선왕 시절 황룡사 백고좌 법회에 초대되었던 수나라 사신 왕세의가 원광 국사에게 드린 선물 중 하나로 원광이 여왕에게 진상했다는 황금빛 가사였다. 가사의 내력을 설명해 준 후 원효를 가까이 불러 여왕이 직접 어깨에 둘러 주었는데, 그것을 여태 입고 있었던 걸 까맣게 잊었던 것이다.

원효의 얼굴이 어두워졌다.

"신라인은 고귀한 것을 숭배한다. 숭배를 통해 위안을 얻지."

여왕의 목소리가 다시금 들렸다. 고구려, 백제에 비해 불교를 늦게 받아들였으면서도 일단 받아들이고 나자 불교가 삽시간에 흥왕한 이유에 대해 여왕은 잘라 말했다.

"새로운 숭배 대상으로 왕실이 만들어 낸 왕즉불 사상,

왕이 곧 부처라는 황당한 사상 때문이다."

그 자신이 신라의 왕족이면서 여왕은 왕족의 행보에 대해 지나치리만큼 냉담했다. 그 냉담함이 오히려 여왕을 슬퍼 보이게 했다. 왕자가 아니라 공주로 태어났기 때문에 가져야 했던 방외자로서의 결핍을 지밀 가득한 책들로 채워 온 고독의 시간들이 여왕을 그렇게 단련시켰을 터였다.

여왕이 그러하듯이 원효 역시 신령한 존재이자 신으로서의 부처를 확신하지 못했다. 오히려 그런 믿음은 부처가 원하는 바가 아니라는 게 그의 생각이었다.

부처님은 신이 아니시다. 중생의 숭배를 받는 부처는 과연 기쁠 것인가.

이것은 출가 이후 지금껏 원효에게 가장 고민스러운 질문 중 하나였다.

원효가 느끼는 부처는 중생의 숭배를 슬퍼하는 부처였다. 부처를 숭배하느라 허비하는 그 시간에 그대들 스스로 부처의 삶을 살기를 소원하라! 부처가 되기 위해 스스로 노력하라! 부처의 행위로 세상을 장엄하라……

자신 속에서 들리는 대답은 매번 분명했다. 선정에 들어 석가모니 부처님을 생각하고 느낄 때마다 부처는 중생의 숭배에 오히려 눈물을 보였고 맹목적인 찬양에 뒤돌아 면벽을 택하였다.

나는 석가모니께서 깨달음의 실천에 온 생애를 바친 그 모든 과정에서 발현한 부처의 성품을 사모하느니. 부처를 닮고 싶다. 부처처럼 살고 싶다!

황금빛 비단 가사를 벗어 망태기 걸치듯 한쪽 어깨에 걸친 후 원효가 다시 휘파람을 불며 걸음을 옮겼다.

*

동시 뒷골목 밥집은 아침부터 흥성거렸다. 하곡현의 사포항으로 가져갈 물목들을 정리하느라 마당이 부산했다.

원효가 밥집에 들어서자 수파현이 제일 먼저 내달려 왔다.

"랑!"

달려와 원효의 품에 안기며 금세 눈물을 그렁하게 내비치는 수파현은 여전히 한 해 전의 여린 모습을 고스란히 간직하고 있었지만 그사이 키는 훌쩍 자라 있었다. 휘요옷, 높고 경쾌한 새소리와 함께 수파현 뒤로 흰새가 나타났다.

"참, 부개 화상님은 안 계세요. 랑, 오시면 항사사로 오라고 하셨어요."

"녀석, 형님이 화랑도 작파한 지 언젠데 아직도 랑이라냐? 이제 형님은 서라벌에서 젤로 유명짜한 시님이시다, 시님!"

흰새가 벙싯거렸다. 작달만한 키에 다부진 근육, 딱 벌어진 어깨를 훤히 드러낸 흰새는 짐을 나르다 달려온 모양새였다. 상반신을 훌렁 벗어던진 흰새가 다가오자 땀내가 훅 끼쳤다.

"어우, 형님, 냄새! 형님이야말로 서라벌에서 젤로 유명한 스님께 이런 꼴로 형님이라 불러도 되는 거예요? 스님 동생이 도굴꾼인 게 말이 돼?"

수파현이 부러 새침한 얼굴로 원효에게서 한 발짝 뒤로 벗어나며 흰새에게 퉁을 주었다. 원효를 바라보며 동의를 구하듯 방긋 웃는 수파현을 보자 원효가 웃음을 터뜨렸다. 흰새가 '요놈 봐라!' 하는 표정으로 수파현을 돌아보았다. 얼굴이 상기된 수파현은 소녀라고 해도 믿을 만큼 어여뻤다. 이제 열네 살. 한 해 전의 서곡성 전투가 떠올라 원효의 마음이 아릿했다.

"다리는?"

원효가 묻자 괜찮다는 걸 보여 주려고 수파현이 두 팔을 날개처럼 쫙 펴고 밥집 마당을 훨훨 나는 시늉을 했다.

한쪽 다리를 약간 저는 듯했지만 한 해 전만 하더라도 상상도 못한 일이었다. 다리를 영영 못 쓰게 되는 줄 알았는데 이만큼이나 좋아진 것은 혜공 스님의 공력이었다. 원효의 눈가가 부드럽게 반달이 되며 담뿍 웃음이 담겼다.

"한창 크는 애들이니 점점 좋아질 거야."

굵직하고 맑은 음성이 밥집 마당 문 쪽에서 들려왔다.

원효가 반색하며 얼른 몸을 돌렸다. 밥집 문에 푸른 산이 하나 들어찬 것 같은 느낌이 들 만큼 건장한 바유를 바라보며 원효가 활짝 웃었다. 바유가 합장하며 인사하려 하자 원효가 손사래 치며 바유의 어깨를 안았다.

"고마워요, 사형!"

원효의 인사에 미소만 짓는 바유 옆에서 흰새가 정색을 했다.

"사형이 될라믄 바유 형님도 머리 깎고 출가해야 하는 거 아냐? 그거 볼만하겠네. 저 앞머리 좀 싹 밀어 버리면 시원할 텐데. 안 그래요, 형님? 날 더워지면 긴 터럭 무지하게 더운데 우리 몽땅 싹 깎아 버릴까요? 그럼 아미타림이 진짜 아미타 세상 되는 거 아냐?"

미소를 머금은 채 바유는 아무 말 없이 뒷방을 향해 걸었다.

뒷방 입구의 황토벽 앞에서 원효가 발을 멈추었다. 그러고는 뒤따르는 흰새와 수파현을 돌아보았다.

"형님맞이 환영 그림이라나 뭐라나."

수파현 대신 흰새가 말해 주자 수파현은 얼굴이 발갛게 상기된 채 흰새의 등 뒤로 얼른 몸을 숨겼다.

원효가 감탄하며 벽화를 바라보았다.

황토벽 한 면에는 푸른 바다가 넘실대고 있었다. 부챗살처럼 층층이 일어난 파도는 손을 담그면 젖을 것처럼 섬세하게 붓질된 솜씨였다. 망망대해에 배가 세 척 떠 있었다. 두 척은 해안으로 다가오고 있고 한 척은 바다 쪽으로 뱃머리가 향해 있었다. 벽 아래쪽에 그려진 해안가 흰 모래 벌판엔 붉은 꽃들이 가득 피어 있었다. 작약꽃을 그린 듯했는데, 더러 해당화가 섞인 것 같았다. 파도는 일렁이는 듯하고 꽃은 향기를 뿜는 듯했다. 꽃이 그려진 황토벽 근처에서 벌들이 몇 마리 웅웅거렸다.

"고향이 바닷가였나, 수파현?"

원효가 혼잣말처럼 낮은 소리로 중얼거렸다.

"네……."

아주 작은 수파현의 대답이 흰새의 등 뒤에서 들려왔다.

신라의 동쪽 바다와는 느낌이 전혀 다른 바다였다.

이런 느낌을 이 아이는 어떻게 황토벽에 표현해 낸 걸까.

원효가 벽에 바짝 다가가 푸른 파도를 코앞에서 뜯어 보았다. 황토에 볏짚을 이겨 바른 본래의 벽 위에 흰 회칠을 더한 것 같았다.

"사포항의 서역 아재한테 배웠지. 현이 벽에다 그리고 싶어 하기에 말이야. 서쪽 나라들에선 석회를 이용한다 하더군."

바유가 심상하게 한마디 했다.

"땅속이라면 우리가 귀신이잖아. 어디에 어떤 흙이 많은
지 신라 땅은 다 내 손바닥 안이야."

흰새가 으쓱하며 덧붙였다.

"안료는 제가 직접 만들었어요, 랑!"

수파현은 여전히 흰새의 등 뒤에 숨어 형님들의 말을 받
았다. 자기 등 뒤에 딱 붙어 있는 수파현이 귀여워 죽겠다
는 표정으로 흰새가 엄지를 치켜들며 말했다.

"우리 현인 천재예요. 하나를 가르치면 열을 안다니깐.
철에서 뽑는 파랑부터 온갖 돌에서 별별 색을 다 뽑아 내
더라고요. 참, 형님, 현이 이놈 비파 타는 거 봤어요? 그림
도 그림이지만 비파 타는 솜씨도 아주 죽여줘요!"

으쓱해진 수파현이 흰새의 등 뒤에서 한 발짝 벗어나 앞
쪽으로 나서며 정색을 했다.

"어우, 흰새 형님. 죽여줘요가 뭐야요. 내참!"

"죽여줘요가 어때서? 그럼 살려 줘요 그러냐? 뜨건 닭개
장 먹으면서 엇 뜨거, 그러면 뭔 맛이야. 시원하다, 해야 맛
이지."

흰새와 수파현이 무람없이 정답게 투덕거리는 사이에
바유가 한마디 했다.

"이건 내가 그려 달라고 현에게 특별히 부탁했네."

뱃머리가 바다 쪽으로 향해 있는 배 한 척을 바유가 한 손으로 가리키며 웃었다.

앞머리를 쓸어 넘기자 드러난 바유의 푸른 눈을 바라보며 원효가 싱긋 함께 웃었다.

"우리 수파현, 예인이로구나! 언젠가 분황사를 한번 장엄하면 좋겠다."

원효의 칭찬에 부끄러운 듯 미소를 지으며 소년이 공연히 푸른빛 머리끈을 끌러 고쳐 매었다. 가늘고 긴 소년의 손가락이 섬세하게 움직이며 매듭을 묶는 것을 보며 원효의 눈빛이 아련해졌다.

서곡성 감옥에 갇힌 원효의 상처에 연고를 발라 주던 어리고 가녀린 그 손. 등에 업고 며칠을 헤매며 걸어 서라벌로 올 때, 그만 자기를 버리라고 말하면서도 의식을 잃은 중에 원효의 어깨를 꼭 그러쥐던 여리고도 강한 손. 기진한 중에도 그 손은 "그 나라에는 전쟁과 차별과 배고픔이 없습니까."라는 물음을 필사적으로 붙들고 있었으리라. "그런 나라라면 부처님 나라겠지요."라고 말한 후 의식을 잃었던 어린 백제 소년은 서라벌 한복판에서 신라인들과 가족을 이룬 셈이었다.

부처의 나라. 그것은 신라도 백제도 아닌 다만 부처의

나라일 뿐인 것이다. 밥집의 벗들도, 여왕도, 자신도 찾고 있는 바로 그 나라.

"아미타림 사정은 어떠합니까?"

방에 들어와 앉자마자 원효가 아미타의 숲에 관해 바유에게 물었다.

"좋은 소식과 나쁜 소식이 모두 있네. 어느 쪽부터 듣고 싶은가?"

그간 쌓인 많은 이야기들 중 무엇부터 시작해야 할지 헤아리느라 바유의 표정이 어두워졌다.

*

아미타의 숲은 점점 울창해지고 있다고 했다.

항아리만 한 붉은 불덩이가 굉음을 내며 날아들어 산 하나를 전부 태워 버린 이후 저주받은 땅이 되었던 그곳에 상수리나무들이 다시 자라기 시작한 것이 정확히 언제부터였는지는 모른다.

저절로 자라났다고도 하고 젊은 날의 혜공 스님이 혜숙 스님과 의기투합하여 도토리 10만 8000개를 심고 보살폈다고도 했다.

흰새가 혜공 스님께 아미타림의 연원에 대해 여쭈어 본

적이 있으나 혜공은 허리에 찬 표주박을 끌러 흰새의 이마에 불뚝한 혹을 하나 만들어 주었을 뿐이다.

"예끼, 어느 하나의 힘으로 숲이 만들어지더냐! 도토리와 비바람, 햇빛, 흙의 원력이 모두 적절한 인연을 이루어야 나무 한 그루가 자라는 법이니라."

지금 여기서 극락세계를 가꾸리라는 의미로 그곳을 아미타림이라 이름 지은 이는 혜공 스님이었다.

혜공 스님이 밥집의 바유와 흰새를 데리고 처음 그곳에 갔을 때, 바유는 가슴이 뻐근해져서 큰 소리로 호랑이처럼 울었다고 했다.

그날 이후 아미타의 숲엔 병자들을 위한 산채를 시작으로 다섯 동의 산채가 지어졌다. 장애인, 혼혈인, 전쟁고아들, 그리고 가혹한 주인을 피해 탈출한 노비들의 산채가 차례로 완공되었다. 국경 마을에서 전쟁의 불안을 피해 아미타림으로 흘러드는 가족들도 점점 늘어났다. 규모가 커지면서 재원이 모자랄 만한데도 아미타림은 그 후 5년째 별 탈 없이 돌아갔다.

아미타림의 지도자 바유. 그는 서라벌 뒷골목 세계에서 일찍부터 전설 같은 인물이었다. 웬만한 서라벌의 부랑아와 무뢰배 건달들은 바유의 이름 앞에서 아직도 오금을 저렸다. 그들 중 개심하여 바유와 함께 새 삶을 살고자 하는 이들이 많았고, 그들은 아미타림의 가장 헌신적인 일꾼들이 되었다.

바유는 무역항 사포 항구에서 태어나 자란 뒤 서라벌로 흘러들어 뒷골목 주먹의 세계를 주름잡던 검푸른 눈의 혼혈 사내였으나, 이제는 어둠의 자식들을 아미타의 벗으로 이끄는 중추였다. 항구에 수두룩한 것이 혼혈 아이들이었으나 서라벌에서는 혼혈 아이들이 대로를 활보하는 것을 볼 수 없었다. 존재하면서도 그 모습을 백주에 드러내서는 안 되는 혼혈인들은 밤의 세계에 속한 사람들이었다. 청부 폭력과 밀매, 매음과 포주의 세계가 그들에게 허락된 서라벌의 삶이었으나 바유는 그런 삶을 스스로 청산한 첫 번째 인물이었다. 그를 새 삶으로 이끈 이는 물론 혜공 스님이었다.

화랑도를 파하고 밥집에 머문 한 달간 원효는 바유에게서 깊은 감동을 받았다. 만약 자신이 화랑도에 들어가지 않고 바유 같은 사내를 먼저 만났다면 그와 함께 아미타림의 일을 도모하며 평생을 벗해 살아도 좋으리라는 생각을 하기도 했다. 그는 서라벌의 정치판에 야망을 가진 대부분의 화랑도 청년들과 태생도, 지향하는 바도 전혀 다른 그릇이었다.

오랜만에 바유와 대면하자 하고픈 이야기들이 많았지

만, 우선 급한 이야기부터 시작했다.

천정(天井)과 책력. 원효가 여왕의 요청 두 가지를 요약해서 들려주자 흰새가 호탕하게 웃었다.

"까짓것 뭐가 어려워. 금척을 찾아오라는 것도 아니고 사라진 천사옥대를 다시 만들라는 것도 아닌데. 형님들, 염려 붙들어 매셔. 이 흰새가 유식한 말로 산학의 대가 아뇨? 내 일에 정확한 산술은 기본이지, 암. 역술도 마찬가지! 게다가 우리 부개 화상님은 하늘 읽는 데 도사 아닙니까. 뭐가 걱정이우?"

흰새는 쉽게 반응했으나 바유의 표정은 무거웠다.

바유가 아미타림의 인구 증가에 따른 현실 문제들을 고민하고 있음을 알고 있었기에 원효는 지금 같은 시기에 여왕의 요청을 받은 것이 아미타림에 도움이 될 수 있으리라 생각하기도 했다. 여왕을 배후로 둔 일종의 국책 사업의 일환이라 생각할 수도 있었다.

하지만 바유는 신중했다.

"책력은 나도 본 적이 있다. 중국 것은 서역 것과 많이 달랐다."

"서역 책력도 보셨단 말입니까, 사형?"

"항구엔 없는 게 없으니까. 특히 뒷골목에는."

"선왕대에 당에서 역서를 수입해 와 신라의 책력을 만

들어 보려고 조정에서도 애썼던 모양입니다. 결국 실패하고 말았지만."

길게 드리워 얼굴의 절반을 가리다시피 한 앞머리를 쓸어 올리며 바유가 잠시 눈을 감았다. 선이 뚜렷한 이목구비를 드러낸 바유의 얼굴을 바라보며 원효는 머나먼 서역의 청년 태자를 떠올렸다.

사람의 골상이 이토록 다를 수 있다는 것을 원효는 바유를 통해 처음 깨달았다. 불지촌의 시골에서는 상상도 못한 일이었고, 보현지도의 낭도로 서라벌 생활을 할 때에도 생김새가 기이한 외인들이 동쪽의 항구들을 드나든다는 사실을 풍문으로 들었을 뿐 직접 본 적은 없었다.

바유를 본 순간 원효의 인식 세계는 순식간에 넓어졌다 할 수 있었다. 바유의 외모는 그 모습 자체만으로 신라 너머의 미지로 인식의 틀을 확장시킨 충격인 셈이었다.

원효는 외형에 속박됨 없이 바유를 받아들였고, 바유를 통해 머나먼 서역에 존재했던 한 성인의 모습을 상상해 보았다. 어쩌면 그는 바유처럼 검푸른 눈동자를 가졌을 수도 있다. 1000여 년 전 머나먼 서쪽의 한 작은 나라에서 태어난 성인의 자취가 동서남북 온 세상으로 뻗어 이곳 신라에까지 이르렀다는 생각은 원효를 몹시도 자극했다.

수파현을 업고 몇 날 며칠을 걸어와 밥집에서 정신을 놓

은 원효가 며칠 후 눈을 떴을 때, 원효의 이마에 물수건을
갈아 올려 주던 바유의 검푸른 눈동자는 따뜻하고 깊게 빛
났다. 그런 아미타 벗들과 처음 만났던 순간을 떠올리자
이 방이 문득 유정했다. 원효가 빙긋 미소를 짓는 찰나, 바
유가 눈을 떴다.

"위험한 일이 될 수도 있다."

신중한 바유의 눈빛은 여왕이 염려한 의미를 고스란히
담고 있었다. 이 나라에서 가장 높은 권세를 가진 임금과
가장 후미진 변두리 삶을 사는 이들이 동일하게 염려하는
것, 그것은 귀족들의 그칠 줄 모르는 탐욕이었다.

"귀족들은 백성이 책력을 가지는 것을 원하지 않는다."

"왜죠? 백성을 위한 일이고, 게다가 임금님이 원하는
데?"

수파현이 곱고 높은 목소리로 끼어들었다. 원효는 아무
말이 없었다.

"경우에 따라선 아미타림이 위험해진다."

바유가 천천히 말했다.

"그러나……."

검푸른 눈동자에 기이한 열기가 어리며 바유가 말을 이
었다.

"언젠가는 백성들이 가지게 될 것이다. 중국과 서역이

이미 그러하듯이. 그것이 역사라고 나는 생각한다. 그렇다면 애민하는 왕이 계실 때 추진하여 하루라도 빨리 백성이 가지게 하는 것이 옳다."

때맞춰 원효가 고개를 끄덕거린 후 말했다.

"그런데 당분간은 제가 함께할 수 없습니다, 사형."

"알고 있다. 아우님께선 이보다 중요한 사명을 가진 분이시다. 어차피 금방 될 일이 아니야. 지금 당장 시작해도 수년은 걸릴 일이지."

방 안에 잠시 침묵이 흘렀다.

바유가 굴려 가는 바퀴와 원효가 굴려 가는 바퀴가 한 수레를 이끌어 당도할 곳에 대해 저마다 생각하는 듯했다. 미래를 단언할 수는 없지만, 조금이라도 나은 백성의 역사를 써 가기 위해선 조금씩이라도 바퀴를 움직여 가야 한다는 믿음이 아미타의 벗들에게는 있었다.

"그럼 또 금방 떠나는 거예요, 랑?"

향비파를 안고 울상 짓는 수파현을 달랜 뒤 원효는 붓으로 향나무 목간에 '일심(一心)'이라고 쓴 후 구멍을 뚫어 비파 손잡이에 실로 매달아 주었다.

12

· · · · ·

　요석은 마치 원효가 그 길을 지나가리라는 것을 알고 있었던 사람처럼 오동나무 아래 서 있었다.

　나정을 지나 남천을 건너가기 직전에 있는 외길이었다. 오동나무마다 연보랏빛 오동 꽃이 화관처럼 꽃 타래를 올린 채 미풍에 흔들렸다. 가끔씩 바람이 요석의 긴 머릿결을 흐트러뜨릴 때마다 오동 꽃 향기가 더욱 짙어지는 것 같았다.

　요석은, 원효가 다가오기를 기다렸다.

　원효는, 요석이 거기 서 있는 것을 알아챈 이후 불과 서른 걸음 남짓을 어떻게 걸었는지 기억할 수 없다.

　그 우련한 시간 속에 꽹 소리 같은 것이 귓가에서처럼 들렸다.

만났습니다, 저는.

요석의 목소리가 떠오르자 원효의 심장이 쿵쾅거렸다. 그 목소리가 마치 자신의 심장 속에서 튀어나온 것만 같아 눈앞이 아련했다.

마침내 한 걸음 앞에 원효를 두고 요석이 웃었다.

깨끗한 쑥색 광목으로 지어진 치마에 연한 진달래꽃 빛 광목 저고리를 입은 요석은 궁에서 봤을 때와는 또 다른 느낌이었다.

"금세 다시 뵙는군요. 좋은 빛깔입니다."

더듬거리며 원효가 먼저 인사를 했다.

"쑥 빛은 쑥으로부터, 진달래꽃 빛은 진달래꽃으로부터 나왔답니다."

요석이 '진달래꽃 빛'이라고 말하는 순간, 원효의 기억 속에 저장된 유일한 진달래꽃 빛이 일렁거렸다. 가슴이 싸하게 아련했다.

"신라 여인들의 길쌈 솜씨는 동방 제일입니다. 질 좋은 신라의 광목에 색을 들여 당나라 비단과 교역하는 일을 준비하고 있답니다. 왜국에는 수출을 하고요."

요석의 편안한 태도와 말씨 덕분에 원효는 안정감을 찾았다. 상기되었던 원효의 얼굴이 서서히 편안해졌다.

"폐하께서 그런 일에도 관여하십니까?"

요석이 대답 없이 생긋 미소만 지었다.

"어디로 가시는 길인지요?"

"분황사 가는 길에 잠시 뵈려고 예서 기다렸습니다."

자신을 만나기 위해 기다렸다는 말을 듣자 다시금 얼굴
이 붉어지는 듯해 원효가 서둘러 물었다.

"분황사에는 무슨 일로?"

"이 계절엔 굶주리는 아이들이 많습니다. 푸성귀가 넉넉
해질 때까지 가람 동편에서 아이들에게 저녁을 먹이고 있
습니다."

"그것도 폐하의 명입니까?"

"여러 사람의 뜻이기도 합니다."

"외람됩니다만, 폐하와는 어떤 관계이신지 여쭤도 되겠
습니까?"

"폐하께서는 제 아버님이신 춘추공의 고모가 되십니다."

아, 김춘추. 들어 본 적이 있는 이름이었다. 정계에 과문
한 원효에게까지 이름이 익숙한 진골 귀족 김춘추는 김유
신과 더불어 서라벌의 핵심 실세였다. 원효의 얼굴에 복잡
한 표정이 지나가자 요석이 그럴 줄 알았다는 듯 웃음을
터뜨렸다.

"서라벌 귀족들의 가계는 일일이 따지기에 그리 거룩하
지 못합니다."

맑고 높은 웃음 끝에 맹랑하게 덧붙이는 요석의 목소리
엔 차돌처럼 빛나는 뭔가가 있었다. 여왕이 가진 대범하고
직선적인 성마름과는 전혀 다른 부드러움이 요석에겐 있었
고, 그 부드러움은 청옥처럼 맑고 단단한 당돌함과 함께였
다. 상대를 무장해제하는 요석의 힘은 진실하고 싱싱했다.

길을 서두르라는 듯 오동나무 우듬지를 흔들며 까마귀
가 울었다.

"저는 곧 아미타의 벗들과 함께 지낼 생각입니다."

요석의 입에서 아미타의 벗이라는 말이 자연스럽게 흘
러나왔다.

원효가 무어라 말을 꺼내려다 가만히 눈을 내리깐 채 고
개만 끄덕였다. 요석과 대면하는 시간이 길수록 자신의 내
면이 흔들린다는 것을 원효는 느끼고 있었다. 수행자의 신
분으로 그것은 피해야 하는 일이었고, 피할 수 있다고 믿
고 싶었다. 그런데 요석은 부드러운 바람처럼 원효를 휘감
으며 자신을 보라고 무언의 요청을 하고 있는 듯했다. 시
선을 피하는 원효를 요석은 계속 응시했다. 안타깝고도 아
득한 요석의 시선이 원효의 눈꺼풀에 닿아 부서질 때, 이
유를 모른 채 원효는 심장이 아팠다.

"승복이, 생각보다 잘 어울리십니다."

문득 요석이 말했다. 무슨 말씀이신가. 원효가 고개를

들었다. 요석의 얼굴이 원효의 눈동자에 맺혀 왔다. 원효의 가슴으로 다시 통증이 지나갔다. 원효가 급히 숨을 들이쉬고 내쉬었다. 숨길을 따라 날렵하고 작은 새가 자신의 몸속에 들어왔다 나간 것 같은, 후드득 날아간 새의 자취를 따라 공중에 예리한 칼금이 새겨진 것 같은 순간적인 환시와 이명이 지나갔다. 피하고 싶어도 피하지 못할 것이라는 불가항력의 느낌과 함께 원효가 간신히 요석을 마주 본 순간, 요석의 맑고 깊은 눈동자 속에 자신이 눈부처로 들어 있는 것을 원효는 보았다. 태어나 처음으로 누군가의 눈 속에서 자신을 본 순간이었다. 더불어 눈 마주친 사람은 많았으나, 상대의 눈에 오롯이 담긴 자신의 모습을 보는 것은 온전히 처음이었다. 발끝부터 머리끝까지 온몸에 미열이 감돌기 시작했다.

다시, 까마귀가 울었다.

근처 능의 보수 공사를 하러 가는 듯한 잡역꾼 두 사람이 석물들과 연장 꾸러미를 실은 손수레를 끌고 지나갔다. 두 사람은 그들이 지나갈 수 있도록 한 걸음 물러섰다가 다시 마주했다. 오래 준비한 이야기를 하듯 요석이 입술을 뗐다.

"이루셔야 합니다."

이 한마디를 하고 요석이 한 발짝 먼저 움직여 길옆으로 물러섰다.

이루셔야 합니다.

요석의 이 한마디는 원효의 내면 깊숙이 자리한 광활하고 빛나는 대지를 향한 향수를 불러일으켰다. 이룬다는 것. 그것은 예컨대 고향으로 돌아간다는 의미와 흡사하게 느껴졌다. 부처의 삶을 이룬다는 것. 그것은 본래의 고향으로 돌아간다는 의미일까. 불가사의하게도 요석의 목소리는 원효의 내면 깊은 곳을 일깨우며 입김처럼 스미고 있었다.

원효가 고개를 끄덕인 후 요석을 향해 깊이 몸을 숙여 합장하고 막 돌아서려는 순간이었다.

"잠시, 이것을."

그간 보아 온 요석답지 않게 주저하는 기색이 역력한 부름이었다.

"부질없는 줄 알지만 소녀의 마음이오니."

망설이는 듯하던 요석이 소매 속에서 뭔가 꺼내어 원효에게 내밀었다.

가붓하고 얇은 그것을 잡느라 요석의 손과 원효의 손이 스쳤다.

영원이라는 말이 처음으로 떠올랐다.

요석이 전해 준 것은 얇은 한지로 접은 작은 봉투였다. 손바닥만 한 그것을 열자 반듯한 사각형을 한 번 접은 얇은 서찰이 있었다. 서찰을 펼치자 분홍빛이 아련하게 눈에 스몄다. 서찰 한켠에 꽃잎이 붙어 있었다. 꽃잎과 꽃술 하나하나까지 온전한 형태로 눌러 말려진 진달래꽃이었다. 원효의 가슴속으로 그날의 진달래꽃 빛이 스며들었다. 꽃빛과 함께 그날 남산에 불던 바람의 감촉까지 생생하게 살아났다. 눈물자국이 남은 원효의 눈가에 잠시 닿았다 사라진 소녀의 손길도.

'아파서 거기 누워 있던 거 아니에요? 난 가끔 그러거든요. 여기가 아파서.'

그날의 그 소녀, 그 목소리가 다시금 생생했다.

원효가 꼭 쥔 왼손을 가슴에 올렸다.

그대였구나.

요석의 눈 속에 오롯하던 눈부처를 떠올리자 눈시울이 더워졌다.

나를 보고 있었구나. 내내.

'화랑 원효'라 수놓인 붉은 비단 손수건을 전해 주던 보현랑의 얼굴이 어쩔 수 없이 떠올랐다. 죄책감이 거듭 밀려들었지만 불가항력의 느낌도 함께였다. 온몸이 쿵쿵거리듯 격렬히 뛰는 자신의 심장 소리를 들으며 원효가 몸을 돌려 요석이 걸어간 길을 바라보았다. 요석은 벌써 길 끝으로 가뭇없이 작아져 가고 있었다.

요석의 서찰에는 이렇게 적혀 있었다.

"원효랑이 신라의 동량 되시는 걸 보고 싶었습니다. 뒤늦게 안 출가 소식에 천지를 잃은 듯 슬펐습니다만, 백고좌 법회에서 알았습니다. 이것이 님의 길입니다. 부디 이루소서. 도반으로서 저 역시 소임을 궁구하겠나이다."

세필로 쓴 단아한 정자체 글씨엔 요석의 뜨거운 숨결이 고스란했다.

·
·
·
·
·

13

영일의 운제산 항사사 초입에 이르렀을 때, 원효가 우뚝 걸음을 멈추었다.

"누구냐!"

주위는 조용했다. 새파랗게 물이 오른 물푸레나무 새순들이 창끝처럼 뾰족한 채 흔들렸다. 햇빛이 쨍쨍했고 바람이 불었다. 나뭇잎들 흔들리는 소리가 적요하게 들려왔다. 가까운 물푸레나무 옆에 몸을 붙인 채 원효가 서편 숲 속을 주시했다. 분명 살기였다.

내내 따라붙던 살기가 잠시 후 감쪽같이 사라졌다. 산짐승일까? 아니다. 산짐승은 자신을 공격하지 않는 상대에게 적의를 품지 않는다. 미행? 하지만 누가, 왜? 손에 잡힐 듯한 거리에서 청회색 나방이 날개를 떨었다. 뒤편의 떡갈나무 숲에서 푸드드득 깃을 치며 산새가 날아올랐고 숨을 죽인 서편 숲 그늘은 짙었다.

잘못 짚었나? 잠시 주위를 살펴보던 원효가 이윽고 다시 걸음을 옮겼다.

항사사 앞마당에 들자마자 대웅전을 살폈다. 혜공은 보이지 않았다. 잠시 목을 축이려는데 서쪽 비탈에서 사납고 불길한 기척이 들려왔다. 장삼 자락을 움켜잡은 채 쏜살같이 내달리는 원효의 심장이 불안한 느낌으로 쿵쿵 뛰었다.

"스승님!"

좌로 굽어지는 비탈 공터 옆에 혜공의 모습이 눈에 들어왔다. 그는 한 팔을 떡갈나무에 붙여 놓은 채 다른 쪽 팔을 버둥거리며 화살을 뽑고 있었다. 누더기 소맷자락에 꽂힌 두 개의 화살은 마치 손목에 칼을 채워 놓은 것처럼 사선으로 교차되어 단단하게 떡갈나무에 박혀 있었다. 화살 꽁지에 달린 흰 깃털이 파르르 떨렸다. 혜공의 바짓가랑이에도 두 개의 화살이 꿰어진 채였다.

"흥, 귀신 같은 솜씨로군."

사색이 된 원효에 비해 혜공의 표정은 심드렁했다.

"보셨습니까?"

"무기고 관리를 하러 왔다더군."

혜공의 시선이 가리킨 서편 비탈은 허리 높이의 시누대가 산 아래 마들까지 펼쳐져 장관이었다. 큰 키 나무가 많은 숲 속에 갑자기 펼쳐진 나지막한 대숲에선 뱀의 혓소리 같은 바람 소리가 끊임없이 불며 오갔다. 죽시, 즉 화살의 재료가 되는 산죽이 다량으로 자라는 이곳은 국가의 관리 감독을 받고 있는 곳이었다.

"여기는 영일의 나마가 관리하는 곳이다. 그런데 그놈은 나마의 이름조차 모르더군. 족쳐 보려 했더니 바로 이 짓거릴 한 게야."

"그렇다면 어디에서 누가 보낸……?"

"알 수 없지. 확실한 건 우리가 위협받고 있다는 게야."

"무엇 때문에……."

"흐흐흐. 모르겠느냐. 이게 다 네가 너무 시끌벅적하게 등장해서 생긴 문제 아니더냐. 세속 도량이 새털처럼 가벼웁겠느냐."

원효의 얼굴은 흐렸지만 혜공은 뭐가 우스운지 연신 키득거렸다. 암자에 들어서자마자 혜공은 또 클클거리며 곡주를 내왔다. 한 잔 들이켜고 사발 밑바닥을 원효에게 내보이자 원효가 빈 사발에 곡주를 채웠다. 한 사발을 마저 들이켜고는 혜공이 원효의 손에 잔을 쥐어 주었다.

"임금이 너를 주목했다. 그것은 네가 서라벌 정치계 안쪽으로 들어갔다는 뜻이지."

"저는 불제자입니다. 정치엔 뜻이 없습니다."

"네 뜻과 무관하다. 그 바닥에서 너라고 더하고 덜하겠느냐. 이미 귀족들의 촉수가 움직이기 시작하지 않았느냐."

방 한구석에 던져 놓은 네 개의 화살을 혜공이 턱으로 가리켰다. 화살 꽁지의 흰 깃털들에 원효의 시선이 잠시 붙박였다. 흔한 화살이 아니었다.

"처지가 별나다만 그것도 네 몫이다. 그래 궁 안의 스승은 어떠하시더냐."

화제를 돌린 혜공의 질문에 갸우뚱하던 원효가 말뜻을 헤아려 이윽고 대답했다.

"영민한 분이시고, 슬픈 분이셨습니다."

"슬픔은 활인에도 살인에도 모두 소용되지. 누구의 품에 있느냐가 문제."

혜공이 알 듯 모를 듯 희미한 웃음을 띤 채 다음 잔을 비웠다.

"왜 물으셨습니까? 갑자기……."

"너에게 일이 생기면 아미타림에도 과가 미치느니."

"조심하겠습니다. 그런데 스승님, 궁금한 것이 있습니다. 부처님 법이라 할 수 없는 '왕즉불' 사상의 근원이 어디입니까. 신라 바깥 세계의 불법에도 '왕즉불'이 흥합니까?"

깊게 빛나는 원효의 눈빛은 많은 것을 묻고 있었다.

"헷, 신라에서 중노릇하면서 그런 의문을 가지면 인생이 난마가 되느니라. 그래서 네가 좋다는 사람이 있을 테지만. 흐흐, 네 스승도 그중 하나 아니겠느냐."

혜공이 몸을 앞뒤로 크게 한 번 흔들더니 왼쪽 맨발을 쓱쓱 문질러 오른쪽 허벅지에 얹고는 큼, 기침을 했다. 길고 진지한 말을 하고자 할 때 그가 취하는 자세였다. 원효가 혜공 앞으로 반보쯤 다가앉아 가부좌를 틀었다. 서산 위에 해가 걸려 있었다. 혜공의 이야기는 어두워지기 직전까지 이어졌다.

"수행의 핵심과 상관없는 이야기이니 듣기는 하되 곧 흘려 버려라. 불교 공인 후 신라 문제의 핵심이라 할 수 있는 이는 사실상 진흥왕이다. 보자. 그러니까 그이는 일곱 살에 왕위에 올라 평생토록 영토 확장 전쟁에 몰두했고, 스물한 살 청년 시절에 나제 동맹군의 연합 작전을 통해 백제가 고구려로부터 빼앗은 한강 하류를 기습 점령해 차지했다. 대국을 오가는 무역항인 당항성이 그때 확보된 거다. 배신당한 백제의 반발은 당연했고 백제와 신라는 불구대천의 원수가 되었다. 불교 수용이 고구려 백제보다 늦었던 신라는 이때부터 확연히 달라졌다. 당항성을 통해 대국으로부터 불교 경전과 선진 문물이 마구 쏟아져 들어왔지. 공과가 다르다만, 황룡사 장경각의 경전 수천 권도 당항성이 신라 땅이 된 이후에 들어온 것들이니 불과 100년이 안

된 사이에 신라 땅에서 불교는 엄청난 부흥을 맞았다. 문제는 진흥왕이 부처님 가피로 천하를 통일하겠다는 전륜성왕의 꿈을 꾼 점이다. 스스로 전륜성왕이 되길 원했다는 뜻이다."

"전륜성왕……."

원효가 혜공의 말을 받아 중얼거렸다.

"불법의 바퀴를 돌려 천하를 정복했다는 전륜성왕에는 금륜, 은륜, 동륜, 철륜이 있는데, 석가모니 부처가 바로 그 전륜성왕의 가계에 속한다고 하지 않느냐. 한강 유역을 확보한 후 자신감이 충만해진 진흥왕은 그 시기 태어난 태자의 이름을 동륜이라 지었다. 신라에 불교를 공인하여 크게 일으킨 법흥왕을 금륜으로, 자신을 은륜으로 여겨 태자를 동륜이라 한 것이었다. 헷, 용천 지랄! 왕과 왕실의 위상이 끝없이 높아져 왕실이 곧 석가모니 일족이라는 진종설이 나온 게 그 무렵이었다. 그러면서 왕실 일족은 자신들을 일반 귀족과 구분해 성골이라는 신분 의식을 갖게 되었다. 진골 귀족 위의 성골이 그렇게 성립된 것이다. 진흥왕은 자기 욕망을 비호하는 사상으로 불법을 적극 이용한 셈이다. 그 덕에 신라에서 중노릇하기 참 편해졌지. 헤헤. 황룡사 중들을 봐라."

곡주를 들이켠 혜공이 탁, 소리 나게 잔을 내려놓았다 .

"하지만 전륜성왕은 전쟁으로 세상을 정복하는 존재가 아니다."

원효가 안타까운 목소리로 화답했다.

"중생을 고통으로부터 해방시키고자 하는 말씀과 행위로 세상을 소통케 한 존재이지요."

"그렇지! 진흥왕이 자신의 목표에 이를 수 없었던 것은 바로 그 때문이다."

혜공의 말을 원효가 받고 다시 혜공이 받았다. 혜공이 원효를 건너다보며 흐잇, 웃었다. 그리고 혜공의 이야기는 계속 되었다.

"쯔쯧……. 불법을 통해 천하를 통일한 왕이 전륜성왕이라 하였으니 스스로 전륜성왕이 되려면 천하를 통일해 보여야 하지 않겠느냐. 그리해서 삼한일통의 의욕이 왕성해지고 그럴수록 전쟁은 빈번해진 것이다. 스스로의 가계를 진종이라 여기는 왕가의 자부심은 드높고, 천하 통일의 과업을 자신이 못 이루면 아들 대에는 꼭 이루리라 믿어 의심치 않은 삼한일통 대의론이 한 번 퍼지자 많은 신라인들이 벅찬 마음으로 적극 동참하였다. 이게 세상 돌아가는 이치의 좋은 본이다. 삼한일통의 과업은 이제 성전이 된 셈이다."

몇 차례 침을 삼키며 혜공의 말에 귀를 기울이던 원효는

"나무아미타불"을 되뇌고는 잠시 허공을 쳐다보았다. 어둑해지는 동산 샛길로 산일을 돌봐 주는 처사가 지게를 지고 내려오는 것이 보였다.

"진흥 임금이 애지중지한 태자 동륜은 아들을 셋 두었는데 장자가 선대왕인 진평왕이시다. 진평왕의 이름은 백정. 이는 석가모니 부친의 이름 아니냐. 다른 두 아들인 백반과 국반은 석가모니 숙부들의 이름이지. 석가족을 자부한 신라 왕실은 이제 석가모니, 즉 석가불의 탄생을 기대하는 게 순서. 그런데 비극이 찾아오고 말았다. 태자 동륜이 갑자기 죽은 것이다. 자신의 뒤를 이어 삼한일통을 이룩해 전륜성왕의 가계를 입증해야 할 태자의 죽음은 진흥왕의 삶에 심대한 변화를 가져왔다. 진흥왕은 실의에 빠진 나머지 죽음과 사후 세계에 골몰하고, 남은 전력을 쏟아 전에 없던 대불을 주조했는데, 바로 황룡사의 장륙존상이다. 그이는 말년에 스스로 머리를 깎고 승복을 입고 살았다. 왕비도 여승으로 살다 왕이 죽은 후 승려로 일생을 보냈지. 지금 여왕의 아버지 진평왕은 갈문왕의 딸과 결혼하였는데 흔히 마야부인이라 부르지 않느냐. 이는 석가모니 어머니의 이름. 신라 왕실이 전륜성왕의 가계이며 석가족이라고 생각한 이들은 천축국 석가족이 윤회하여 자신들로 태어났다는 생각에서 좀처럼 벗어나지 못한 것이다."

"나무아미타불……."

여기까지 이야기를 마친 혜공은 거북스러운 기운을 참지 못하고 곡주를 한 잔 더 들이켰다.

"이런 무식한 왕가의 헛된 욕망을 깨우쳐 주고 나무랄 이가 여태 없었다니."

원효는 여왕의 고뇌가 이해되었다. 석가모니가 될 아이가 태어나야 할 시점에 여자가 장자로 태어난 것이다. 여왕의 자조 섞인 웃음이 떠오르고, 왕실에 대한 귀족들의 반발도 이해가 되었다. 신라의 왕권과 골품을 둘러싼 그 모든 관계의 맺힌 고리들이 공중에 던져진 그물처럼 원효의 눈에 훤히 들어왔다.

"아무튼 진흥 임금 시절부터 신라는 역동하기 시작했다. 대륙과의 통로가 열렸으니 승려들이 다투어 대국으로 건너간 것도 그 무렵이었다. 오죽 좋아? 불교 공부를 제대로 했는지 어쨌는지는 몰라도 대국 유학을 다녀오면 그걸로 일생 먹고사니. 흐읏! 내 생각엔 너도 언젠가 바다 건너로 유학을 다녀오는 게 낫지 않을까?"

"스승님께서는 대국의 불교가 궁금하지 않으십니까?"

"헷! 우리 똥이나 싸러 가자."

"서라벌 거리에선 늘 춤추고 노래하는 분이 절집에선

조용하십니다?"

"거리에서야 사람들 즐겁게 해 주려 그러는 거고, 여기
엔 나랑 너뿐이지 않으냐. 흐힛."

"저도 즐겁게 해 주십시오. 스승님."

"오냐오냐, 우리 즐겁게 똥이나 싸러 가자."

자리를 털고 일어나는 혜공과 원효는 함께 가야 할 길의
험난함에 대해 헤아리고 있었다.

암자를 나와 계곡을 향해 내려가는 내내 사방에서 번뜩
이는 시선을 느꼈지만 원효도 혜공도 입을 열지 않았다.

개울에 이르렀다. 스스스…… 바람 소리와 나뭇잎 부딪
는 소리. 몸을 숨긴 복면자들이 최소한 넷이다. 처음엔 둘
인 줄 알았는데 착각이었다.

원효가 혜공을 바라보았다. 혜공이 흐잇, 헷! 이빨을 보
이며 천진하게 웃었다.

*

다음 날 아침이었다.

"아흔 여드레, 아흔 아흐레, 온……."

혜공이 항사사 공양간에서 솔잎 가루에 콩가루를 섞어
담은 작은 자루 하나를 옆에 챙겨 놓고 그보다 두 배가량

큰 바랑에 생쌀을 한 줌씩 집어넣으며 하나부터 백까지를 셌다.

"홍, 따라붙는 저 복면자 놈들 귀찮아서 산에 가려는 건 아니겠지? 저놈들도 다 데려가거라. 수행시켜서 머리 깎아 데리고 내려오면 좋겠구나야."

혜공은 구시렁거리면서 솔잎 콩가루가 든 자루를 먼저 원효에게 건네주었다. 눈꺼풀이 눈의 절반이나 내려와 덮인 쪼글쪼글 주름진 눈을 희게 흘기는 혜공을 보며 원효가 싱긋 웃었다. 쌀을 넣은 바랑을 원효에게 건네줄 듯하다가 자기 품으로 다시 당겨 안으면서 혜공이 한 번 더 물었다.

"정말 갈 테냐? 꼭 100일씩이나?"

원효가 고개를 끄덕였다. 부드러움과 단호함이 섞인 원효의 눈동자를 다시 한 번 바라보며 혜공이 혀를 찼다.

"헛. 아무튼 피가 너무 뜨거운 놈들은 사는 게 생고생이라니깐. 뭐 어쩌겠나? 제 팔자지."

묶으려던 바랑의 주둥이를 다시 열고는 쌀을 스무 줌 정도 잽싸게 더 넣은 혜공이 이윽고 원효에게 바랑을 안겼다. 그 손놀림은 승려라기보다 농부나 싸전 주인의 솜씨였다.

"이거 꿔 주는 거다. 갚아!"

원효가 여전히 웃음을 띤 채 아무 말 없이 혜공에게 합장하자 혜공은 발바닥 앞쪽을 꺾어 땅을 두 번 찼다. 뭔가

마뜩찮을 때 하는 오랜 버릇이었다.

쌀독을 닫고 자리에서 일어서는 혜공의 얼굴에 복잡한 표정이 어렸다. 아래 계곡에 갔다가 올라오는 산길에서 원효가 신라 오악에 대해 물었었다. 팔공, 태백, 계룡, 지리, 토함에 이르는 명산들을 두루 꿰어 읊어 준 말미에 별안간 원효가 "스승님, 저 이제부터 100일간 묵언입니다."라고 했다. 그때 원효의 눈빛은 벼랑 끝에 스스로를 세운 사람처럼 결의에 차고 맑았다. 그러더니 이내 입을 닫아 버리고 싱긋싱긋 웃기나 하는 것이다.

질린다는 듯 혜공이 고개를 흔들다가 점차 온몸을 흔들며 키득키득 웃었다.

"하긴, 돌을 먹어도 소화시킬 그 나이의 결기가 그쯤은 되어야지."

바랑 안쪽을 탁탁 두드려 원효에게 지워 준 다음, 혜공이 갑자기 두 팔을 벌리더니 원효의 주위를 돌며 덩실덩실 춤을 추기 시작했다. 혜공의 얼굴은 주름이 가득했지만 눈빛은 호기심 많은 개구쟁이의 그것이었다. 빠르고 느리게 밀고 당겨지는 공기의 파동이 원효를 휘감았고, 느린 춤사위를 탈 때면 장단을 넣듯 느릿하게 혜공이 말을 뱉었다. 말과 몸이 한 가락으로 버무려진 듯한 혜공 특유의 노래이기도 했다.

"나는 저잣거리의 부개 화상입지. 전쟁이 쉴 틈 없는 나라에서 백성 노릇이란 죽도록 힘이 드나니. 전쟁과 부역에 시달리는 백성에겐 벗이 필요하지. 나는 저잣거리의 시름들 잠시나마 덜어 주고자 춤추고 노래한다. 춤추다 보니 술 마시고 싶고 술 마시면 춤추고 싶고. 나는 그게 좋아. 그런데 말입지. 내 춤은 정작 나를 위하지 않는다. 부디 당부하네. 너는 혼자 있을 때에도 너를 위해 춤추어라. 스스로를 위한 춤이 저잣거리로 흘러들어 저마다의 백성을 깨울 수 있다면. 중생 스스로 저마다의 춤을 추며 천지간 손잡게 할 이 누구이시냐."

공양간 안에서 시작한 혜공의 춤은 공양간을 나와 암자 마당에서 그쳤다. 혜공이 문득 주저앉아 흙마당에 손가락으로 '이문(二門)'이라고 썼다.

이윽고 혜공이 일어나 원효의 바랑을 툭 쳤다. 그러고는 자신이 벌려 놓은 일이 무척이나 흡족한 듯 웃어 젖혔다.

"우혜혜, 어렵지? 거봐라, 이놈. 나도 어려운 말 할 줄 안다니깐! 우힛, 어려울 거다. 풀어라, 풀어. 물고기 봐라, 물고기! 네 똥이 내가 잡은 물고기다! 흐힛, 어여 가, 가라!"

*

　신라의 남악이라 불리는 지리산은 어리석은 사람이 머물면 지혜로운 자가 된다 해서 붙여진 이름이라 했다. 원효가 반야봉으로 곧장 들어가 정상 아래 천길 절벽 옆 주목나무 밑에 좌정한 때는 바야흐로 봄이었다.

　불볕 내리쬐는 여름이 지나고 선선한 바람이 불어오는 가을의 초입 어느 아침에 원효는 빈 바랑과 자루를 뒤집어 탈탈 털어 볕에 널었다.

　이어서 맨손을 비벼 얼굴을 씻어 내는 마른세수를 했다.

　반편이긴 해도 나름 비 피할 천장 구실을 해 준 주목 옆의 큰 바위 그늘엔 삭도 한 자루와 나무 바리때 하나가 가지런히 놓여 있었다. 지난 두 계절을 원효와 함께 보낸 도구들이었다.

　바리때 옆 우묵한 구덩이에 하루에 하나씩 넣어 놓은 주목 열매를 헤아려 보니 백스무 개였다.

　바리때를 들고 계곡으로 내려가 물을 떠 온 원효가 삭도를 들어 면도와 삭발을 했다.

　그간 먹고 지낸 것이라곤 바랑 속의 생쌀과 솔잎 콩가루 반 줌씩이 전부였으나 원효의 얼굴은 백스무날 전에 비해 그다지 축나 보이지 않았다. 육안으로 보기에는 분명 뼈

위에 씌워진 가죽뿐, 살집이라고 할 만한 것이 한군데도 보이지 않았으나, 구릿빛 얼굴에서 스며 나오는 기이한 광채는 야위었다는 말이 전혀 어울리지 않는 평안하고 활달한 생기를 발산했다.

백스무날의 낮과 밤. 그동안 원효의 내면에 일었다 사라진 것들이 공기 속에 스미어 모든 생명의 찰나를 구성하는 물질들로 화한 것 같았다. 마음이 눈에 보이지 않는 무엇이라기보다 존재하는 모든 것에 스민 어떤 강력한 물질성이라는 느낌이 들었던 지난 밤, 그는 하산의 때가 왔음을 그저 알아차렸다.

서라벌에 와 네 해. 귀족과 화랑, 전쟁, 아미타의 벗들, 출가, 사찰, 승려, 왕의 알현까지 가장 높은 이들과 가장 천한 이들을 두루 겪었다. 많은 인과들이 한꺼번에 출현하여 원효의 삶을 뒤흔들어 놓은 네 해가 지났다. 그 모든 인연이 자신을 어디로 이끌어 갈 것인지 확언할 수는 없었으나, 이제 원효는 새로이 펼쳐질 길을 성심을 다해 걸어갈 준비가 되었다고 스스로 느꼈다.

"원효, 자네는 왜 수행자가 되었나?"

여왕이 던진 그 말은 가장 생생한 화두였다.

열망에 찬 그 모든 순간들에 원효는 스스로 묻고 또 물었다. 황룡사 장경각의 2500여 권 불경들을 읽어 가면서 진리의 삶이라는 것이 저 먼 곳의 아득한 설산에 있는 것이 아니라 바로 눈앞의 산자락 그늘 아래로 당겨져야 함을 알았다.

원효는 석가모니 부처를 사모했으며, 그처럼 살고 싶었다. 그저 부처님의 말씀을 연구하고 전하면서 평생을 보내고 싶지 않았다. 스스로 부처의 삶을 살고 부처의 말을 하고 싶었다. 부처의 가르침을 현실로 살고 싶었다. 부처를 찬탄하고 숭배하는 삶이 아니라, 부처의 삶으로 스스로의 삶을 채우고 싶었다.

매 순간 깨어 찬란하게 세계를 꿰뚫고 날마다 스스로를 변혁하는 삶!

매일 아침 새로 발견한 질문처럼 스스로에게 묻고 또 물었다.

부처께서 지금 신라에 오신다면 어떻게 사실까. 내가 그분이라면 어떻게 살아갈 것인가.

원효가 원하는 것은 오직 하나였다.

"나는 부처로 살겠다!"

산을 내려오너라. 흉내 내지 말라. 너는 스스로 온 자, 배움의 장소가 산속에 따로 필요한 자가 아니다. 만나는 모두를 스승으로 삼을 수 있는 자, 그것이 위대한 스승의 모습이다.

산 아래에서 혜공의 목소리가 들리는 듯했고 그것은 원효 자신의 목소리이기도 했다.

산에서 내려와 사흘을 걸었다. 격렬한 허기가 느껴졌다. 어디선가 밥 짓는 냄새가 났다. 자신의 몸이 느끼는 허기와 밥 냄새가 눈물겹게 좋았다. 이것이 저잣거리의 삶이다. 하루에 쌀 한 줌과 솔잎 콩가루 반 줌으로 충분하던 산속과 달리 맹렬한 허기가 끼쳐 오는 저잣거리의 감각을 그대로 수용하는 순간, 그러므로 삶이 비루하다기보다 그러므로 삶이 숭고하다는 생각이 들이닥쳤다.

"밥 냄새가 난다, 집으로 가자. 밥 냄새가 난다, 병이 낫는다."

원효의 얼굴이 환하게 빛났다. 그 순간이었다.

"물렀거라! 물렀거라!"

외침이 들리며 어지러운 말발굽 소리가 가까워졌다. 원효는 걸음을 멈추고 길옆으로 물러섰다.

지축을 흔들듯이 달려오는 전투복 차림의 두 줄 기병대 맨 앞에서 박차를 가하고 있는 거구의 장수가 눈에 들어왔다. 한눈에 그를 알아보았으나 신중한 판단을 위해 조금 더 기다렸다. 이윽고 흙먼지를 일으키며 원효의 눈앞을 달려 지나간 흑마 위의 장수, 가까이서 본 그는 틀림없는 야신이었다.

서곡성의 피비린내가 새삼 끼쳐 오며 원효의 얼굴에 그늘이 지나갔다.

야신, 그라면 지금쯤 군부에서 촉망받는 장수가 되고도 남았으리라. 그런데 그는 왕과 귀족 중 어느 쪽의 명분을 가진 사람일까.

남악에 들기 직전까지 자신을 따라붙던 복면자들을 떠올리며 기병대가 사라진 쪽을 바라보는 원효의 얼굴에 복잡한 표정이 어렸다.

저쪽은 아미타림이 있는 방향이다…….

잠시 갈등하던 원효가 크게 숨을 한 번 들이쉰 후 고개를 돌렸다. 그리고는 야신이 떠나온 출구이자 자신이 걸어 들어가야 하는 입구인 서라벌을 향했다.

백스무 날 만에 원효가 입을 열어 처음으로 스스로에게 말하였다.

"나는 이제 머무르지 않음에 머문다. 그 어디에도 머무름 없이 머문다. 나는 당분간 이 길을 갈 것이다."

신라의 기이한 승려 원효는 머리를 깎고
신라 저잣거리에서 도를 행했다네.
당나라로 들어가 불법을 배우려다 귀향하여
진속을 구분하지 않고 세상 속에서 살았다네.

新羅異乘元旭氏, 剔髮行道新羅市.
入唐學法返桑梓, 混同緇白行閭里.

—— 김시습(金時習, 1435~1493), 『매월당시집(梅月堂詩集)』

14

.
.
.
.
.

"요석 낭주님! 흰새 형님이 드디어 해냈어요!"

곱고 낭랑한 수파현의 목소리가 작업장 산채에 울려 퍼
졌다. 커다란 옹기 단지들에 담긴 염료를 점검하던 요석의
낯빛이 환해졌다. 손을 닦으며 요석이 한달음에 뒤울에서
달려 나왔다. 작업장 앞마당에선 치마를 허벅지까지 당겨
올린 여인들이 둥글게 늘어선 10여 개의 염료 단지에 들어
가 목면을 밟으며 노래를 부르고 있었다. 한 사람은 단지
안에서 밟고 한 사람은 단지 밖에서 손을 잡아 균형을 맞
춰 주며 주고받는 노래가 아미타림 곳곳으로 퍼져 가는 오
후였다. 따끈한 초가을 볕이 시원한 미풍에 맞춤하게 실려
왔다. 염료 단지마다 두 여인이 손을 잡은 채 20여 명 여인
들이 가락 맞춰 동시에 움직이는 광경은 춤 잔치를 벌린

듯 절로 흥겨웠다.

"보세나, 이 색은 어디서 왔나. 달고나, 이 색은 이내 마음
서 왔지. 보세나, 이 색은 어디로 가나. 달고나, 이 색은 이녁
마음으로 가지. 어허절쑤 달 가듯이. 노피곰 달 가듯이."

"사람의 근심은 탐욕에서 나오고. 사람의 즐거움은 만족
에서 나오나니. 만족을 모르면 즐거움이 없나니라. 어허절
쑤 달 가듯이. 노피곰 달 가듯이"

여인들의 노래를 함께 흥얼거리며 요석이 염료 단지 각
각의 상태를 잠깐씩 확인했다. 목면을 밟으며 요석과 눈
마주친 여인들의 손 인사와 함박웃음이 앞마당 가득 번졌
다. 보세나, 이 색은 어디로 가나. 달고나, 이 색은 이녁 마
음으로 가지. 요석을 부르러 온 수파현도 마당가에서 건짓
건짓 어깻짓을 하며 노래를 함께 흥얼거렸다. 휘요오 휘욧,
경쾌하게 들려오는 흰새의 재촉에 요석과 수파현이 눈 맞
춰 싱긋 웃고는 중앙 오두막으로 함께 뛰었다.

"애쓰셨습니다!"

흰새가 자루에서 꺼내 펼쳐 놓은 흙더미를 찬찬히 들여
다보며 손바닥에 비벼 보던 요석의 얼굴에 미소가 가득 피
어올랐다.

"흠흠, 이걸 찾아내느라 굴아화촌을 샅샅이 뒤졌습죠.
거기 대곡천 근처 각석들이 자색 혈암들이거덩요. 내 거기

를 울 아부지 손잡고 요만한 아기 때 지난 적 있는데 이번에 거기가 벼락처럼 딱 생각나 가 봤더니마안! 나 함 파 봐라, 네 찾는 거 요기 있다, 돌덩이들이 싱글벙글 째지게 웃더라니깐요! 으핫핫, 내 뭐랬어요. 땅속 귀신들은 다아 이 흰새 편이라고요! 흰새님 명성을 저들도 아는 거지. 어저께 똥꿈을 아주 걸쭉하게 꿨는데 침 뱉어 단번에 착 붙은 바위 밑이 바로바로바로오!"

"아유, 흰새 형님, 알았어요, 귀청 째지겠네."

두 귀를 막으며 장난스러운 표정을 짓는 수파현의 겨드랑이에 간지럼을 태우면서 흰새가 싱글벙글거렸다.

"훌륭하군. 매염제로 쓰기엔 안성맞춤인 듯합니다, 낭주!"

바유의 말에 요석이 고개를 끄덕였다.

"좋은 황동입니다. 물과의 비율을 다시 계산해 보긴 해야 할 것 같습니다."

요석이 진지한 얼굴로 바유를 쳐다보았다.

"사포항 염료재비에게 기별해 다시 확인해 보도록 하지요."

"그게 좋겠습니다. 시일을 맞추려면 이번엔 실수가 없어야 하니까요."

한 번 더 다짐을 한 후 요석이 흰새를 향해 활짝 웃어 보였다.

"정말 고생하셨습니다! 이 정도면 저쪽이 원하는 품질을 만들어 낼 수 있습니다. 이번 거래가 잘되면 다음부턴 우리가 주도권을 확실히 잡을 수 있어요."

"그럼 병동 산채 확장하는 일이 빨라지는 거예요, 낭주님?"

흰새 옆에서 근심 어린 눈빛으로 묻는 수파현을 향해 요석이 미소 지으며 고개를 끄덕였다. 지난달 역병이 돌았던 서쪽 변방에서 많은 병자들이 흘러들어 왔지만 여태 임시 거처에서 불안정한 치료를 받고 있는 상황이었다.

거듭되는 요석의 칭찬에 흰새가 으쓱하며 휘웃휘웃 새소리를 날렸다.

"우리가 누굽니까, 아미타의 왕형님들 아닙니까. 기왓장 던져 주고 거울로 만들래도 만들어 내는 천하무적입죠!"

"어후, 흰새 형님, 왕형님은 바유 형님으로 족하다니깐요, 꼭 왕형님에 끼려구. 말이 지나치면 아니함만 못하다! 혜공 스님 말씀 잊었어요?"

"잊다니, 스님 가르침이야 내 한 글자도 안 틀리고 다 외고 있지. 볼 테냐? 흠흠, 말을 많이 하는 것은 많이 웃느니만 못하다. 많이 아는 것은 많이 느끼느니만 못하다. 많이 안다고 줄기차게 떠드는 사람은 둥실 뜬 달을 보고 한 번 웃는 사람보다 허무하다!"

"아이고, 알았어요, 형님. 왕형님 소리가 그리 좋아요? 왕왕왕 왕형님하세요!"

"좋지, 암만! 잔칫날 잘 먹자고 평소에 굶는 놈이 한심한 거지. 그런 놈은 정작 잔칫상 앞에서도 잘 먹지 못한다구. 난 매일 왕형님 할 테다. 어차피 넌 형님이 많을수록 돌아올 떡이 많은 꼬꼬마 꼬맹이 아니냐?"

"현아, 보습장 아재들에게 어서 이걸 가져다주거라. 이미 준비하고들 있을 게야."

흰새와 수파현이 투덕거리는 모습을 흐뭇하게 지켜보던 바유가 정색하고 이르자 수파현이 날래게 일어섰다.

"하옵고, 하늘 우물은 어찌되었습니까?"

요석이 바유를 향해 물었다. 지난번 완성한 도면에 하자가 있는 것을 발견한 참이었다. 바유는 그로부터 사흘을 꼬박 하늘 우물 모형을 다시 만들고 있었다. 사흘 낮밤을 지새운 바유의 검푸른 눈은 붉게 충혈 된 채였지만, 일자로 꾹 다문 입술 양 끝에 어린 여유로 보아 결과를 예측할 수 있었다. 수정한 하늘 우물 도면을 품에서 꺼내 탁자에 놓은 후 바유가 꼼꼼히 도면을 짚으며 설명했다.

"이 지점이 문제였지요. 본래 지지대만으로는 혜공 스님이 말씀하신 100년 안에 올 큰 땅울림을 방비할 수 없습니다. 기단석 아래 지하부를 강화하는 방식을 다시 고려했습니다. 이렇게요. 상부 중간까지 석재를 들여쌓는 각도를 조절했고 내부를 채울 흙자갈 분량 계산도 다시 했습니다. 오차가 생각보다 크더군요. 흙은 부피가 아니가 무게로 계산해 초벌 다지기를 마친 후 자갈을 섞어야 합니다. 그리고 여기와 여기, 19, 20, 25, 26단에 장대석 길이를 반 척씩 더 키워야 한다는 결론입니다."

"되었습니다! 장대석이 돌못 역할을 두 배로 해 주면 내구성이 훨씬 커지겠습니다."

눈을 반짝이며 명쾌한 목소리로 동의하는 요석 앞에서 바유가 바윗돌 같은 주먹을 앞가슴에 붙인 채 싱긋 웃었다.

"형님, 우리 오늘 잔치 한판 합시다! 사는 재미가 별겁니까? 서른 번 쌓고 무너뜨렸으니 서른 번 구르고 노래합시다요! 한바탕씩 놀아줘야 새 아침이 달고나 어깨춤으로 오시지요. 안 그렇습니까, 요석 낭주님?"

웬만해선 놀자는 얘기에 꿈쩍 않는 바유 대신 흰새가 요석에게 동의를 구했다. 바유를 향해 혀를 쏙 빼물고 장난스럽게 눈썹을 두 손으로 쭉 잡아당긴 흰새의 표정 때문에 요석이 막 웃음을 터뜨린 참이었다.

"요석 낭주님. 누가 찾아왔습니다! 행색이 귀족 관원인 듯 하온데요."

바유와 흰새의 낯빛이 순식간에 변했다.

"어찌 된 일인지 아미타림 표식을 가져온 자라 중문까지 그냥 통과해 들어왔습니다요."

바유와 흰새가 탁자에서 벌떡 일어난 순간, 요석이 만류했다.

"제가 청한 분이 도착한 것 같습니다."

의아한 표정을 짓는 바유를 향해 요석이 차분히 말했다.

"사포항 어시에 들어오는 왜선 처리 문제 말입니다. 우리가 개입하면 일이 복잡해집니다. 관에서 공적으로 처리하는 게 낫겠다 싶어서요. 거기에 낭비할 힘을 내실로 돌려야 합니다. 지금은 힘 조절을 해야 할 시기, 공연히 우리 손에 피 묻힐 일이 아니지요."

"믿어도 되는 사람입니까? 혹여…… 수행을 붙이리까?"

"아니요. 오랜 지기입니다. 염려 놓으세요."

미소를 띤 채 요석이 서둘러 오두막을 나섰다.

구름 그림자가 서쪽으로 흐르고 있었다. 아미타림 동편 잣나무 숲 그늘 사이로 푸른 하늘이 비쳤다. 물푸레나무, 자작나무, 오리나무, 떡갈나무 가지들이 바람에 움직이는 소리가 시원하게 들려왔다. 멀리서 여인들이 부르는 노랫소리가 꿈결처럼 실려 왔고 오후 햇살이 능금을 익히듯이 떨어졌다. 산채와 산채를 연결하는 오솔길가에 가을 풀꽃들이 피어나 흔들렸고 벌들이 잉잉거렸다.

"딴 세상 같구나, 여긴."

요석이 안내하는 좁은 오솔길을 뒤따라 걸으며 보현랑이 나직하게 말했다.

"혹여 비판이십니까, 오라버니?"

명민한 요석이 부드럽게 웃으며 던진 물음에 보현랑 역시 부드러운 웃음으로 화답했다.

"아니다. 꿈결 같아서 그런다."

"여기는 적어도 굶는 사람은 없습니다. 풍족한 의식은 아니나 모두 함께 음식과 약재와 의복을 나누지요. 산에서 얻는 열매며 나무뿌리들은 약으로 쓰일 뿐만 아니라 양식과도 바꾸고 염색 목면을 비롯해 농기구며 장신구를 제련해 당과의 판로를 넓혔으니 이곳의 경제는 넘치지는 않아도 골고루 나누어 쓰기에 부족하지 않습니다. 국경을 떠돌던 신라, 백제, 고구려의 빈자들, 환자들, 부상병들이 이곳에선 더 이상 밥 걱정을 하지 않지요. 오라버니 마음은 알고 있습니다만."

또박또박 울리는 요석의 목소리에 귀 기울이는 보현랑 쪽으로 요석의 머리칼이 나풀거렸다. 보현랑이 아득한 얼굴로 눈을 감았다. 어째서 나는 여태 이토록 가슴이 먹먹

한가. 제대로 한번 고백조차 못해 본 채 그저 가슴에 묻고 바라만 보기엔 아직 요석이 너무 가까웠다. 보현랑이 가만히 숨을 내쉰 순간이었다.

"오라버니, 보십시오!"

보현랑을 부르는 요석의 목소리가 손에 잡힐 듯 살갑고 뭉클했다. 길게 휜 오솔길 구비를 휘돌자마자 눈앞에 펼쳐진 풍경에 보현랑이 잠시 침묵했다. 나지막한 오두막 한 채를 중심에 두고 방사형으로 촘촘히 세운 장대 줄에 색색으로 염색된 천들이 가득 널려 펄럭이고 있었다. 마치 한 그루씩의 나무들처럼 바람을 맞으며 펄럭이는 황색, 적색, 청색, 흑색 천들은 미묘하게 농도가 달라서 세상에 존재하는 모든 색들이 거기 모여 작은 숲을 이룬 듯했다.

"이리 가까이 와 보십시오."

요석이 보현랑의 손을 잡아끌었다. 열 살 소녀를 처음 보았을 때처럼 요석의 태도는 지금도 구김 없이 해맑았으나, 상처 난 곳에 연이어 낙수가 떨어지듯 보현랑의 심장은 쩡한 파동으로 욱신거렸다. 아팠으나 내색하지 않고 요석을 따라 걸었다.

"대체 이런 색들이 다 어디서 나오는 것이냐?"

요석이 보여 주고 싶어 하는 세계에 보현랑은 진심으로 동참하고자 했다. 요석의 맑은 웃음이 터지며 낭랑한 목소리가 울릴 때마다, 저릿한 가슴을 가만히 누르며 그 목소리에 귀를 기울였다.

"땅은 만물이 뿌리를 내려 생명을 이어 주는 원천이니 황색은 색 중의 중심 색입니다. 회화나무 열매인 괴화와 황백나무 속껍질에서 황색을 주로 얻지요. 황백나무 껍질을 햇빛에 말려 찬물에 우려낸 후 하룻밤 담가 두면 황색이 물든답니다. 괴화는 피기 전 꽃봉오리를 사용하는데 늦봄에 따 말려 덖고 잿물과 섞어서 염색을 하지요. 울금과 치자도 황색이 어여쁘지만 물이 잘 빠지는 단점이 있답니다."

부신 듯 보현랑이 눈을 가늘게 뜨며 끄덕였다.

"붉은색은 어린 생명의 색이지요. 소목, 홍화, 꼭두서니에서 붉은빛을 얻습니다. 흑색은 휴식의 색이지요. 찻잎, 밤나무, 감나무를 두루 쓰는데 동이나 철, 명반 매염에 따라 염도가 달라집니다. 아, 저기 오리나무 보이지요, 오라버니? 가을에 오리나무 열매를 모아 건조시킨 후 철 매염을 하면 좋은 검은빛을 낼 수 있답니다. 청색은 탄생과 만물소생의 색이지요. 단연코 쪽풀이 최곱니다. 쪽은 평범한 풀이지만 석회를 타고 잿물에 담그면 본래 풀색보다 말할 수 없이 선명한 짙은 남색이 나오지요. 기적같이 말입니다."

"어렵구나, 내겐."

"소녀도 어렵게 연구한 것이니 어려운 게 당연합니다, 오라버니. 하하."

말갛게 터지는 요석의 웃음에 보현랑의 코끝이 찡하게 시큰거렸다. 이렇게 무람없이 웃던 소녀, 손잡고 걷고 팔짱 끼고 이야기하고 가끔 함께 뛰며 이마에 맺힌 땀을 닦아 주면 보얀 얼굴로 미소 짓던 아이, 지친 얼굴로 자신을 찾아오곤 했으나 어깨를 안고 토닥거려 주면 금세 얼굴이 환해지며 기뻐하던 그 요석은 이제 자신이 아닌 다른 사람으로 인해 기뻐하는 것이다……. 보현랑이 욱신거리는 가슴을 꾹 누르며 심호흡했다.

"여기 좀 보세요, 오라버니. 질 좋은 녹색을 만들기 위해 연구 중입니다. 파식국을 비롯해 서쪽 나라 사람들은 색을 아주 화려하게 쓰더군요. 우리는 오방색이 기본이나 그쪽은 훨씬 다양한 중간색을 선호하지요. 녹색도 그중 하난데 보석의 빛이라 귀하게 여긴답니다. 쪽염을 한 후 황백이나 괴화로 염을 이런 녹색이 나옵니다. 황염이 진하면 연녹색이, 쪽염이 진하면 진녹색이 되지요. 동, 철, 명반 등에 염료를 혼합하면 색들이 다양해지는데 석회, 잿물, 소금 등의 매염료를 다양하게 실험 중입니다. 가장 좋은 빛깔을 얻어 내는 것도 중요하지만 색이 빠지지 않게 처리하는 것도 여러 번 실험을 거쳐야 한답니다. 아무튼 지금까지의 무역은

퍽 성공적입니다. 당상들도 그렇지만 서역상들도 아미타림의 염색 목면을 높이 신뢰하지요."

요석이 하늘을 향해 고개를 들고 기지개 켜듯 두 팔을 쭉 편 채 공기를 깊이 들이마셨다.

"보세요, 오라버니. 여기서 이렇게 염색 목면 사이를 걷고 있으면 말입니다, 색깔에서 향이 난답니다. 빛이 냄새를 뿜어요! 오라버니도 숨을 한번 쉬어 보세요. 이렇게요."

두 눈을 감은 채 깊은 숨을 들이쉬고 뱉는 요석의 얼굴 위로 엷은 그림자가 얼비쳤다.

요석이 눈을 뜨자 보현랑의 얼굴이 앞에 있었다.

"나는…… 아니 되는 것이냐?"

옷감 나부끼는 소리와 두 사람의 숨소리를 제외하곤 세상 모든 소리들이 갑자기 잦아든 것 같았다. 순식간에 찾아든 뜨거운 적요였다. 보현랑이 괴로운 마음을 처음으로 드러낸 채 안타깝게 요석을 바라보았다. 아프고도 느린 시간이 흘렀다.

"탑을 만나면 오른쪽으로 돌라고 하더군요. 탑은 자신을 돌아 주면 좋아한대요. 탑을 돌며 기도를 하면 이루어지는 이유가 그거래요, 오라버니. 오늘은 이 산채를 탑이라 치고 우리도 이렇게 오른쪽으로……."

무안한 심기를 바꾸려고 생각나는 대로 말을 하며 요석

이 얼른 길을 잡아 서둘러 방향을 틀려고 할 때였다. 보현
랑이 요석의 손을 잡았다. 데일 것처럼 뜨거운 손이었다.

"지금이라면 가능하다."

무슨 말씀이신가. 요석이 가만히 보현랑을 올려다보았다.

"춘추 공은 야심이 큰 분이다. 언젠가 너는 이곳과 이별
해야 할 것이다. 그리고 춘추 공의 의지에 따라 혼인해야
할 것이다. 그것이 서라벌 귀족 여인의 운명 아니더냐. 석
아, 지금이라면…… 내가 너와 혼인하는 것이 가능하다. 춘
추 공의 야망이 아직 궤도에 오르기 전이니…… 아버님을
재촉해 서두르면……."

멀리서 산꿩이 울었다. 바람이 마당을 휘돌며 일찍 물든
나뭇잎 몇 낱을 떨구었다. 숨소리까지 낱낱이 들킨 듯 안
타까운 얼굴로 보현랑의 입술이 마르고 있었다.

"내가 더는 손쓸 수 없게 되기 전에…… 내 사람이 되면
아니 되겠느냐. 너를 지킬 수 있는 때가…… 지금뿐이라는
생각이 든다."

열에 떠 말라 가는 보현랑의 입술을 바라보는 요석의 눈
망울에 슬픔이 어렸다. 그 눈을 들여다보다가 보현랑이 깊
은 한숨을 내쉬었다.

"여전히 원효, 그뿐이냐?"

착잡하고 슬픈 눈망울로 요석이 가만히 보현랑을 바라

보았다. 뜨겁고 고요한 눈이었다.

"하지만 그는 혼인할 수 없는 신분 아니냐?"

답답하다는 듯 보현랑의 목소리가 커졌고 고독한 울림이 끼쳐 왔다.

"혼인할 수 없는 사람을 사모하는 것도 제가 선택한 운명입니다, 오라버니."

안타까운 긴 탄식과 함께 보현랑이 하늘을 올려다보았다.

"처음 오라버니를 보자마자 오라버니가 좋았습니다. 준후 공도 오라버니도 우리 가문과는 전혀 다른 풍모였지요. 참 따스했습니다. 자주 댁에 가서 놀면서 저는 오라버니의 색시가 되겠다고 종알거렸지요. 기억하고 있습니다. 색시가 된다는 게 어떤 건지도 모르면서 그렇게 종알거리면 마음의 불안이 덜해졌거든요. 그대로였어도 좋았겠지요. 그런데 말입니다, 오라버니. 마음이란 것이, 제 뜻대로 되지 않았어요."

여전히 하늘을 올려다본 채 요석의 이야기를 듣는 보현랑의 눈이 고독하게 젖어 있었으나 이내 감정을 추스르려 노력하는 모습이 역력했다.

"차라리 소녀를 미워하십시오, 오라버니."

"나는 너를 미워할 수 없는 사람이다."

어느새 단단하고 다정한 눈빛으로 돌아온 보현랑이 요

석의 어깨에 두 손을 얹고 눈을 맞추었다.

"서라벌 정치계를 만만히 보아선 아니 된다. 선덕 임금께선 결정적인 순간에 너를 이용할 것이다. 왕이란 그런 자리다. 아미타림, 이 일도 마찬가지다. 더 가면 위험하다."

무언가 더 말하려다 멈춘 보현랑이 가만히 팔을 벌려 요석을 안았다.

요석이 그의 품에 안긴 채 두 손을 그의 등 뒤로 돌려 한 번, 두 번, 세 번, 고요히 토닥거렸다.

"저는 저를 지켜 낼 것입니다. 오라버니께서도 그리하셔야 합니다."

보현랑의 눈 속으로 습기가 차올랐다. 마지막으로 안아 보는 요석의 체온을 기억하려는 듯 그가 눈을 감은 채 숨을 멈추었다. 요석의 마음을 이렇게라도 전해 받았으니 되었다는 느낌이었다.

"부디 잘 살아야 한다."

이윽고 긴 숨을 토한 후 오랜 시간 가슴에 담아 둔 마지막 말을 꺼냈다.

"너는 내 심장 속에 있으니."

"염려 마십시오, 오라버니. 소녀, 요석입니다."

"그래, 그렇지. 너는 요석이다."

희미한 미소와 함께 이윽고 보현랑이 요석을 품에서 놓

왔다.

"사포항과 개운포의 왜선은 내게 맡기거라. 잘 처리할
것이니 염려 말거라."

15

．
．
．
．
●

　서천을 건너기 전 멀리 이어진 산등성이를 바라보니 내 달리는 천마의 붉은 갈기처럼 선도산, 송화산, 옥녀봉에 이르는 산줄기들엔 단풍 빛이 수려하게 번져 있었다. 태양으로부터 날아 내려온 삼족오 떼가 서풍을 몰고 지난다는 계절이었다. 원효가 가만히 숨을 골랐다.

　다시 돌아온 서라벌! 흥륜사 방향의 길 초입에 선 오동나무 아래서 잠시 쉬며 오동잎사귀 몇 장이 황금빛으로 물들어 서천에 떨어지는 것을 보았다. 가장자리가 둥글게 말린 오동 낙엽은 물 위에서 금빛 쪽배처럼 떠내려갔다. 생을 마친 후 저런 모양으로 세상을 빠져나간다면 더한 복이 없겠다 싶었다. 생과 사, 꽃과 낙엽…… 그런 생각이 들자 한 얼굴이 떠올랐다.

연보랏빛 오동꽃 아래 빛나던 요석의 얼굴이 떠오르자 원효는 옥빛 하늘을 향해 휘파람 한 줄을 길게 불었다. 마치 그녀와 함께 걷는 기분이었다. 수파현이 아미타림에 있지 않고 마침 도성에 있다면 그에게 악기라도 하나 배워 볼까 싶은 마음이 들었다. 가을이 오긴 왔나 보군. 원효가 하하, 크고 맑은 웃음을 터뜨리며 무거울 것 없는 바랑을 공연히 한 번 더 추어올리며 걷고 있을 때였다.

  여러 명의 사내와 아낙들의 왁자한 목소리가 들려왔다. 숯 지게를 진 사내들과 소금가마 실은 수레를 끄는 사내들 옆에 함지박을 인 아낙들 너덧 명이 바짝 붙어 걸으며 열띤 대화를 주고받고 있었다.

  "안 내려오고 여태 그러고 있는 게 벌써 이레째 아닌감?"

  "요괴여, 요괴! 어디 감히 황룡사엘 들어가 제까짓 게! 마구니가 아니면 뭣이야, 그게!"

  우악스러운 사내들 사이에 아낙들의 목소리가 섞여 들었다.

  "아서요! 어린애한테 마구니가 뭐예요. 나는 그 애 신세가 짠하더만."

  "그렇지, 오죽하면 그랬을까."

  "근데 그 높은 데까지 대체 어떻게 올라간 거야? 귀신이 곡할 노릇이긴 하지, 응?"

"하긴 황룡사는 우리 같은 백성은 얼씬도 못하는 곳인
데."

"아 그, 부처님 몸통에 사다리가 있다잖아. 때마다 소세
시켜 드려야 하니까. 그리로 올라갔대지, 아마."

"요망한 것! 확 끌어 내려 치도곤을 쳐야지! 천한 것이
어딜 감히 부처님 어깨에 떡하니!"

"옴마, 이 사람 좀 봐. 당신은 왕후장상이야?"

"까짓 계집아이 하나 때문에 온 서라벌이 뒤숭숭해서
그러지, 원!"

"끌어 내리려다 먼저 떨어져 죽기라도 하면 부처님 도
량에서 그걸 어째!"

무슨 일일까. 도성 안쪽으로 들어갈수록 사람이 모인 곳
은 어디나 같은 화제였다.

"그 애 아비가 3년 전 지장전 증축 공사를 하다가 사고
로 목재에 깔려 죽었다잖아. 아비 시신을 식구들도 한 번
못 봤다는데 인정이 어디 그래? 애 어미가 지아비 죽은 지
장전에 꼭 한 번만 참배하게 해 달라고 소원했다는데."

"어미 소원 들어달라고 어린애가 저길 올라갔단 말야?
어쩜 좋아."

"쯔쯔…… 가여워라……."

"니미, 가엾긴! 황룡사가 무슨 천것들 신세 한탄하는 데야? 거긴 국가의 부국강병을 비는 곳이야. 백고좌 법회를 하는 절집에서 천것들 자잘한 사정 다 들어주면 나랏일은 어떻게 해!"

"흥, 꼴 난 부국강병 좋아하시네. 부국강병이 먹는 거면 어디 한번 가져와 보라지! 난 그 어린것 불쌍해 죽겠더만."

목소리를 키운 아낙 하나가 더러운 옷고름으로 코를 풀었다.

"시끄러워, 이 여편네야! 으휴, 무식하면 가만이나 있지. 죽은 서방이야 저도 죽은 다음에 만나면 되지, 왜 그리 난리를 피워, 쯧! 사사건건 나랏일에 불평이나 하는 종자들은 씨가 따로 있다니까."

"근데 그 어미는 무슨 병으로?"

"부스럼 병이라던데. 죽을 날 받아 놓고 겨우 누워 지낸다 하더만. 밑바닥 사람들 못 먹고 곯아서 생기는 병 아니겠어?"

"아, 근데 저이는 왜 저리 유세야. 그래 봤자 이두품 평민 주제에. 쳇."

귀 밝은 사내가 불쑥 다가들더니 이편에서 구시렁거리는 사내에게 다짜고짜 고함을 질렀다.

"노비랑 이두품이 같아? 씨가 따로 있는 것이지!"

"그 애도 본래부터 노비는 아니었다 들었네! 사람이 왜 그리 야박스러워? 어차피 밑바닥이긴 마찬가지지."

서로 얼굴을 붉히며 멱살잡이라도 할 것 같은 두 사내의 곁을 지나치다가 원효가 걸음을 멈추었다. 그리곤 몸을 돌려 사내들에게 허리 숙여 합장했다.

"나무아미타불……."

사내들이 주춤하더니 엉거주춤하게 원효를 향해 합장했다. 원효가 허리를 굽히고 있는 동안 사내들도 어정쩡하게 허리를 굽힌 채였다. 원효가 다시 걸음을 떼자 티격태격하던 사내들의 음성은 일단 잦아들었으나, 원효의 심장으로 자욱한 슬픔이 몰려들었다.

죄다 꺼칠한 입성을 한 백성들이 아마도 그보다 더 서글픈 운명과 싸우는 한 아이에 대해 뱉어 내던 말들을 떠올리며 원효가 염주를 돌렸다. 요괴니 마구니 같은 말들을 사납게 내뱉는 사람의 마음 밭에서도 부처를 발견해야 하는 것이 수행이다. 과연 그럴 수 있을까. 원효가 걸음을 멈추고 돌아서서 유독 거칠게 말하던 중년 사내를 향해 다시 한 번 합장하였다.

황룡사 장륙존상에 올라가 이레째 버티고 있다는 그 여자아이는 고작 열두 살이라고 했다.

원효는 걸음을 서둘렀다.

황룡사에 이르자 많은 사람들이 주변에 모여 웅성거리고 있었다. 황룡사 외곽 서편 담장 너머로 거대한 금동불이 상반신을 드러내 보이고 황룡사 내부의 전각 지붕보다 훨씬 높은 불두에 가을 햇빛이 반사되어 찬란했다.

그리고 거기, 황금과 동으로 만들어진 불상의 목과 어깨 사이에 한 점 여릿한 흔적이 바라다보였다. 번쩍이는 금동 위에 가느다란 회색빛 빗금을 그어 놓은 듯한 가냘픈 소녀였다. 기진한 듯 금동불상의 목에 기대어 앉은 소녀는 빗방울 하나가 긋고 간 흔적처럼 가없이 흐릿했고, 그 흐릿하게 흔들리는 존재의 서러움이 원효의 내면에 고통을 전이시켰다.

그 광경을 바라보는 것만으로도 가슴이 몹시 아파서 원효가 하아, 숨을 내쉬었다.

상체를 금동불의 목에 기댄 채 축 늘어져 있던 소녀가 무슨 기적 때문인지 다리를 한 번 흔들었다. 소녀의 몸이 흔들거리는 순간, 원효가 뛰어들다시피 황룡사 일주문을 들어섰다.

"서둘러라! 오늘을 넘기면 아니 된다. 이레째 부처님 처소가 이리 어지럽혀져서야 어디!"

귀에 익은 황룡사 도감의 목소리가 들렸다. 원효의 걸음이 더욱 빨라졌다. 서둘러 서편 회랑 끝에 이르러 보니 장

류존상 아래 목재를 짜 맞추는 작업이 한창이었다. 목재
틀을 만들고 한지로 발을 붙이는 가림막 작업을 하고 있는
게 틀림없었다. 가로세로 너비가 비슷한 가림막의 틀은 한
눈에도 3장은 수이 넘어 보였다. 황룡사 바깥에서 장륙존
상의 상반신이 보이지 않도록 일주문 서편 담장에 가림막
을 세울 작정인 모양이었다. 2장 가량의 좌대 위에 조성된
1장 6척의 본불이니 최소한 3장은 되어야 가릴 수 있을 터
였다.

떨려 오는 마음을 누르며 원효가 심호흡을 했다. 가림막
작업은 거의 완성되어 가고 있었다.

짧은 빗금처럼 장륙존상의 어깨에 기대어 있는 소녀를
원효가 안타깝게 올려다보았다. 마음속으로 무수한 기원의
말들이 쏟아졌다. 소녀는 미동이 없었다.

그때 목탁 소리가 울렸다. 절도를 갖춰 목탁을 치는 젊
은 비구 열두 명의 인도를 받으며 가사 장삼을 차려입은
부주지가 장륙존상 아래로 걸어왔다. 몹시 비대한 그의 걸
음 역시 원효의 눈에 익었다. 장륙존상 아래 이른 부주지
가 두터운 목을 젖혀 소녀를 잠시 쳐다보았다. 입가에 자
비로운 미소를 지으려 애써 노력하는 것이 눈에 역력했다.

이윽고 목탁 소리가 멎고 부주지가 입을 열었다.

"네 아비가 노비가 된 것은 전생에 죄 지은 업보 때문이

다. 지은 죄가 커서 노비가 되었으나 맡은 본분을 다해 열심히 살았으니 내세에는 복을 받아 면천할 수 있다. 너도 아비의 본을 받아 선업을 닦아서 내세에 귀한 집안에서 태어날 수 있도록 힘써 노력해야 할 일이다. 이리 요망하게 부처님 도량을 어지럽히면 복을 받을 수 없을 뿐만 아니라 내세에는 더욱 지독한 벌을 받게 될 것이다. 자, 이제 그만 내려오너라."

그는 사뭇 장엄하고 비장하게 소녀에게 설하는 말을 마쳤다.

이어서 도감이 다가와 낮은 말로 무어라 소곤거렸다. 고개를 끄덕거린 부주지가 일꾼들에게 신호를 보냈다.

"가림막을 세워라."

수평으로 뉘어 놓은 가림막을 세우기 위해 장정들이 각각의 귀퉁이에 지지대를 받쳤다. 건장한 장정 세 명이 좌대 위 장륙존상의 뒤편으로 가 불상 내부로 들어가는 작은 문 앞에 대기했다.

가림막이 세워지고 신호가 떨어지면 바로 불상 위로 올라가려는 모양이었다. 저 입구로 들어가면 내부에 설치된 사다리를 타고 올라가 금동불의 오른쪽 귀 뒤편으로 나가는 문이 있다고 들었다.

어영차! 끌줄이 당겨지며 가림막이 서서히 세워지기 시

작했다.

그때, 소녀가 움직였다. 한쪽 팔을 들어 장륙존상의 목을 짚는 듯하던 소녀의 몸이 한쪽으로 샐그러지더니 휘청거렸다. 그와 동시에 황룡사 담장 밖에 모여 있던 백성들의 탄식 소리가 파도 소리처럼 밀려 들어왔다.

그리고 원효의 목소리가 들려왔다.

*

"그토록 값싸게 업에 대해 함부로 입을 놀리는 분이 뉘십니까? 바라건대 제발, 구업을 짓지 말고 마음의 문을 여십시오!"

원효의 목소리는 크지 않았다. 슬픔과 고통 때문에 그의 목소리는 떨려 나왔다. 좌중을 호령하는 기세라곤 찾아볼 수 없었으며, 정의감 같은 것에 고무된 호기로움도, 잘못된 것을 꾸짖고자 하는 엄중한 단호함도 없었다. 오히려 한마디 한마디 입을 떼는 게 힘들어 보였다. 그의 표정은 일테면, 이런 사태에 직면하게 된 자신 역시 죄인이라는 느낌이 고스란했다. 차갑게 젖어 떨고 있는 앙상한 새 한 마리를 어떻게 보듬어야 할지 가늠할 수 없어 쥐지도 떨치지도 못하는 소년처럼, 슬픔으로 인해 호흡이 가빠진 창백한 얼굴로, 장륙존상 위의 소녀가 그렇듯 하나의 가냘픈 빗금처럼 가녀린 말들이 원효의 몸통을 빠져나왔다.

그런데 그 나지막한 목소리에 황룡사 안에 있던 사람들이 진심으로 귀를 기울였다. 거의 중얼거림에 가까운 원효의 말들이 지장전 앞 너른 마당에 잔물결처럼 퍼져 나가는 것을 사람들은 느꼈다. 그것은 지금껏 그들에게 익숙한 권위와 명령에 의한 말이 아닌 다른 무엇이었다. 연약하고도 강력했다.

이 생경한 경험의 순간에 맞닥뜨린 사람들은 놀라며 숨을 멈추었고, 집중해서 원효를 바라보았다. 그들 대부분은 황룡사 승려들이거나 행자, 불목하니, 기원을 하러 온 귀족 집안의 불자들이었다. 회화나무 가지가 넓게 퍼진 지장전 마당에도 가을이 물들고 있었다. 낙엽이 살랑거리며 날아내리고 여러 지붕 위로 새들이 날아다녔다.

눈을 부릅뜬 채 격앙된 목소리로 도감이 입을 열었다.

"너는…… 원효?"

도감과 부주지는 단번에 원효를 알아보았고 약속이나 한 듯 동시에 얼굴이 굳어졌다. 지난봄 백고좌 법회를 어지럽히고도 임금의 총애를 받으며 승단의 문제적 인물로 떠오른 원효를 똑똑히 기억하고 있었던 것이다.

원효의 출현 자체가 마땅치 않은 일인 데다 원효 앞에서 계집아이를 처리하는 게 영 내키지 않긴 했지만, 지체할 시간이 없었다.

인중이 긴 비대한 체격의 부주지가 입을 열었다.

"너는…… 그렇군, 지난봄의 그 망나니로군. 원효라 했던가! 하긴, 족보 없는 중에게 이름 따위가 무슨 필요이겠느냐. 그런데 무슨 일인가. 누가 너의 황룡사 출입을 허락했는가?"

모욕을 주며 기선 제압을 하려는 의도가 명백한 하대였다.

"그렇습니다. 소승, 이름 따위 필요 없는 저잣거리의 수행승으로서……."

나지막이 흘러나오는 원효의 목소리에 귀 기울이는 듯 장륙존상 위의 소녀가 기우뚱하니 아래를 굽어보았다.

원효는 장륙존상 뒤편 문에 대기하고 있는 장정들 쪽을 불안한 시선으로 살피면서 말을 이었다.

"힘없는 중생의 고통을 황룡사 어른 스님들께서 대자대비한 마음으로 거두어 주시길 청합니다. 지금 저기로 사람을 올려 보내 제압하려 하면 저 아이는 떨어지고 말 것입니다."

"헛, 너도 구걸하는 것이냐. 언제부터 황룡사가 구걸하는 천것들로 이리 어지러웠는지 한탄스럽구나."

부주지와 도감이 서로 시선을 주고받다가 이번엔 도감

이 한 발 내딛었다.

"적선을 받으려면 순서가 필요한 법! 위아래를 알아보지 못하고 날뛰며 황룡사를 욕보인 네놈의 죗값을 먼저 치르는 게 순서다. 얼른 무릎을 꿇고 어른 스님의 두 발에 이마를 대거라. 지난봄에 네놈이 이 신성한 도량을 어지럽힌 것에 대해 먼저 용서를 구하라."

원효가 멈칫했다. 좌중의 시선이 원효에게 꽂혔다. 불과 두 계절 전 수행자로서 자신이 행한 바를 통째로 부정해야하는 덫에 걸린 셈이었다.

어느새 황룡사 담 바깥에는 무등 탄 아이들부터 짐짝을 놓고 올라서 안쪽을 지켜보는 백성들까지 인파가 가득했다. 도열한 젊은 비구들은 어수선하고 불안한 눈빛들이었으나, 부주지와 도감은 한결 여유로운 표정을 되찾았다. 지난봄처럼 혈기 왕성한 원효라면 대적하기 어려웠을 테지만, 천한 계집아이 하나를 살려 달라고 구걸하는 원효를 상대하는 건 독 안에 들어온 쥐를 요리하는 형국에 가까웠다.

"지난 백고좌 법회의 잘못을 뉘우치고 용서를 구하든가, 당장 황룡사를 떠나든가, 둘 중 용단을 내려라."

어느 쪽을 택하든지 원효가 지는 패였다.

원효가 잠시 회화나무 가지와 푸른 하늘을 올려다볼 때 도감과 부주지는 은밀히 흡족한 미소를 나누었다.

이윽고 원효가 거적때기와 다를 바 없는 장삼 자락을 단정히 모으며 부주지 앞으로 한 발짝 걸음을 떼었다. 담장 밖 백성들의 탄식 소리가 파도처럼 쓸려 들어오는 것 같았다. 수백 개의 눈이 원효의 몸짓 하나하나를 따라갔다.

원효가 흙바닥에 무릎을 꿇었다. 그리고 부주지의 갓신에 이마를 대며 말했다.

"소승이 저 아이를 제 발로 내려오도록 설득하겠습니다. 부디 기회를 주소서."

"황룡사를 통째로 욕보인 자가 내 발을 이마로 닦으며 용서를 비는 것을 모두 보고 있다. 황룡사는 중이라 해도 함부로 출입할 수 있는 곳이 아니다."

부주지가 거드름을 피우며 느긋하게 말했고, 백성들의 한숨 소리가 지나갔다.

"네놈이 황룡사 부주지인 나에게 구업을 짓지 말라 하였느냐? 어디, 네놈 소견을 한번 들어 보자. 잊지 말아라. 부처님 법은 엄중한 연기론을 설하시느니라."

승기를 잡은 부주지는 노회하고도 느긋하게 궁지에 몰아넣은 쥐를 다루어 볼 작정이었다. 한순간의 정적이 지나가고, 무릎을 꿇은 원효가 상반신을 일으켜 세운 후 천천히 입을 열었다.

"바로 그러합니다. 부처님 법은 엄중한 연기론을 설하

십니다. 논리에 허점이 없습니다. 그런데 어른께서 말씀하신 바는 어떠합니까. 인간이 당하는 현재의 고락이 과거 전생의 업의 결과라면, 현실에서의 모든 행위는 자기 의지로 한 것이 아니므로 그 행위에 대한 대가를 받을 필요가 없습니다. 그에 따르면, 저 소녀의 행위는 전생의 업의 결과이니 저 소녀에게 잘못을 물어서도 아니 되는 것이지요. 정녕 그러합니까?"

부주지의 숨소리가 거칠어지고 도감의 얼굴에서 서서히 핏기가 가시며 원효를 응시했다.

"지금 느끼시는 바 그대로입니다. 모든 것이 전생의 업의 결과여서 지금의 모든 행동이 전생에 규정된 것일 뿐이라면 인간이 스스로 수행하고 노력하는 것은 아무짝에도 쓸모없는 것이 되고 맙니다. 그렇게 되면 인간 스스로의 의지로써 무엇을 한다는 것이 애초에 불가능합니다. 그런 이해는 귀족과 평민과 노예 계급이 전생의 업에 의해 정해졌다고 강조하겠지요. 그러나 그것은 부처님 법에서 거리가 멉니다."

"아!"

담 밖의 백성들로부터 탄성이 흘러들어 왔다. 황룡사 안에서 가림막 세우는 작업을 하던 일꾼들이 모두 손을 놓았고, 젊은 비구 몇이 빨아들일 듯한 눈빛으로 원효의 얼굴을 바라보았다.

"과거 무수한 부처님들을 거쳐 석가모니 부처님께서 세상에 오신 이유를 저 장경각 서고에 가득한 경전들은 이미 증명하고 있습니다. 바로 고통 받는 모든 중생을 구제하기 위해서입니다. 그리고 한 걸음 더 나아가 부처님께서는 가르치십니다. 이 세상에 살아 있는 모든 생명, 즉 일체중생 모두가 화신불로 세상에 왔다고 설하십니다. 모든 생명은 본래 부처의 성품을 가지고 있으므로 누구나 힘써 노력해 부처의 삶을 살면 된다고 말입니다!"

잔물결처럼 번지던 원효의 음성은 이제 흰 포말을 일으키는 파도로 굽이쳐 담장 안의 사람들과 담장 밖의 사람들 모두 형언키 어려운 전율을 느끼고 있었다.

"석가모니 부처님은 미리 부처로 운명 지어져 신성한 신으로 오신 것이 아닙니다. 끊임없는 질문과 혹독한 수행을 거쳐 인간의 역사 속에서 가장 먼저 부처의 성품을 깨우치고 스스로 부처가 되신 분이지요. 본래 천한 존재란 없습니다. 우리는 모두 본래 부처이므로 당장 부처로 살면 된다고 석가모니께서는 가르치십니다."

"궤…… 궤변이 심하구나!"

비단 수건을 꺼내 땀을 닦으며 부주지가 간신히 한마디 했다.

원효가 천천히 자리에서 일어났다. 이제 원효는 승려들을 향해 말하고 있지 않았다. 원효는 황룡사 담장 안팎의 시선들과 일일이 눈을 맞추었다. 지난봄 원효의 포효가 백고좌 법회의 승려들을 향한 것이었다면, 지금의 원효는 백성을 향해 이야기하고 있었다.

"인간은…… 우리는…… 고통에서 해방되고자 하는 존재입니다."

남루한 백성들 중 몇몇이 놀라고 두려운 눈빛으로 "나무아미타불"을 중얼거렸고 몇몇은 의심스러운 눈초리로 원효를 응시했다.

"고통 받는 중생이 끝없이 많으니 나는 부처로서 온몸을 바쳐 마지막 한 생명까지 기필코 건지리라."

원효가 장륙존상의 어깨에 기댄 소녀를 올려다보았다. 모여 있는 사람들의 시선이 그곳으로 일제히 향했다.

"이것이 석가모니께서 부처가 되신 이유입니다."

번쩍이는 황동의 거대한 불두에 까마귀 한 마리가 빙빙 돌고 있었다.

"고통 받는 사람들이 존재하는 한 부처님은 열반에 드실 수 없습니다. 부처님이 바라시는 세상, 진정한 불국토는 모든 사람이 차별 없이 함께 행복해지는 세상입니다."

"뭐, 뭐라는 것이야! 저, 저, 저놈을!"

부주지가 발끈하며 호통을 쳤으나 담장 안팎의 사람들은 원효를 향해 모은 시선을 흐트러뜨리지 않았다. 백성들은 부처님 전에 기도하며 복 달라 빌고 좋은 일이 생기면 복 받았다 여기고 나쁜 일이 생기면 지지리 못난 팔자 전생의 업이 많아 그러려니 생각하며 살았다. 그런데 원효는 전혀 다른 이야기를 하고 있었다.

"전생의 업 운운에 구속되지 마십시오. 부처님께서는 우리를 구속하고 고통에 빠뜨리는 모든 것으로부터 깨어나라고 하십니다. 스스로를 해방하라고 하십니다. 그분이 스스로 그러하셨듯이!"

스스로 부처로 사는 삶. 대자유!

원효는 말을 하면서 스스로 확인하고 있었다.

부처의 삶을 살고자 하는 사람이 많아질수록, 그런 자유의지를 가진 사람이 많은 나라일수록, 신라는 불국토에 가까워지는 것이다. 신라인으로서 내가 신라를 사랑하는 길이 그것이다.

자신의 말을 통해 원효는 점점 더 담대해졌다.

"우리는 천상천하유아독존의 존재들입니다. 신에 종속되지 말라! 계급과 신분에 종속되지 말라! 모든 존재가 존재 자체로서 존엄하다! 부처님은 그렇게 가르치고 계십니다."

원효가 다시 고개를 들어 소녀를 바라보았다.

"용기를 가지고 새로이 다음 길을 가야 할 때입니다. 조심히 이제 그만 내려오소서. 어머니의 지장전 참배를 소승이 기필코 허락받겠습니다."

원효의 말은 고개를 갸웃하게 내려뜨린 소녀의 가슴속에도 스미고 번져 가고 있는 게 분명했다.

그때 젊은 비구 하나가 급히 달려오며 고했다.

"비담 공이 오셨습니다."

부주지와 도감이 화들짝 놀라며 돌아서는 순간, 40대 중후반쯤 되어 보이는 건장한 체구의 귀족 사내가 벌써 지장전을 돌아 들어오고 있었다.

*

"대찰 황룡사에서 이 무슨 사특한 요설의 난무인가?"

비담은 들어서자마자 거침없이 일갈했다. 강력한 울림을 가진 우렁찬 목소리였다.

"여러분은 도대체 무엇을 하고 있습니까. 신라의 신분 기반을 흔드는 저런 요설을 계속 지걸이게 두고도 후환이 두렵지 않은 것입니까. 두 분 스님! 해괴한 소리를 해 대는 요승을 승가의 율법으로 처리하지 못한다면 백관당의 병사들로 하여금 저자를 잡아 족치겠소. 그리해도 되겠습니까?"

부주지와 도감은 당혹스러운 태도로 쩔쩔맸다. 비담이 그들을 향해 비록 경어를 사용하긴 했어도 의미 없는 형식상의 말투임을 모두가 직감할 수 있었다. 법당군단(法幢軍團)의 최고 책임자로서 머리부터 발끝까지 진골 귀족 대장부인 비담은 여왕에 반대하는 귀족들의 입장을 대변하는 실세였다. "여자 군주는 나라를 다스릴 수 없다(女主不能善理)."는 기치 아래 진골 귀족들의 세력을 은밀히 규합하고 있는 그가 언제 신라의 실권자가 될지는 알 수 없는 일이었다. 그는 전임 황룡사 주지를 전보시키는 일에 앞장선 인물이기도 했다.

"주지 스님은 어디 계시오?"

"지방 출타 중이십니다."

"그럼, 주지 스님께 말씀드린 것으로 알고 일을 처리하겠소."

비담은 거침이 없었다. 경내에서 일어난 일을 이대로 비담에게 맡겨 버릴 수도 없고 마땅한 다른 방도도 없어 주춤하는 승려들을 아랑곳하지 않고 비담이 오른손을 들어 수신호를 하자 지장전 뒤에 대기하고 있던 군병들이 2열로 도열한 채 저벅거리며 걸어 나왔다. 창칼과 방패를 갖춘

군병 30여 명이 갑자기 등장하자 부주지와 도감의 낯빛이 더욱 창백해졌다. 사찰에 군병을 출현시키는 비담의 안하무인으로 인해 승려들의 얼굴에 불쾌한 표정이 어렸으나 곧 헛기침을 하며 표정을 감추었다. 비담은 일상의 업무를 수행하듯 표정 하나 변하지 않은 채 주위 사람들을 몇 걸음씩 뒤로 물러서게 하면서 더 이상 승려들 쪽은 처다보지도 않았다.

여왕의 등극 이래 황룡사 승려들은 여왕과 귀족들 사이에서 눈치 보기를 계속해 왔다. 여왕은 황룡사의 역할에 만족하지 못하여 분황사를 창건했고, 더욱이 황룡사 백고좌 법회에서 소동을 벌인 원효를 가까이 두기까지 했다. 이런 현실에 황룡사 승려들의 불안감은 컸고 은밀히 귀족들에게 매달리고 있었다. 시주와 지원의 두 축인 귀족들과 여왕 사이에서 기묘한 줄다리기를 할 수밖에 없는 상황에서 비담이 사찰 경내를 제집처럼 드나들며 활개를 쳐도 말릴 수가 없고 나무랄 자가 없는 것이었다.

비담이 원효를 돌아본 후 병사들에게 소리쳤다.

"궤변과 요설을 부처의 진리인 양 설하는 이 요승에게 오라를 씌우고 망령된 입에 재갈을 물리라! 신라의 앞날을 위해 우환의 싹을 제거해야 할 것이다."

명령이 떨어지자 병사 네 명이 순식간에 원효에게 달려

들어 오라를 묶고 재갈을 물렸다. 군병들에게 포박당하며 원효는 안타깝게 장륙존상을 올려다보았다. 유난히 푸른 하늘빛 아래 장륙존상은 황금빛으로 반짝였다. 소녀는 주문에라도 걸린 듯 불상 위에 미동 없이 앉아 있었다. 비담 역시 장륙존상을 올려다보았다. 날카롭고 매서운 비담의 눈매에 싸늘한 비웃음이 어렸다. 그가 가차 없이 다음 명령을 내렸다.

"가림막을 올려라!"

가림막 일꾼들이 동요하는 기색을 보이자 비담의 병사들이 채찍을 휘둘렀다. 놀란 일꾼들이 서둘러 어영차, 박자를 맞추며 가림막을 세웠다.

"우우!"

백성들의 목소리가 담을 넘어 들어오다가 부서졌다.

부주지와 도감의 낯빛이 창백해졌다.

"비담 공, 저…… 저 애를 가능한 죽이지 않아야 합니다. 혹시…… 그물 같은 것을 사용할 수는 없겠습니까?"

"무엇이 두려워서?"

"백성들이 동요할 것입니다. 더욱이 여긴 사찰입니다."

"가림막을 만든 이유가 저년이 떨어져 죽기라도 하면 꼴사나우니 그 모습을 은폐하기 위한 것 아니었습니까? 고매하시지만, 제 생각은 좀 다릅니다. 가림막은 천것들의 생사가 황룡사 안에서 결단코 일어날 수 없다는 경계의 표시입니다. 저년이 죽건 살건, 가림막은 그래서 필요하지요. 백성들의 동요? 있어야지요, 암! 여주께서 요승을 가까이 하시는데 백성의 동요가 있는 것은 당연한 것 아니오?"

승려들은 더 이상 아무런 응대도 하지 못했다.

비담이 원효의 얼굴을 한 차례 더 건너다보았다.

비담의 싸늘한 눈빛에 비웃음이 어리는가 싶더니 부주지 가까이 몸을 숙여 빠르고 낮게 속삭였다.

"황룡사 중노릇 이만큼 하셨으면 알 만하지 않습니까. 가림막이란 것이 딱히 가리려는 데에만 목적이 있겠습니까. 가림막은 배후를 만들어 내기에 좋은 장치이지요. 눈을 가리면 사람들에겐 공포가 생깁니다. 공포는 백성을 유순하게 만들지요."

말을 마친 비담이 군화 신은 발로 땅을 차며 큰 소리로 웃음을 터뜨렸고, 부주지가 지그시 입술을 깨물었다. 도감은 엉거주춤한 자세로 손을 모은 채 눈살을 찌푸렸다.

재갈 물린 채 포박당해 여섯 명의 병사에게 둘러싸인 원효의 귀에는 주변의 어떤 소리도 들리지 않는 듯했다. 그는 안타깝게 고개를 저으며 불타듯 뜨거운 시선으로 오직 장륙존상을 바라보았다.

열두 살 소녀가 저 위에서 겪고 있을 마음의 고통과 존재의 막막함이 사무쳐 눈물이 그치지 않았다. 소녀가 감당하고 있는 삶이라는 고통, 그 고통을 해결할 수 있는 방법을 함께 찾아낼 수 있는 시간이 부디 조금만 더 주어지기를! 뜨거운 눈물을 쏟으며 원효가 온 마음을 다해 희원하였다.

그때 비담이 원효에게 가까이 다가왔다. 병사들이 길을 비켰다.

"원효의 눈물이라! 그러나 안타깝군. 책상물림 김준후가 금강석이라 칭했다던 금강 같은 지혜와 기개는 어디 가고 이리 궤변이나 떠드는 요승의 신세가 되었단 말이냐. 원효! 네 진짜 이름이 무엇이냐. 시답잖은 중 행세 그만하고 조국을 위해 도움이 될 만한 그 무엇이라도 하라. 신라의 국운을 좀먹는 한심한 것들!"

김준후를 입에 담을 때 비담의 눈빛에 살기가 어리는 것을 원효는 똑똑히 보았다.

저기에도 고통이 있구나, 저들 사이에는 또 어떤 풀어야 할 매듭이 있는 것인가.

김준후 공이 떠오르자 보현랑과 서곡성의 전투가 또다시 떠올랐다. 백제군 포로들을 인솔해 나온 그 벌판에서 마지막까지 고민했던 것은 자신의 행위로 인해 보현랑과 김준후 공이 입을 피해였다. 서라벌이라는 신세계에서 원

251

효가 맺었던 최초의 우애는 그렇게 끝이 났다. 하지만 김준후 공은 원효를 탓하지 않았다. 그는 원효가 저지른 일의 모든 뒷감당을 조용히 처리해 냈다. 그리고 원효의 행보에 대해 가타부타 관여하지 않음으로써 무언으로 원효를 지지했다. 서곡성 전투 이후 원효는 김준후 공과 보현랑을 대면한 일이 없었지만 그들은 여전히 원효의 마음에 빚으로 남아 있었다.

준후 공과 이자 사이는 나와 야신의 관계 같은 것일까.

비담의 살기로 인해 그런 생각이 문득 들었으나, 지금 이 순간 오직 급한 것은 소녀의 생사였다.

저 아이를 살려야 한다!

원효가 몸부림치며 오라를 벗어나려고 뒤척였으나 속수무책이었다. 여섯 명의 병사가 원효에게 오라를 한 겹 더 씌우고 재갈로도 모자라 안대마저 두르려는 참이었다.

"그만두어라. 두 눈으로 똑똑히 보아야지, 본분을 망각하고 순리를 거스른 자들의 최후를! 원효는 보아라, 불국토 신라의 위엄을 살리려는 내 충정과 성의를. 올라가라!"

비담의 명령이 떨어지자 장륙존상 뒤편 문이 끼익, 쇳소리를 내며 열리고 장정들이 빠른 걸음으로 차례차례 문 안으로 들어갔다.

부처님 몸통으로 사내들이 사라진 순간부터 경내는 숨

소리조차 얼어붙은 듯 고요했다.

잠시 후, 거대한 황동 부처의 귓불 위쪽에 장정들이 모습을 나타냈을 때, 소녀는 부처의 어깨 바깥쪽으로 한 걸음씩 불안한 걸음을 떼기 시작했다.

가림막이 세워진 바깥 담장에서 동요하는 백성들의 한숨 소리가 이리저리 쏠렸다.

가림막을 만든 일꾼들이 저마다 눈을 감고 뒤돌아 "나무아미타불"을 읊조렸다.

여섯 병사에 둘러싸여 장륙존상 위의 소녀를 바라보는 원효의 눈빛은 슬픔과 분노로 이글거렸다.

"어어!"

일꾼들과 승려들의 탄성이 지나간 순간이었다.

부처의 어깨 끝에서 소녀의 몸이 둥글게 구부려지는가 싶더니 한 점 빗금이 떨어져 내렸다.

툭.

바람이 한 줄 불어와 낙엽 한 장을 떨구었다.

원효가 털썩 주저앉았다.

소녀는 장륙존상에 올라가 사흘 동안 자신의 사정을 승려들에게 고했다 했다. 그 뒤론 목이 쉬어 말하지도 울지도 못하는 상태로 불상의 어깨에 기대앉아 시름시름 탈진해 갔다. 여린 생명 하나가 저렇게 죽어 가도록 부처님의 뜻을 따른다는 승려들은 무엇을 했으며, 나는 이 황룡사에 들어와서 도대체 무얼 했단 말인가. 괜한 공명심 아니었던 가. 백성들과 눈을 마주치며 지껄이는 설법 나부랭이에 스스로 흥이 올라 정작 구해야 할 소녀의 목숨은 뒷전으로 미룬 것은 아닌가. 비통한 울음이 재갈 물린 원효의 목울 대를 찢으며 흘렀다.

그때 원효는 다시 한 번 깨달았다.

고통이라는 진리, 고통이 생기는 원인을 말하는 진리, 고통이 소멸된 진리, 고통을 소멸시키는 길인 진리. 이 모든 진리를 깨달은 부처의 님이 바로 중생이다. 중생의 고통을 해결하기 위해 부처가 있는 것이다. 나는 이제 죄 없이 죽어 간 저 소녀의 가슴 위에서 자고 깨어날 것이다. 거기가 내 감옥이 될 것이며 해탈문이 될 것이다.

원효가 눈물로 얼룩진 고개를 떨구었다. 마치 세상에 태어나 처음 보는 듯 맨땅이 시야에 들어왔다. 산산이 흩어진 넋인 듯 흙먼지가 일었다. 오라에 묶여 무릎 꿇려진 몸을 더욱 낮게 수그려 원효가 맨땅 위에 이마를 댔다. 소녀의 육신이 닿은 저편 땅을 향해 간절히 손 내밀듯이.

그때 비담의 목소리가 다시 울려 퍼졌다.

"저 노비가 장륙존상에 올라가도록 사주한 사람이 있다는 보고를 받았다. 나는 법당군단의 총책임자로서 배후를

샅샅이 조사할 책임을 가지고 있다. 요승 원효를 끌고 가
라!"

16

· · · · ·

"오다 오다 오다, 오다 서럽구나.
서럽구나 우리네여, 공덕 닦으러 오다.

단아 단아 서럽구나, 서럽구나 우리네여.
울지 마라 단아, 너를 잊지 않으리니."

새벽 예불을 마치고 분황사 대웅전을 나와 처소로 돌아
가는 원효의 귀에 노랫소리가 들려왔다. 지난 1년간 저 노
래가 서라벌 곳곳을 떠돌았다.

원효는 깊게 숨을 들이쉬며 돌층계 앞에서 눈을 감고 정
신을 모았다.

간밤 꿈에 검은 학이 날아올랐다. 여왕께서 드디어 하

늘 우물을 지으려는 징조일까. 그것은 필요한 일이지만 때를 잘 맞추지 못하면 무고한 백성들이 희생당할 수도 있었다. 여왕의 뜻이 백성과 만나는 것을 비담 세력이 그냥 두고 볼 리 없다. 1년 전 비담에게 끌려가 당했던 고초와 그때 목도한 모든 장면들을 원효는 생생히 기억했다.

황룡사 장륙 존상에서 단이 떨어져 죽은 날로부터 사흘 동안, 비담의 백관당 비밀 병영에서 원효는 지옥을 보았다. 정적을 탄압하고 사실을 조작하며 민심을 호도하는 일들이 비밀리에 그곳에서 벌어지고 있었다.

그들은 검은 옻칠이 된 송판을 촘촘히 이어 붙인 독방에 원효를 가둔 채 사흘 밤낮을 재우지 않고 문초를 되풀이했다. 벽의 바로 바깥은 각종 형틀이 즐비하게 놓인 고문장이었다. 송판의 틈새로 바깥을 볼 수 있었고 무엇보다 고문장의 비명 소리가 여과 없이 들리는 곳이었다. 그곳에서 문초를 겪으며 원효는 지옥의 유래에 대해 끊임없이 생각했다. 잦은 전쟁의 피바람 속에서 죽고 죽이는 일이 반복되다 보니 생긴 습성일까. 목숨에 대한 연민이라곤 손톱만치도 들어설 자리 없이 머리끝에서 발끝까지 그저 상명하복의 규율에 회의 없이 복종하는 비담의 병사들은 살인귀들 같았다. 명령을 받는 순간 실행하면 그뿐인 듯 아무런 생각 없이 텅 빈 얼굴들. 조금의 갈등도 회의도 없는 그 얼굴들은 때로 천진해 보이기까지 했다. 무사유가 얼마나 무서운 것인지 그때 똑똑히 보았다.

비담은 편지 한 장을 증거로 들이대며 원효를 집요하게 추궁했다.

"부처를 능욕한 계집이 장륙 존상에 올라가기 전에 불단에 바친 편지다. 보다시피 요석의 서체와 닮았다. 요석이 여왕의 수족임은 만천하가 아는 일, 여왕이 시켰는가? 신라의 정통성을 부정하는 임금은 비록 임금이라 할지라도 용서할 수 없는 모반자다! 여왕과 요석을 만나 네놈이 나눈 이야기는 무엇인가? 지령을 받았는가? 운제산 항사사에서 홀연 남악으로 입산한 이유는 무엇인가. 백제, 고구려의 첩자들이 모두 남악에 거점을 두고 있다는 사실을 모르지는 않겠지? 남악에서 하산하자마자 황룡사로 다시 기어든 이유가 무엇인가."

비담은 무엇엔가 썬 듯 이글거리는 눈빛과 한 치의 회의 없는 냉정하고 당당한 태도로 원효에게 자백을 다그쳤다.

어쩌다 이런 지옥에 발을 들이게 된 것인가. 수행자인 자신이 세속의 탐욕과 더러운 계략의 한가운데에서 이용되고 있다는 사실이 치욕스러웠다. 지옥을 보고도 아무것도 할 수 없는 고통이 지옥 자체보다 고통스럽다는 생각을 하며 자책하는 원효를 비담이 서늘하게 꿰뚫어 보았다.

"네놈이 지금 무슨 생각을 하는지 알고 있다."

포박된 채 무릎 꿇린 원효의 코앞에까지 다가온 비담이 들고 있던 가죽 부채로 원효의 턱을 치켜 올려 눈을 맞추었다.

"허나 어쩌랴, 곧 목숨을 구걸하느라 설설 기게 될 것이다. 시작해라!"

비밀 병영의 서쪽 문이 열리며 야신이 들어왔다. 말 두 마리가 끄는 긴 수레가 뒤를 따랐다. 검은 헝겊으로 덮인 수레 뒤에 검은 복면의 사내 네 명이 따라 들어왔다.

"오랜만이구나, 원효! 그래 그동안 네 알량한 적선으로 세상은 좀 나아졌느냐?"

무표정한 얼굴로 야신이 차갑게 씹어뱉은 말속에는 빈정거림에 더해진 우월함의 과시가 역력했다. 원효가 야신의 얼굴을 조용히 응시했다. 원효의 시선을 정면으로 응대하던 야신이 한쪽 입술을 비틀어 올리며 소리 없이 웃었다. 야신의 수신호가 떨어지자 검은 복면 두 명이 원효 앞으로 다가왔다.

"벗어라."

검은 복면 속에서 흘러나온 말을 처음엔 알아듣지 못했다.

"벗어라."

검은 복면이 한 번 더 말했을 때 그제야 말뜻을 알아들은 원효가 야신을 쳐다보았다. 원효의 시선을 맞받으며 야신이 여유롭게 말을 이었다.

"이곳에 잡혀 온 자들은 백이면 백 토설 후에 죽어 나가지. 옷은 미리 벗겨 두었다가 수의로 입혀 준다. 예의지, 예의, 하하! 시신도 볼썽사나운데 피 칠갑한 수의는 좀 그렇지 않나. 물론 다른 이점도 있다. 알몸뚱이는 공포에 쉽게 잡아먹히지. 토설을 빨리하면 고통도 줄어드는 법."

원효의 얼굴을 내려다보며 야신이 가볍게 웃었다. 야신의 수신호에 따라 검은 복면 둘이 원효의 옷을 벗기기 시작했다. 저항하던 원효가 외쳤다.

"내가 직접 하겠소!"

원효의 외침을 들으며 야신이 허리가 꺾일 듯 웃었다. 이윽고 얼굴에서 웃음기를 걷은 야신이 저벅저벅 다가왔다.

"물러서라. 천하의 원효스님이 제 손으로 옷을 벗겠다 하지 않느냐."

검은 복면들을 뒤로 물리며 야신이 돌연 한숨을 내쉬더니 덧붙였다.

"쯧쯧…… 옷은 그대로 두마. 아무리 그래도 백성의 존경을 받는 승려이니 대접이 좀 다르긴 해야지, 암!"

검은 헝겊으로 덮인 수레의 절반을 걷고 검은 복면들이 형틀과 형기를 옮겨 왔다. 무쇠 의자에 원효를 옮겨 앉히는 동안 야신이 형장 중앙에 자리를 잡은 비담 곁으로 가셨다. 금도금한 팔걸이에 용머리가 돋을새겨진 의자는 등받이가 높아 용상과 흡사해보였는데 의자 깊숙이 몸을 묻은 비담은 흡사 연희를 구경하러 나온 사람처럼 한 팔로 비스듬히 고개를 받친 채 나른한 표정으로 정면을 바라보았다.

"가벼운 것부터. 천천히."

비담의 목소리가 들리고, 검은 복면들이 움직였다. 원효의 양 발목과 무릎을 묶은 뒤 정강이 사이에 쇠막대기 두 개를 끼워 넣었다. 야신이 고개를 끄덕이자 가위를 벌리듯 쇠막대기를 엇갈리게 벌려 주리를 틀었다. 이를 악문 원효의 얼굴이 고통스럽게 일그러지는 것을 보던 야신이 말했다.

"살살 다루어라. 검조차 두려워하는 자이니. 토설 전에 죽어선 아니 된다."

열 차례 주리를 튼 후 형틀을 교체했다. 형장 바닥에 도자기 사금파리를 깔고 그 위에 무릎 꿇려 앉힌 원효의 두 손을 등 뒤로 돌려 나무 기둥에 묶었다. 어떤 상황이 벌어질지 예측할 수 없는 공포가 정신을 더욱 혼미하게 했다. 원효가 이를 악물었다. 이윽고 검은 복면 두 명이 쇠못이 잔뜩 박힌 네모난 무쇠 판을 운반해 와 원효의 무릎 위에 올렸다. 무쇠 판의 쇠못들이 허벅지를 파고들고 바닥의 도자기 사금파리들이 정강이를 찔러 오며 목구멍으로 왈칵 피가 솟구쳤다. 온몸의 신경들이 찢겨져 나가듯 고통이 밀려왔다. 툭툭 실핏줄이 터지며 눈 속이 붉게 젖어든 순간, 거구의 검은 복면 하나가 무쇠 판 위로 올라섰다. 그 순간 원효는 처음으로 정신을 잃었다.

간신히 정신이 들었을 때 뒤편 형장에서 살 타는 냄새가 퍼져왔다. 눈앞에선 벌겋게 인두가 달궈지고 있었다. 정신을 차리자마자 구역질을 하는 원효의 턱을 검으로 치켜들며 야신이 쯧쯧 혀를 찼다.

"피하지 말고 이 냄새를 맡아 보아라. 어떤가. 고문이란 정화의 과정이지. 국가의 대업을 거스르는 자에게 죄를 씻을 기회를 주는 덕치의 과정이다."

검은 복면들이 다가와 원효의 두 발에 쇠고랑을 채운 무쇠 신을 신겼다. 무쇠 신 바닥에 쇠못이 대여섯 개씩 솟아 있었다. 검은 복면들이 원효를 일으켜 세우자 쇠못이 발바닥을 뚫고 들어오며 뼈 마디마디에 닿았다. 혼절할 듯 쓰러지는 원효의 양팔을 잡아 걸음을 걷게 하면서 검은 복면들이 번갈아 가며 쇠고랑을 옆에서 걷어찼다. 그때마다 복숭아뼈가 으스러지며 피가 흘렀다. 꺼져 가는 정신을 간신히 붙들고 있긴 했으나 원효는 그만 목숨을 놓고 싶었다.

"죽고 싶겠지. 그럴 것이다. 허나 진작 알려 주지 않았더냐. 여기는 죄를 씻는 정화의 장이다. 정화되지 않은 목숨은 죽을 수 없다!"

무쇠 신이 피로 쿨럭거리고 너덜거리는 발바닥 살점들이 짓뭉개져 떨어져 나가기를 반복한 뒤 원효는 다시 무쇠 의자에 앉혀졌다. 피눈물과 땀으로 흐릿한 원효의 눈앞에 야신이 팔뚝만 한 길이의 쇠창을 들어 보이며 말했다.

"이것은 말이다. 함부로 혀를 놀려 혹세무민하는 죄를 정화하는 도구다."

양끝이 뾰족한 쇠창의 한쪽 끝을 원효의 쇄골 가운데 가져다 댄 후 야신이 원효의 목을 뒤로 젖혀 다른 쪽 끝을 턱 바로 아래에 갖다 댔다. 오래전 서곡성 전투에서 원효가 살아 있음을 확인한 후 백제인 모두를 죽여 버리라 명령하던 살기등등한 표정이 야신의 얼굴에 겹쳐졌다.

"이제 머리통을 서서히 내리누르면…… 턱이 뚫리고 여기가 부서지지. 상상해 보라. 그 입으로 그 잘난 설법을 영원히 하지 못하게 된다."

원효의 쇄골 가운데를 지그시 누르며 야차처럼 웃는 야신을 보며 원효의 머릿속엔 증오보다 의문이 가득했다. 스승이여, 붓다여, 이 사람 속에서도 부처를 볼 수 있어야 합니까. 정신이 혼미한 중에도 원효는 수행자로서의 초심을 찾으려 했으나 마음과 달리 정신은 빠르게 꺼져 가고 육신은 처절하게 무너졌다. 야신이 쇠창을 거두었다.

"허나 아직 이걸 쓸 생각은 아니다."

여유로운 웃음을 띤 야신이 검은 복면들에게 무어라 하명하고 실신한 원효는 독방에 가두어졌다. 다음 날 형장에 끌려 나왔을 때엔 검은 포장 수레가 완전히 걷혀 있고 어떻게 쓰일지 예측할 수 없는 형틀이 형장 가운데 놓여 있었다. 전날보다 화사하게 차려입은 야신의 득의만만한 얼굴에 윤기와 화색이 돌았다.

"새날이군! 오늘은 평생 잊지 못할 근사한 물건을 보여 주지."

윤나게 옻칠이 된 검은 박달나무 널판이 바닥에서 네 뼘쯤 위에 띄워져 있었다. 널판 양끝에 검게 옻칠된 두껍고 견고한 지지대가 세워져 있고 위쪽 지지대에는 커다란 삼족오가 조각되어 있었다. 검은 널판으로부터 걸어 올라와 세 개의 발로 지지대를 움켜잡은 채 막 날개를 펼치려는 듯한 삼족오의 눈은 황금색 금분으로 그려져 있었다. 야신이 눈을 가늘게 뜨며 중얼거렸다.

"어떠냐, 내가 고안한 형틀이다. 아름답지 않은가. 뉘어라!"

널판에 뉘인 원효의 발목과 손목, 몸통에 오라가 감겼다. 검은 복면이 다가와 원효의 얼굴 위에 눅눅하고 질긴 한지 한 장을 밀착해 덮었고 다른 복면이 무쇠주전자로 물을 붓기 시작했다.

"천천히…… 한 방울씩…… 그렇지!"

숨이 가빠 가슴이 부풀며 컥컥거리기 시작할 때 "뒤집어라." 야신의 목소리가 이명처럼 들려오고, 양끝 지지대에서 고리 풀리는 소리가 들리며 몸이 널판과 함께 뒤집혔다. 코앞에 닿을 듯한 맨바닥을 향해 물을 한참 토하고 나자 널판이 다시 뒤집혔다. 한지 한 장이 다시 얼굴에 덮이고 물이 부어졌다. 까마득하게 정신이 흐트러지며 산목숨과 죽은 목숨의 분별이 사라졌다. 그렇게 몇 번이나 널판이 뒤집혔는지 기억할 수 없는 동안 몸의 모든 구멍이 열렸고, 오줌과 함께 물똥을 지린 것을 알았을 때 원효가 소리 내어 외쳤다. 원효에겐 외침이었으되 실상은 개미보다 작은 소리로 몸 밖을 겨우 빠져나간 신음에 가까운 소리였다. 죽여라, 제발…… 죽여라……. 원효의 얼굴 가까이에 귀를 갖다 댄 야신이 배를 잡고 웃었다.

"아니지, 틀렸다. 네놈이 아직 제정신이로구나. 살려달라고 해야 죽여줄 수 있느니라."

검은 복면이 다가와 원효의 입을 벌리고 소금을 먹였다.

"자, 기운 차려라, 원효! 내가 이 얘길 한 적 있나? 나는 반항하는 노비는 면천한다. 왜냐? 나는 힘이 좋아. 힘이 곧

선이다. 그래, 그래서 나 야신은 저항하는 노비에게는 힘을 준다. 오냐, 너는 평민이 될 자격이 있구나, 등을 두드려주지. 이게 내 방식이다. 구걸하는 놈은 죽인다. 힘없는 자는 추하다. 추하니 죽인다! 나는 너처럼 위선에 찬 적선 따위 하지 않아. 때려서라도 힘을 기르게 하지. 강하게, 더 강하게!"

야신의 목소리가 귓전에서 웅웅거리는 동안 온몸이 짓바수어지며 뼛가루가 분분히 날리는 환영이 어른거렸다. 검은 뼛가루들이 시야를 가득 덮어왔다.

"저항해라, 원효!"

다음 순간, 수평으로 놓였던 널판이 검은 복면들에 의해 수직으로 세워졌다. 널판과 함께 돌려세워진 원효의 몸이 쳐지자 양 어깨에 밧줄을 걸어 지지대에 고정시켰다. 양 팔목과 어깨의 밧줄을 지지대에 확실히 고정시켜 놓은 후 야신이 원효의 귓전에서 나지막이 물었다.

"등 뒤가 두렵지 않나. 그만 토설하라. 여왕이 어떤 밀지를 내렸나?"

잠시 후 원효의 등에 뜨거운 것이 박혔다. 박제한 호랑이 발톱을 원효의 등에 박은 채 검은 복면이 야신의 다음 명령을 기다렸다. 야신이 원효의 귓전에다 속삭이듯 말했다.

"등껍질부터 벗겨낼 것이다. 염려 말아라, 죽지 않는다.

위선에 찬 살 껍질을 벗겨내는 것뿐이다. 죽이지 않고 살 껍질만 찢어내 고통을 맛보게 하는 것! 이 단계의 관건이지."

원효는 완전히 정신을 잃었다. 벼락을 맞은 듯 몸이 불타고 불탄 몸 위로 다시 벼락이 떨어지는 듯한 끔찍한 지옥이 원효의 몸 안에 고통스럽게 똬리를 틀었다. 갈갈이 찢긴 몸에 찬물과 소금을 뿌리고 거듭 똑같은 내용을 문초하다가 비담의 병사들이 원효에게 탁한 잿빛의 물을 건넬 때 원효는 역한 냄새가 나는 그 물에 혀끝을 적시며 스스로에게 물었다.

나는 나의 주인으로 살고 있는가. 이러고도 나는 살아남은 것인가.

혼돈에 가득 찬 물음들 저 너머에 육신을 벗어 놓고 저 세상으로 간 소녀의 얼굴이 자주 보였다. 단아, 너는 지금 괜찮은 것이냐. 나도 너처럼 육신을 그만 벗고 싶구나. 단아, 너와 내가 가져야 하는 힘이란 무엇이냐. 힘없는 백성 속에서 힘없는 내가 할 수 있는 것이 무엇이냐. 어떤 힘을 가져야 참으로 힘인 것이냐. 단이를 부르며 원효는 울었다. 육체가 흘릴 수 있는 눈물은 이미 바닥난 지 오래였으므로 산산이 찢긴 몸을 붙들고 한 줄기 마음이 울고 또 울었다.

삶과 죽음이 인지되지 않는 시간이 독방에서 흘러갔다.

창살 바깥에서 여러 목소리가 저승의 목소리인 듯 간헐적
으로 들렸다.

"아직 숨이 붙어 있느냐?"

"마지막 채비를 하겠습니다."

"보아하니 어떤 고문을 한들 토설할 자가 아니다."

"하오면 그냥 처결하심이……."

"죽인들 이득이 없으니 이번엔 되었다. 마침 여왕이 솔
깃한 거래를 청해 왔으니 그걸 챙기는 쪽이 낫겠다."

사흘 만에 비담의 병영에서 풀려나 돌아온 원효를 처음
맞아 준 사람은 요석이었다.

한밤중, 복면을 쓴 기병이 원효를 말에 태워 나온 후 떨
어뜨려 놓은 곳은 쪽샘 곁 성황목 아래였다. 가을밤의 한
기가 선뜩했다. 머리끝에서 발끝까지 무수한 바늘이 꽂힌
듯했다. 온몸이 한군데도 빼놓지 않고 고통스러웠고, 몸의
모든 장기가 허깨비처럼 텅 비어 거기에 불지옥이 들어앉
은 것 같았다. 몸인데 몸이 아니었다. 지옥을 끌고 비틀거
리며 걷고 있는 너는 누구냐. 한 걸음씩 걸을 때마다 온몸
의 모든 땀구멍에 꽂혀 있는 것 같은 수억만 개의 바늘들
이 끔찍한 고통을 주었다. 그만 혼절하고 싶고, 고통스러운
육신을 벗어 버리고 싶었다. 어떻게 분황사까지 걸어왔는

지 기억에 없었다.

눈을 감았는지 떴는지 분간하지 못하는 어느 순간, 흐릿한 시야에 분황사 일주문이 들어왔다. 그리고 거기, 두 손을 꼭 맞잡은 채 서성거리는 요석이 보였다.

캄캄하게 어둔 밤하늘에 내걸린 단 하나의 등불처럼 요석의 기도가 자신을 여기까지 이끌었음을 원효는 그때 깨달았다. 두 손을 가슴께에 합장한 채 입속으로 끊임없이 원효를 부르는 요석 또한 원효처럼 고통스러워 보였다. 요석을 본 순간 원효의 눈에서 눈물이 흘렀다. 고통스러운 육신일지라도 살아 있으니 다행이라는 생각이 들었다.

돌아오소서. 무탈하게 돌아오소서. 부처님, 저의 목숨을 나누어 그분을 살리소서. 제 목숨을 그분께 나눠 주소서. 부디 무탈하게 돌아오소서……. 요석이 올리는 간절한 기도가 원효의 마음으로 고스란히 전해져 왔다. 현기가 일며 하늘이 소용돌이치듯 돌았다. 자신 역시 간절한 기도의 말을 품은 순간들이 있었으나 누군가를 위해 목숨을 내놓은 적은 없다는 자각이 들이닥쳤다. 단이의 죽음이 못 견디게 고통스러웠으나 그 아이를 위해 목숨을 나누고자 하지는 않았다. 중생을 자신의 몸처럼 사랑한 부처를 닮고자 했으면서도, 여태 그 어떤 순간에도 목숨을 나누어 누군가를 살리고자 해 본 적이 없지 않은가.

쓰러지는 원효를 발견하고 한달음에 내달려 온 요석이 원효를 안았다. 팔짱을 끼며 부축해 오는 요석을 느끼며 하아, 원효가 안도의 숨을 토했다. 원효의 무게를 지탱하느라 안간힘을 다하며 걷는 요석의 두 뺨으로 뜨거운 눈물이 흘러내렸다.

붓다여.

원효가 마음속으로 중얼거렸다. 요석이 원효를 더욱 단단히 안으며 부축했다.

울지 마오.

원효가 마음으로 건네는 말을 요석은 들었다.

무사히 돌아오셨으니 기뻐서 우는 것입니다.

요석이 마음으로 대답하는 것을 원효는 들었다.

고맙습니다.

요석의 눈물을 닦아 주려고 손을 올리려 해 보았으나 몸의 어느 구석으로도 힘이 들어가지 않았다. 까무룩 정신을 잃어 가는 그 순간, 요석의 품이라는 생각만이 오직 원효를 안도하게 했다.

죽은 듯이 깊은 잠을 잤다.

꿈결인 듯 혜공을 보았다. 혜공은 원효 바로 곁에서 원효를 내려다보는 자세로 눈을 감은 채 좌선에 들어 있었다.

그때 원효는 자신의 몸 전체가 아주 따뜻한 기운을 수혈

받고 있다고 느꼈다. 몸 거죽에 박힌 낱낱의 모든 모공들을 통해 외계의 기운이 자신의 몸속으로 굽이쳐 흘러드는 듯한, 마치 가느다란 실개천 수천 줄기가 생겨나 외계와 연결된 채 은하처럼 출렁거리는 듯한 신이한 느낌이었다. 시야가 조금 더 명확해지자 자신과 연결된 외계가 혜공임을 알아챘으며, 그와 동시에 혜공의 얼굴과 몸피가 한없이 쪼그라들고 있는 환시가 보였다. 바싹 야윈 혜공의 이마에 촘촘히 진땀이 배어 나와 있었다.

스승님…….

소리 내어 불러 보려 했으나 입이 떨어지지 않았다. 발가락 하나하나부터 정수리에 이르기까지 온몸으로 따스한 물결이 스며들면서 몸 전체가 물속에 둥둥 떠 있는 듯한 느낌이 들었다. 온몸에 연결된 가느다란 선들이 단전으로 모아지더니 마치 탯줄로 숨결과 양분이 들어오듯이 강력한 기운이 흘러들기 시작했다. 그것은 물이며 불이며 흙이며 바람이며 그 모든 물질의 파동이 간절한 기도와 맞물려 피워 낸 꽃들의 홍수였다. 몸속으로 적청황백흑의 오색 꽃들이 한꺼번에 쏟아져 들어오는 느낌, 폐허가 된 자신의 공허한 내부에 꽃들이 새롭게 피어나는 것을 느끼며 원효의 눈가로 눈물이 흘러내리기 시작했다. 화엄…… 화엄이로구나……. 뼈 살리고 살 살리고 피 살리고 숨 살리는 무수한 꽃들이 뭉게구름처럼 일어나며 하나의 거대한 꽃을 피워 내고 있었다. 꽃 한 송이 한 송이가 하나씩의 꽃잎을 이루며 거대한 한 송이 꽃을 피워 내는 과정이 눈앞에 생생했다. 하나의 꽃 속에 수천수만 송이 꽃이 저마다 완전하게 아름다운 꽃의 모양으로 들어 있었다. 무한한 꽃의 그물…… 한 송이이자 무량수 꽃의 우주로구나……. 보석처럼 빛나는 꽃들과 함께 단전으로 빛이 쏟아져 들어왔다. 그 순간, 쪼그라든 혜공의 몸이 허공에 던져진 씨앗 하나처럼 멀리 사라져 갔다.

스승님!

외마디 비명을 지르며 원효가 혜공의 옷깃을 부여잡으려고 발버둥 쳤다.

그때 혜공의 목소리가 들렸다.

지금 여기 있느니라.

번쩍 눈을 뜬 원효의 시야에 혜공이 들어왔다. 스승을 올려다보며 원효가 몸을 일으키려 했으나 어찌 된 일인지 몸이 전혀 움직여지지 않았다.

"스승님, 원효가 돌아왔습니다."

누운 채 입을 떼어 보았다. 원효의 목소리를 듣지 못한 것처럼 미동 없이 그대로 한참을 더 앉아 있던 혜공이 어느 순간 "파하!" 숨을 몰아쉬더니 눈을 떴다.

혜공의 눈에서 가느다란 눈물이 두 줄기 흘러내렸다. 스승을 올려다보던 원효의 심장으로 뜨거운 것이 울컥 치받쳤다.

나눠 주신 목숨이구나. 나의 목숨이 나 하나의 것이 아니구나.

스승 앞에 꼼짝 못하고 누워 있는 자신의 모습이 무안해서 원효가 헛기침을 한 참이었다. 혜공이 비틀거리며 몸을 일으키더니 원효를 향해 삼배를 했다. 원효는 놀라 말리고 싶었으나 두 눈만이 성할 뿐 온몸을 꼼짝할 수 없었다.

천천히 삼배를 마친 혜공은 예전처럼 천진한 얼굴이 되어 원효 옆에 벌러덩 누웠다.

"어어, 고단하다. 이놈아. 너 때문에 내 목숨줄 왕창 줄었으니 어찌 갚을 것이냐. 에잇, 곤하다. 난 이제 좀 잘란다."

가을이 가고 서라벌의 찬 겨울이 깊어 가는 동안 도심에서 외곽으로 나갔다가 다시 도심으로 흘러들며 소녀 단의 죽음에 관한 소문들은 빠른 속도로 겹겹이 번져 갔다. 마치 어둠이 실눈을 뜨고 빛을 받아들이기 시작하듯이.

가림막 안쪽에서 벌어진 일이었으니 소문마다 형용하는 단의 최후 모습은 달랐으나 어딘지 그 모든 묘사는 모두

실재하는 단이처럼 생생하였다. 귀신이 되어 떠도는 단을 보았다는 아이들의 이야기가 골목골목으로 퍼져 가고, 자고 일어났더니 대문 앞에 단의 염주가 놓여 있더라는 이야기도 돌았다.

오스스한 서라벌의 겨울이 그렇게 지나고 새봄이 와 나정의 얼었던 물이 녹고 황룡사 담장 밖에 홍매가 첫 봉오리를 터뜨렸을 때, "오다 오다 오다, 오다 서럽구나."로 시작되는 노래가 불리기 시작했다.

어디서 누가 지어 부르기 시작한 것인지 알 수 없으나 노래는 꼬리에 꼬리를 물며 서라벌 도심으로 시나브로 퍼져 갔다.

여름 지나 농사일이 한갓진 계절이 시작되자 바야흐로 불붙은 단풍처럼 노래는 더욱 번졌고 이제 곧 그 무엇인가 터져 나오려 한다는 것을 원효는 느끼고 있었다.

논배미에서 나락을 베면서도, 산에서 땔감을 모으면서도 백성들은 단을 추모하는 노래를 불렀다. 바유가 전해 준 바에 의하면 사포 항구에서도, 서라벌에서 한참 먼 아미타림 인근 마을들에서도 같은 노래가 불리고 있다고 했다.

향촌 골골까지 노래가 퍼지자 급기야 법당군당 최고 책임자 비담은 나라 망치는 망요를 유포시킨 자들을 색출하겠다는 공고를 내붙였고 노래 금지령을 내렸다. 그 무렵 남산 동편 초입의 팽나무 거목이 마른벼락을 맞아 쪼개졌다. 그리고 그날 밤 살별이 지나갔다. 이어서 남산의 불상들 여러 기에서 불두가 떨어졌다는 소문이 흘러나왔다. 드디어는 장륙존상이 눈물을 흘려 그 눈물이 거대한 불상의 발꿈치를 적셨다고도 했다. 황룡사에서 일하는 불목하니가 흥건하게 젖은 불상의 눈물을 어찌 처리해야 할지 몰라 웃전에 여쭈었다가 요설이라며 모진 매를 당하고 혀를 뽑힌 후 쫓겨났다는 풍문까지 돌았다.

서라벌은 이제 어딜 가나 단의 노래로 끓어 넘쳤다. 1절이 먼저 지어졌는지 2절이 먼저였는지 처음부터 1절과 2절이 함께 불렸는지는 알 수 없지만, 백성들의 슬픔에 젖줄을 대고 노래는 점점 더 퍼져 갔다.

비담의 비밀 병영에서 문초를 받고 돌아온 후 원효는 분황사 경내에서 한 발짝도 나가지 않았다. 그동안 백일기도를 세 번째 회향했고, 새벽 예불부터 시작해 기도와 참선으로 매일이 꽉 차는 중에 분황사 경내의 여러 시설들을 백성들을 위한 공간으로 다시 정비하는 일을 했다.

저녁 예불을 마치고 처소로 걸음을 옮기는 원효는 아직까지 한쪽 발을 조금 절었다. 이윽고 처소 앞마당에 이르러 걸음을 멈춘 원효가 하늘을 올려다보았다. 붉은 저녁노을이 서편 하늘에 가득했다. 마당가 금강송 옆에 합장하고 선 채 나무아미타불을 백팔 번 염송할 때쯤 흰새의 목소리가 들려왔다.

"이크, 에크!"

활달한 목청의 흰새가 원효를 향해 성큼성큼 걸어왔다. 오늘도 역시 커다란 등짐을 진 채였다. 흰새는 쯧쯧 혀를 차며 "나쁜 놈들!"이라고 이를 갈며 다가왔다. 염주를 거두고 원효가 흰새와 시선을 맞추었다.

"형님! 황룡사가 그렇게 지저분한 곳이었어요?"

다짜고짜 묻는 흰새의 질문에 황룡사 장륙존상에서 떨어져 내리던 빗금 한줄기가 눈앞에 재연되듯 선명했다. 원효가 눈을 꽉 감았다 뜨며 나지막하고 힘 있는 목소리로 말했다.

"본래 더러운 곳은 없다. 사람이 그리 만드는 것이다. 그래, 바깥은 어떠하냐?"

"네. 오늘내일 아무튼 뭔가 일어나긴 할 거 같아요. 단이 1주기가 내일이잖아요."

얼굴이 상기된 흰새가 두 주먹을 불끈 쥐었다.

단이.

이제 서라벌 사람들은 마치 잘 아는 누이나 딸을 부르듯 '단이'를 불렀다. 분황사로 예불을 보러 오는 사람들이 단이 이야기를 할 때 그들은 어느새 이웃이 되어 옷고름을 적셨다. 먹고사는 일로 지쳐 자기 식구 외엔 신경 쓸 겨를이 없던 사람들에게 어느새 단이는 새로운 식구이고 이웃이었다. 단이를 통해 사람들은 저마다 가진 고단한 사정과 서러움을 옆 사람과 공유했다.

"오다 오다 오다, 오다 서럽구나. 서럽구나 우리네여, 공덕 닦으러 오다."

바로 옆에서 들리듯 아이들의 노랫소리가 낭랑하게 들려왔다. 아이들이 석탑을 돌며 탑돌이 놀이를 하고 있었다. 중간중간에 꽃을 든 소녀들이 보였다.

"내일 단이 주려고."

이미 죽은 단이를 살아 있는 친구처럼 부르는 아이들을 보며 원효가 읊조렸다.

"가테 가테 파라가테, 파라상가테. 보디 스바하."

"뭔 말이데요, 이 꼬부랑 말은? 바유 형님이 구해 준 서역 책을 벌써 다 보신 거예요 형님?"

"가는 이여, 가는 이여, 저 언덕으로 가는 이여. 저 언덕으로 온전히 가는 이여. 깨달음이여, 영원하여라……."

아이들의 노랫소리가 다시 들렸다.

슬프고 고적한 기운이 번져 나오는 원효의 얼굴을 흰새가 물끄러미 바라보다가 중요한 것을 잊었다는 듯이 갑자기 무릎을 탁 쳤다. 흰새가 등짐을 끌러 대나무 원통 속에서 둥글게 말린 장지를 꺼냈다.

"바유 형님이 이거 전해 드리라고 했어요. 글피 안에 바유형님과 부개 화상님이 오실 거예요. 상세한 이야기는 그때 나누자 하셨습니다요."

흰새가 펼쳐 보인 장지에는 크기가 다른 여러 개의 원형, 사각형, 삼각형, 복잡한 선과 점들이 가득 그려져 있었다.

원효가 한동안 그림을 들여다보았다. 하늘 우물 도면이었다.

아이들이 이제 분황사를 나가 거리로 나서려는지 노랫소리가 점점 멀어져 갔다.

17

.
.
.
.
.

"돌아가라! 명령이다. 집으로 돌아가라!"

거대한 파도가 서서히 밀려들고 있었다. 위기감 속에 군
병들이 바삐 오갔다. 말 탄 장교들은 백성의 무리를 향해
채찍을 휘두르며 해산을 종용했다. 맑고 찬 가을 하늘 아
래 서라벌 전역에 일렁이는 슬픔은 곡진한 형태의 분노라
일컬을 만했다.

"오다 오다 오다, 오다 서럽구나."

백성들은 읍성, 능원, 흥륜사, 나정, 낭산 아래 가마터에
이르기까지 서라벌의 모든 곳에서 적게는 수십 명, 많게는
100여 명씩 모여 단의 노래를 부르며 서로 어깨를 기댔고
사는 이야기들을 하면서 가슴을 치곤 했다. 꽃을 들고 삼
삼오오 걸어가는 행인들이 있는가 하면 금세 어딘가에 모

여 노래를 함께 부르다가 또 어딘가로 무리 지어 움직여 갔다. 움직이고는 있으되 딱히 갈 길이 정해져 있지는 않은 기이한 혼돈의 상황이었다. 웅성거리며 끓고 있었으나 무엇이 되어 나올지는 알 수 없는 팽팽한 긴장감과 묘한 기대감이 거리마다 가득했다.

서라벌 외곽 지역에서 모여든 1000여 명의 사람들이 남산 아래서 행렬을 만들어 남천을 건너오고 있다는 소식이 전해진 시각, 원효는 분황사를 나설 채비를 하고 있었다.

함께 지내는 젊은 비구 몇이 서라벌의 동서남북 사정을 파악한 후 전해 온 소식에 의하면 월성의 사방 문은 굳게 닫힌 채 아무런 기척이 없다고 했다.

임금은 지금 무슨 생각을 하고 있을까.

원효는 여왕의 마음을 헤아리기 위해 마음을 모았다.

"백성이 드나들지 못하는 황룡사 지척에 분황사를 창건하신 일은 중도의 실천으로 적법합니다. 파격을 통해 균형을 이루었으니 아름답습니다. 그러나 거기서 한 발 더 나아가야 진정한 중도에 이를 것입니다. 혹시 전하께서도 비슷한 생각을 하고 계십니까?"

임금을 대면했을 때 원효가 고하였던 말들 중 '한 발 더 나아감'이란 무슨 뜻이었을까. 여왕은 원효를 똑바로 쳐다보며 웃을 뿐 말이 없었다. 어쩌면 여왕도 원효도 모색하는 중일 뿐 무엇이 정답이라고 말할 수 없는 단계였을지 모른다.

그런데 분황사에서 1년을 보내면서 원효는 깨달은 게 있었다. 분황사의 창건은 결핍을 적극으로 채워 균형을 이룬 것이었으되 그로 인해 결코 건널 수 없는 두 세계의 경계가 절벽처럼 공고해진 것이기도 했다. 부처님 말씀은 하나이건만 귀족은 귀족의 절에, 백성은 백성의 절에만 드나들게 된 것이다.

표면의 균형으로부터 한 걸음 더 나아가 원융무애한 내적 회통을 이룰 수 있는 방법, 황룡사가 백성에게 개방되고 분황사에 귀족이 왕래하며 부처의 마음으로 민의를 읽는 것은 불가능한 일인가.

그것은 또 한 번의 파격을 필요로 하는 일일 터였다.

파격은 어떻게 도래할 것인가. 석탑 옆 미륵불의 상호에 맑은 햇빛이 떨어지는 것을 바라보며 원효는 생각했다. 바야흐로 서라벌 도심에서 무언가 일어나려는 이 일렁임들이 파격의 어떤 징후가 되어 줄지도 모른다. 새벽부터 저녁까지 백성들로 북적이던 분황사 경내가 오늘은 텅 비어 한적했다.

백성의 마음이 간절하게 모여든 곳, 그곳이 어디든 바로 거기가 부처가 계신 절집임을 신라의 백성들은 보여 줄 것인가. 여왕이 꿈꾸는 하늘 우물이 지어져야 할 곳도 백성들이 스스로의 내면에서 부처를 꺼내어 놓는 바로 그 자리여야 할 것이다.

혜공 스님과 아미타림의 벗들이 하늘 우물이 지어질 장소에 대해 의논할 때 월성 내부가 아니라 백성들이 오가는 곳이어야 한다는 원칙을 세운 것은 그 때문이었다. 이심전심. 여왕은 기다렸다는 듯이 이에 동의하였다. 애초부터 그것이 여왕의 뜻이기도 하였으므로.

문득 요석이 보고 싶었다. "그대는 요석을 특별히 살펴 달라."고 여왕은 원효에게 부탁했으나, 요석은 원효가 살피고 말고 할 틈조차 주지 않았다. 그녀는 그저 자신의 길을 갈 뿐이었다. 비담의 병영에서 만신창이가 된 몸으로 분황사에 돌아왔을 때 잠시 만난 이후 겨울이 다 지나도록 요석은 분황사에 나타나지 않았다. 입춘 날과 백중 기도 때 보았을 뿐이니, 봄과 여름에 한 번씩 본 것이 전부였다.

입춘 날 요석은 감로정 옆 흰 백일홍 나무 아래서 이런 말을 했다.

"하루가 영원 같습니다. 제 속의 모든 생각이 완전히 쉬며 온 마음이 원효 스님의 심신의 회복에 머물러 있습니다. 하오니 스님이 저의 현재이십니다. 스님이 저의 영원이십니다."

말해 놓고 조금 부끄러운 듯 요석의 얼굴이 붉어졌으나, 원효를 바라보는 눈동자만큼은 흔들림 없이 맑고 투명했다. 서로의 눈동자 속에 든 눈부처를 바라보는 찰나가 영원임을 그 순간 알았다.

영원이란 시간성을 벗어난 말이로구나. 영원이란 바로 지금 이 순간의 생생한 현재로구나. 깨어 있는 현재만이 영원이구나!

어느 순간 맹렬한 허기를 느끼듯 갑자기 깨달아지는 것들이 있었다.

"하오니 속히 회복하소서."

한마디를 덧붙인 후, 언제 수줍은 고백을 했냐는 듯 금세 당당하고 싱그러운 웃음을 담뿍 터뜨리고는 요석은 옷자락을 나부끼며 바쁜 걸음으로 사라졌다.

비담의 병영에서 겪은 지옥으로 인해 겨우내 괴로움을 떨쳐 버리지 못하던 원효의 내면은 이상스레 평화로워졌다. 그리고 그날 이후 원효는 요석이 이미 자신의 한 부분을 이루고 있다는 느낌을 받아들였다.

수행자 신분인 원효로서는 마땅히 요석을 경계할 수밖에 없었지만, 요석을 처음 만났을 때부터 원효의 내부에서 발아하기 시작한 요석에 대한 마음은 이성으로 제어할 수 있는 것이 아니었다. 누군가가 원효에게 요석이 온다는 것을 미리 알린 것처럼 자연스럽게 그의 마음에 그녀는 찾아왔고, 가장 좋은 도반과 더불어 험난하고 긴 길의 초입에 들어선 것 같은 느낌 그대로 충일하고 평화로웠다. 요석의 존재가 마음을 흐트러뜨리는 일은 없었으며, 오히려 그녀의 존재가 원효의 갈 길을 또렷이 비추고 있었다.

"이루셔야 합니다."

운제산으로 길 떠나던 때 오동꽃 아래에서 요석이 마지막으로 한 말이 원효의 내부에서 언제나 생생했다.

"명경이 되소서. 소녀는 지수가 되겠습니다."

볼 때마다 요석은 물오르는 나무처럼 왕성하게 스스로의 길을 찾아 나아가고 있었다. 부드럽고 강했으며, 해맑고 성숙했고, 천진하면서 의젓했다. 요석의 희고 투명한 얼굴은 여전히 여릿하고 평화로웠으나 반짝이는 눈동자에는 뜨겁고 깊게 스스로를 몰아가는 열정의 기운이 강렬히 배어 있었다. 맑음과 공존하는 뜨거움의 한편에는 무어라 형용하기 힘든 비애의 느낌이 서려 있기도 했다. 세상의 비천한 그늘들을 알고 있는 자만이 가질 수 있을 법한 비애의 느낌도 놀라웠지만, 더욱 놀라운 것은 요석 스스로가 자신 속에 똬리 튼 비애의 거처를 알고 있었고 자신의 비애를 선의와 희열로 다스려 가고 있다는 것이었다.

고작 열여섯 살인 요석은 그래서 더욱 경이로웠다. 열여섯의 자신이 격렬한 통증을 겪으며 건너왔던 화랑도 시절을 생각하면 치기 어린 소년이었다는 느낌뿐이건만, 열여섯의 요석은 자유분방한 소녀 속에 때로 관음보살이 들어앉아 있는 듯했고 때로 어머니 같았으며 무엇보다 치열한 구도자의 느낌이 물씬 풍겼다.

"저에게도 이루어야 할 저의 몫이 있습니다. 스스로 깨쳐 살아야 할 저만의 길. 도전해 보고 싶은 삶이 있습니다."

원효에게 부처의 삶을 이루라 격려하는 한편 요석은 스스로가 부여한 자신의 삶을 열정적으로 따라가기를 원했다. 요석이 지닌 싱싱한 연둣빛 기운은 원효를 은애하는 일에 마음의 최선을 다하면서도 동시에 스스로의 삶에 부과한 자신의 꿈을 좇는 일을 게을리 하지 않는, 예컨대 두 개의 수레바퀴를 동시에 굴려 가고 있었다.

요석이 '명경지수'를 말할 때, 원효의 뇌리 한 녘이 먹장구름 터지듯 툭 열리며 '고요한 물'과 '요동치는 물'의 형상이 함께 떠올라 왔다.

고요한 물인 명경지수(明鏡止水). 그것은 아마도 태허(太虛)일 것이다. 태허는 자기 자신을 비롯해 외부의 타자를 잘 비출 수 있는 물의 상태. 요동치는 물을 다스려 고요한 물에 이르게 하는 것이 수행일까. 아니면 애초부터 이 두 개의 문이 수레의 두 바퀴처럼 공존하며 인생을 이루는 것일까. 확실한 것은 명경지수의 마음 상태에 이르기 위해서는 끊임없이 노력해야 한다는 것.

아마도 오늘은 요석을 보게 되리라는 생각에 원효의 얼굴에 미소가 떠올랐다. 그 미소는 볼 수 있어 좋다는 액면 그대로의 감정과 더불어 그간의 내적 성장을 서로 확인하고 싶은 구도의 열정을 동반한 것이었다.

황금송 위에서 반갑게 까치가 울었다.

깊은 숨을 들이쉬며 원효가 분황사 일주문을 막 벗어날 때, 황룡사 방향에서 걸어오던 흰새와 수파현이 때마침 달려왔다.

"이크, 한발만 늦었으면 형님 놓치고 요석 낭주께 혼날 뻔했네."

흰새가 숨이 턱에 차 말했다.

"랑!"

오랜만에 본 수파현은 날듯이 달려와 원효에게 안겼다가 합장하였다.

"요석 낭주께서 우린 형님 곁에 꼭 붙어 있으라 했소."

흰새가 어깨를 으쓱해 보이며 말했다. 원효가 고개를 끄덕이며 후훗, 웃었다.

"귀족들이 불안하긴 한가 봐요. 서라벌 어느 귀족 집안에선 하필 오늘을 날 잡아 황룡사 일주문에 금칠 공양을 한다고 제단 차리고 예불 모시고 아주 생난리를 치네, 지랄용천! 멀쩡한 일주문에 오늘 같은 날 웬 금칠이야? 구경하다 우리가 좀 늦었네요, 형님."

원효의 표정이 굳어지는 것을 보며 수파현이 흰새를 쿡 찔렀다.

단이의 1주기.

어차피 들러야 할 황룡사였다.

원효 일행은 황룡사 일주문의 반대편으로 에둘러 서문 쪽으로 갔다. 서문에서 동문으로 이어지는 높다란 담장 아래 장륙존상이 바라보이는 곳에는 어김없이 꽃들이 수북했다. 백성들이 산과 들에서 꺾어다 놓은 흰빛 구절초와 보랏빛 개미취 꽃들이 어우러져 담장 밑이 때아니게 화사하기까지 했다. 흰빛과 보랏빛 속에 더러 황국 가지가 섞여 있기도 했고 누군가는 붉게 익은 꽈리 열매가 탐스럽게 달린 가지를 꺾어다 놓기도 했다. 원효의 눈시울이 더워진 순간이었다.

"깨끗이 쓸어 버려라!"

말을 탄 장교가 휘하를 거느리고 지나가며 명령하는 소리가 들렸다. 짝을 지은 병사 둘이 득달같이 달려와 담장 밑의 꽃들을 쓸어 자루에 담고 발로 꾹꾹 밟아 부피를 줄인 후 질질 끌고 갔다.

"오다 오다 오다, 오다 서럽구나. 서럽구나 우리네여, 공덕 닦으러 오다……."

남루한 옷을 입은 아이 둘이 손을 꼭 잡은 채 노래를 부르며 다가와 시들어 가는 흰빛 구절초 한 송이를 텅 빈 담장 밑에 다시 놓았다. 꽃들은 금세 다시 쌓일 것이다.

그 광경을 지켜보던 원효는 몸을 돌려 일부러 피해 온 일주문 쪽을 향해 뚜벅뚜벅 걸었다. 화가 나거나 슬프다기보다 기묘한 적막이 감도는 원효의 얼굴에서 뿜어져 나오는 광채를 흰새와 수파현은 알아채지 못했다.

읍성 장터에서 소용돌이치던 백성의 무리는 이제 장륙존상이 보이는 황룡사 담장을 목적지 삼아 겹겹의 물결을 이루면서 서서히 밀려들고 있었다.

그와 동시에 무장을 마친 법당군단의 군병들이 대로를 따라 나타났다.

그리고 그때, 월성의 문이 열렸다는 소식이 왔다.

여왕의 행차가 시작되었다는 이야기가 백성들의 입에서 입으로 전해지며 서라벌의 대기가 출렁였다.

그 시각, 황룡사 일주문에 다다른 원효로부터 장엄하고 깨끗한 목소리가 울려 퍼졌다.

"부처 앞에서 빌지 마시오!"

황룡사 일주문 앞에 차려 놓은 불단엔 진귀한 음식과 꽃들이 가득했다. 불단의 한가운데 화려한 좌대 위에 새로 조성한 금불상이 모셔져 있었다. 일반 백성의 출입이 통제되는 경내가 아니라 일주문 바깥에 화려한 불단을 임시로 차린 속내가 번연히 드러나는 의식이었으나, 격식은 장엄하고 염불 소리는 드높았다.

젊은 비구 스무 명 남짓이 올리는 염불에 맞춰 한껏 차려입은 귀족 부인들이 합장 기도를 하고 있었다. 서라벌의 상당수 귀족 부인들이 이곳에 모인 배경이 짐작되고도 남았다.

단청을 벗겨 낸 일주문 대들보 밑에서는 도편수의 지휘 아래 일주문 전체를 개금하기 위해 엄청난 양의 금분을 아교에 개는 작업이 진행되고 있었다.

황룡사를 목적으로 모여든 백성의 물결은 일주문 앞에 이르러 표 나게 주춤해졌다. 불단 가까이 이른 백성들은 주눅 든 기색이 역력했다. 불단과 귀족 부인들의 화려함은 그 자체로 이미 힘이었다. 원효는 안타까운 눈으로 그 모든 광경을 지켜보았다. 화려한 불단 앞에서 자신들의 비루한 입성을 부끄러워하며 미천한 소망 한 자락이라도 그 고귀해 보이는 불단에 얹어 부처님 전에 빌어 볼 수 있을까 눈치 보는 백성들의 마음이 고스란히 느껴졌다. 그럴수록 염불 소리가 드높은 위엄을 과시하며 군중을 압도했다.

"부처 앞에 빌지 마시오!"

원효가 다시 한 번 소리쳤다. 그리고 뒤따르는 흰새와 수파현에게 나지막이 말하였다.

"안 되겠구나. 놀아야겠다!"

원효가 인파를 헤치며 불단 바로 앞에 펼쳐진 왕골 돗자리 앞으로 뚜벅뚜벅 걸어 나갔다. 그러고는 신발을 벗어 탁탁 털어 가지런히 놓은 다음 돗자리 위에 성큼 올라앉았다. 잠시 후 버선을 마저 벗어 맨발이 되더니 이내 길게 드러누웠다.

"무…… 무례하다……. 무슨 짓을 하는 게야!"

젊은 비구들 중 좌장 격인 듯한 이가 격노하며 고함쳤으나, 원효는 한 손으로 머리를 받치고 맨발을 드러낸 채 비스듬히 누워 눈을 지그시 감고는 미동도 하지 않았다.

황룡사 젊은 비구들이 원효를 끌어내리려고 다가오자 흰새와 수파현이 각각 돗자리의 양 끝에 날렵하게 자리를 잡고 앉으며 비구들을 향해 공손히 합장하고는 "쉬이!" 만류하는 신호를 보냈다.

연희 판에서 흔히 보는 광경이 갑자기 연출되자 다가오

던 황룡사 비구들은 일단 멈추어 이 기이한 사태를 지켜보기 시작했다. 불단 앞에 드러누운 원효의 침묵과 얼굴에 밴 미소, 원효가 온몸으로 발하는 기이한 광휘는 금시초문의 것이어서 동요하던 귀족 부인들 역시 순식간에 원효에게 집중하기에 이르렀다.

황룡사 일주문 앞의 좌우 대로는 모여든 백성들로 이미 빼곡했고 그들은 불단 앞에서 무슨 일이 일어나고 있는지 궁금해하며 웅성거렸다. 그 인파를 뚫고 한 부대의 군병들이 불단 가까이 다가오며 소리쳤다.

"무슨 일이냐? 흩어져라! 저자는 무엇을 하는 것이냐? 백성을 선동하는 자는 신분 여하를 막론하고 잡아넣어라!"

지휘관의 명령으로 군병들이 원효를 포박하러 다가드는 참이었다.

백성의 무리 속에서 맑고 높은 여자 목소리가 울려 퍼졌다.

"황룡사 고명하신 스님들께서 고단한 백성들을 달래고자 특별한 연희를 펼치고 계시니 병사들은 멈추세요!"

군병의 등장으로 험악해지던 분위기가 순식간에 가라앉으면서 주위엔 잔잔한 물결처럼 파동이 일었다. 군중 속에서 들려온 목소리의 주인공은 요석이었다. 요석 옆에 바유의 모습이 보이고, 흰새와 수파현이 "옳거니!" 맞장구를 치며 그제야 자신만만한 태도로 너스레를 떨기 시작했다.

"자자, 앞사람은 뒷사람 위해 좀 앉고! 그래야 저 뒤까지 골고루 연희를 감상하잖소. 자아, 조금씩 붙어 앉으면 서로 좋고오! 서라벌은 날마다 부처님 나라 염원하는 잔칫날이지요. 자, 앉아요, 어여 앉아."

그때 바유의 손짓에 따라 모여든 아미타림의 광대 패들이 순식간에 불단 옆에 멍석을 펼치고 앉았다. 가야금, 거문고, 향비파의 삼현 소리가 울려 퍼지기 시작하고 젓대 소리가 높고 길게 퍼져 나왔다. 젓대 소리의 끝자락에 화답하듯 징 소리가 울리면서 어느새 향비파를 건네받은 수파현이 「회소곡」을 타며 노래하기 시작했다. 회소…… 회소…… 모이시오…… 모이시오……. 삽시간에 펼쳐진 그 모든 일들을 꼼짝 않고 모로 누운 채 보고 있던 원효의 입가에 빙그레 미소가 번졌다. 요석의 목소리가 이어서 울렸다.

"지금 펼쳐질 연희는 부처님께서 열반하실 때라 아룁니다."

오오, 백성들 사이에서 탄성이 지나갔다.

징이 울렸다.

요석이 방향을 잡아 준 말을 받아 수파현이 다음 대사를 이어 갔다.

"에…… 그러니까, 부처님께서 쿠, 쿠시나가라 성 밖 사라나무 숲에서 열반에 드실 무렵이었습죠. 부처님께서는 여러 대중 스님들과 함께 사라나무 숲에 들어오셔서 북쪽으로 머리를 향하고 오른쪽 옆구리를 바닥에 붙이시고 잠자는 사자처럼 발을 포개고 누우셨지요."

백성들의 시선은 어느새 돗자리 위에 부처의 열반 자세로 누운 원효에게로 가 붙박였다.

"에…… 그리고 말씀하시길 '여래는 오늘 밤 이곳에서 열반에 들리라.' 하셨습니다. 그러자 많은 제자들이 슬픔을 느꼈습니다. 그중에 아, 아난다라는 제자가 깊은 밤중까지 방황하며 별별 걱정을 다 하였는지라."

한껏 상기된 수파현과 시선을 주고받다가 흰새가 넙죽 다음 말을 받았다.

"부처님이 계시지 않는다면 우리 출가 수행자는 앞으로 어떻게 살아가야 할까? 어디에 의지해 살아가야 할까?"

"그렇지, 그러게."

백성들 사이에서 화답하는 답변들이 터져 나왔다. 수파현이 말을 이었다.

"하여 아난다가 부처님께 여쭈었다 합니다."

다시 흰새가 능청스러운 표정과 고양된 말투로 말을 받았다.

"세존이시여, 지금까지는 모든 사람이 부처님께 의지하

여 부처의 삶을 살았습니다. 이제 부처님께서 세상을 떠나시면 우리는 누구에 의지해 살아가야 하겠습니까?"

말을 마치면서 흰새는 스스로의 말에 울컥한 얼굴이 되었다. 이어서 백성들이 청했다.

"한 말씀 하소서!"

이제 백성들은 연희에 완전히 동화되어 간절한 얼굴로 원효를 바라보고 있었다.

그때 원효가 천천히 일어나 앉았다. 광휘가 그윽하게 배어나는 얼굴이었다.

"수행자들이여, 나는 비록 떠나지만 진리의 가르침은 영원히 남아 있을 것이다."

지그시 눈을 감은 채 원효가 말하는 동안 백성들은 안타까워하며 한숨을 쉬기도 했다. 본래 원효의 음성은 한 번 입을 떼면 마치 귀에다 입을 대고 말하는 듯한 울림을 주기로 유명했으니 황룡사 비구들과 창검을 찬 군병들도 백성들과 더불어 넋이 빠진 듯 원효에 집중할 뿐이었다. 이윽고 원효가 천천히 눈을 뜨고 좌중을 바라보며 말을 이었다.

"아난다야, 또한 걱정하지 마라. 여래가 떠나고 없는 세상에서 여래에게 올린 공양의 공덕과 꼭 같은 공덕에 네 가지가 있느니라."

오호! 탄성과 함께 백성들이 숨을 죽였고, 어느 귀족 부인은 자신도 모르는 사이 옆 사람의 손을 꼭 쥔 채 원효의 말을 가까이 들으려고 돗자리 앞까지 나와 무릎을 꿇었다.

"첫째, 먹을 것이 없어서 굶주리는 사람에게 먹을 것을 주어 살리면 그것은 부처님께 올리는 공양의 공덕과 같다."

무리 가운데서 고요하고도 뜨거운 물결이 일었다.

"둘째, 병들어 고통 받는 사람이 있으면 그들을 보살펴 살리고 편안하게 해 주는 것이다. 이 또한 부처님께 올리는 공양의 공덕과 같다."

원효의 말이 떨어질 때마다 따뜻한 물결은 점점 더 넓게 퍼지고 사람들은 손에 손을 잡았다.

"셋째, 가난하고 외로운 사람을 돕고 위로하는 것이다. 이 또한 부처께 올리는 공양의 공덕과 같다"

잔물결들이 종소리처럼 번져 나갔다.

"넷째, 청정하게 수행하는 수행자를 잘 외호하는 일이다. 부처님 법에 따라 바르게 수행하는 수행자를 잘 외호한다면 그 또한 부처님께 공양을 올리는 공덕과 같다."

황룡사 승려들의 얼굴이 붉어지며 공손히 허리를 숙였다. 모습을 드러낸 황룡사 주지도 근처에서 입술을 굳게 다문 채 서 있었다.

"이것은 열반에 드시기 전 부처님께서 하신 말씀입니다."

원효가 천천히 자리에서 일어나 버선과 신발을 신은 후

불단에 차려 놓은 공양물들과 금분을 개는 통과 일주문을 바라보며 말을 이었다.

"우리가 부처님께 공양 올리는 이유는 무엇입니까. 어떤 삶이 바른 삶인지 길을 제시해 주시고 진리를 보여 주셨으며 자비로써 일체중생을 보호하고자 한 분이 부처님이기 때문입니다. 공양을 올리는 행위는 부처님처럼 진리의 길을 가고자 하는 발원입니다."

원효는 불단 가장 가까운 곳에서 예불하던 귀족 부인들 사이로 걸어 나오며 마주 선 사람들과 하나하나 눈을 마주치며 말했다.

"지금은 부처님이 계시지 않으니 부처님을 기리며 상을 만들어 부처님인 듯 여기고 공양 올리며 공덕 있기를 바라지만, 우리가 빌어야 할 곳은 부처의 상이 아닙니다. 부처의 상 앞에 음식을 차려 놓고 자기에게 복이 오길 비는 것은 정작 부처님께서 슬퍼하실 일입니다. 멀쩡한 일주문을 벗겨 내고 여기에 칠할 금으로 먹을 것을 바꾸어 굶주린 백성들과 나누십시오. 그것이 부처님께서 알려 주신 바른 공양의 길입니다. 부처님의 바른 제자 되기를 소원하는 미욱한 소승 이렇게 전합니다."

몇몇 귀족 부인들은 원효와 눈 마주치기를 거부하며 몸을 사렸으나 많은 귀족 부인들이 원효의 말에 공감하며 고개를 끄덕이고 합장했다. 그중 몇은 불단의 음식을 내려 백성과 나누고 몇은 그 자리에서 금은보화나 가락지를 빼 부처님 일에 쓰이길 바라며 공양했다. 그중 목걸이, 귀고리, 팔찌, 반지 등 몸에 두른 모든 금붙이를 공양하고자 하는 귀부인이 있었다.

"이 패물들은 고맙게 받아 단이와 같은 처지의 아이들을 위해 쓰겠습니다."

원효가 말하자 귀부인이 고개를 끄덕이며 깊이 합장한 후 침착한 목소리로 입을 열었다.

"저는 오늘 이 자리에서 크게 부끄러운 바 있어 참회하고자 합니다."

눈물이 그렁하게 맺힌 귀부인의 얼굴을 바라보며 원효가 합장하며 말했다.

"지금 이 마음이 변하지 않으면 그 자체로 불법에 깃들어 계신 것입니다."

그녀는 다시 한 번 고개를 숙였고 원효는 미소 지었다. 그녀는 비담의 셋째 부인이었다.

*

"단이를 살려 내시오! 비담 공은 책임을 지시오!"

"황룡사 주지는 단이를 살려 내시오!"

해가 중천을 지나자 드문드문 터져 나오기 시작한 백성들의 목소리가 점점 더 높아지고, 구슬픈 노래가 점점 더 커지면서 회오리처럼 거세어지고 있었다.

황룡사는 사방의 문을 굳게 걸어 잠그고 침묵했다.

황룡사의 침묵에 화가 난 누군가 담장 안으로 돌멩이 하나를 집어던졌다.

황룡사 안으로 날아 들어가는 돌멩이를 본 순간 군중 속에서 긴장감이 감돌았다. 불국토 신라에서 그것은 불경한 짓이었다. 감히 사찰에, 그것도 황룡사 같은 대찰에 돌을 던지다니! 백성들은 스스로 주춤했다.

그러나 젊은이들은 하나 둘 돌멩이를 찾기 시작했다.

황룡사 대로변에서 주울 수 있는 돌멩이란 대부분 길 닦는 공사를 하며 남은 납작하고 작은 파편들에 불과했지만, 황룡사를 향해 그것을 들었다는 것은 이전엔 상상조차 할 수 없던 일이었다. 군중은 얼어붙은 듯 긴장했고 돌멩이를 찾아 손에 쥐는 젊은이들을 불안하게 바라보았다.

그때 대열의 앞으로 빠르게 움직여 간 누군가 장륙존상의 상반신이 보이는 담장 안으로 무언가 던졌다. 숨죽인 채 군중의 시선이 그것을 향해 꽂혔다.

그것은, 꽃이었다.

단이가 떨어져 내린 그 자리로 흰 구절초 한 송이가 반원을 그리며 날아 들어간 것이다. 군중의 긴장이 묘한 안도감과 공감으로 바뀌더니 너도나도 꽃을 들기 시작했다.

돌 파편을 잡았던 청년들도 돌을 놓고 꽃을 쥐었다. 백성이 들어갈 수 없는 곳이므로 담장 밖에 쌓아 놓을 수밖에 없던 꽃들이 담장 안으로 던져지는 광경은 백성들 사이에서 환호성이 터져 나오게 했다.

꽃은 돌이나 마찬가지였다. 꽃다워진 돌이었다. 꽃이자 돌인 백성의 마음, 완고한 담장 안으로 던져지는 백성들의 질문이었다.

"서럽구나 우리네여, 울지 마라 단아, 너를 잊지 않으리니."

황룡사 안으로 꽃들이 던져지는 동안 백성들의 노래는 서럽기보다 흥겨워지고 있었다. 맨 처음 꽃을 던졌던 수파현이 원효 옆으로 돌아오며 얼굴 가득 미소를 지어 보였다. 아버지나 삼촌의 무등을 탄 어린아이들이 고사리 손에 꽃한 송이씩을 꼭 쥐고서 황룡사 담장 안으로 떨어뜨릴 때마다 사람들의 환호성이 터져 나왔다. 어느 틈에 화려한 무복을 차려입은 놀이 패 남자들이 섞여들며 한바탕 화무를 추자 여기저기서 가락 패들이 섞여들었다. 춤과 노래와 환호성이 어우러지면서 인파는 점점 더 많아졌고 이제 사람들은 서로의 머리 위로 꽃을 던져 올리며 꽃비를 맞았다.

"이랴, 처처! 이랴랴!"

꽃을 던지며 들썩이는 백성들의 노래 속에서 소달구지한 대가 인파를 헤치며 오고 있었다. 황소가 끄는 달구지에도 꽃들이 수북했다. 군병들이 자루에 담아 쓸어 버린꽃들을 되찾아 싣고 인파를 가르며 오는 소달구지의 맨 앞에 선 이들을 보자 원효의 얼굴이 환해졌다.

혜공과 요석, 바유, 아미타의 벗들이 길잡이가 되고 그뒤로 혼혈인들, 광대 패, 걸인들이 뒤따르며 평민들과 섞였고 서라벌 외곽에서 단이를 추모하러 온 향촌 사람들과 푸른 눈의 서역인들까지 뒤섞인 행렬은 축제의 행렬처럼 들뜬 채 움직이고 있었다. 서라벌에 살긴 해도 눈총과 무시를 받으며 마치 없는 존재들처럼 뒷골목 삶을 살던 혼혈인들이 서라벌의 보통 사람과 뒤섞여 함께 행진하는 모습은진풍경이었다. 바유가 무리를 뒤돌아보며 자주 미소 짓는것을 원효가 멀리서 바라보았다.

행렬 가장자리에는 이 흐름을 걱정스럽게 보는 사람들이 팔짱을 낀 채 두런거렸고 간혹 소달구지 앞을 가로막으며 횡설수설하는 노인들이 있었으나 행렬은 점점 커져만갔다.

이제 수십 명의 병력으로는 인파를 해산시키는 것이 역

부족임을 깨달은 군병들은 지원 병력이 도착할 때를 기다리며 맥없이 인파의 뒤를 쫓을 뿐이었다.

혜공과 요석이 함께 끄는 소달구지가 맨 앞에서 서쪽으로 길을 잡았고 행렬은 황룡사 일주문으로부터 계림 쪽으로 서서히 움직여 갔다.

이 거대한 행렬이 마치 단이 앞으로 불려 가는 듯하다고 원효는 생각했다.

행렬의 목적지는 비두골이 될 것이었다.

서서히 해가 저물고 있었다.

18

．
．
．
．
．

　서쪽으로 계림과 능원이, 남쪽으로 월성이 바라보이는 너른 들에 수천 명의 백성들이 한꺼번에 모여든 일은 신라의 국호가 정해진 이래 처음이었다.

　황룡사의 서쪽으로 움직여 간 백성들이 읍성을 한 차례 빙 돌아 쪽샘을 끼고 비두골에 모여들면서 사람의 수는 더욱 불어났다. 벌판은 곧 광장이기도 했다. 광장을 가득 메운 수천 명의 인파를 200여 명의 군병들이 외곽에서 빙 둘러싸고 있었다. 수도 서라벌을 방위하는 부대에서 급히 차출된 인원으로 그 수가 많지는 않았으나 완전무장한 군병 200에 기마병 30은 얼기설기 모여든 백성들을 제압하기에 충분했다. 군병을 움직이는 최고 책임자 비담은 명활산성을 출발해 비두골로 오고 있다고 했다.

완전히 어둠이 내리자 벌판 한복판에 거대한 횃불이 타올랐고 벌판 여기저기에 작은 규모의 모닥불들이 지펴져 어둠을 밝혔다.

비두골 벌판에 모여든 백성들은 이런 사태가 스스로도 신기한 듯 서로 바라보며 허허실실 웃었다. 임금과 귀족들의 무덤이 장엄하게 솟은 능원과 단풍 든 계림의 수목들 그리고 견고한 월성의 담과 해자를 멀리 바라보며 남루한 행색의 백성들은 삼삼오오 앉거나 서서 노래하고 춤을 추며 단을 추모했다.

백성의 무리 중앙엔 조그만 돌무더기가 있었다. 자그마한 돌탑 모양새의 그것은 죽은 단의 시신을 수습해 둔 가묘였다.

단이의 시신이 거적에 싸여 쥐도 새도 모르게 내다 버려졌을 때, 그 시신을 찾아 수습한 것은 요석과 바유 일행이었다. 단이가 죽고 얼마 안 되어 단이를 따라가듯 숨진 단이 어미의 유해도 함께 거두어 묻어 주었다.

그곳은 어린 단이가 황룡사로 노역 가는 아비를 배웅하던 길이라 했다. 절집 짓는 일을 하게 된 아비를 자랑스러워하며 아비의 건강과 황룡사의 무탈한 건립을 축원하던 단이가 매일 밤 별을 바라보던 곳이라고도 했다.

긴 상여꾼의 춤이 굼실굼실 무리 중앙으로 이어졌다.

소달구지에서 꽃을 한 아름 안아다가 돌탑 앞에 놓는 요석의 주위로 아이들이 모여들었다. 여자아이들은 요석의 치맛자락을 잡으며 요석이 하는 대로 꽃을 옮기며 까르르거렸다. 남자아이들 중 몇몇은 뭔가 마뜩잖은 눈초리로 요석을 바라보았다. 그중 가장 나이가 많아 보이는 소년이 요석에게 물었다.

"귀족인데 왜 여기에 우리랑 같이 있어요?"

소년의 말에 요석이 주변의 아이들을 불러 모았다. 키를 낮춰 아이들과 눈을 맞춘 요석이 말했다.

"밥을 못 먹으면 배가 고프지?"

아이들이 고개를 끄덕거렸다.

"배가 고프면 꼬르륵 소리가 나지?"

키득거리며 아이들이 웃었다.

"나도 그렇단다."

질문했던 소년의 눈빛이 반짝거렸다. 아이들은 요석을 따라 꽃을 안아다가 돌무덤 주위에 동그랗게 꽃띠를 만들었다.

돌무덤은 이제 비두골 벌판의 완전한 중심이 되었다. 바유와 흰새 등이 커다란 횃불을 더 만들어 돌무덤의 동서남북 방위에 각각 꽂았다. 꽃으로 장식된 돌무덤을 밝히며 횃불이 더욱 밝게 타올랐다. 혜공이 돌무덤 옆에서 조용히 염주를 돌렸다.

상여 메는 춤으로 돌무덤 주변엔 둥근 원이 생기고 사람들은 손에 손을 잡았다. 겹겹의 동심원들이 물결이 번지듯 둥글게 퍼져 나갈 때, 서편 하늘에 개밥바라기가 반짝이기 시작했다. 누군가 손가락으로 별을 가리켰다. 사람들의 노랫소리가 점점 더 커졌고 상여 메는 춤의 동심원이 한층 더 넓어진 순간이었다.

"백제 놈들, 고구려 놈들이 호시탐탐 쳐들어오는 판국에 나랏일에 도움은 못 될망정 이게 대체 웬 요망한 짓거리들이야! 애국심이라곤 쥐뿔도 없는 것들이 신라의 백성이라고? 이런 한심한 종자들 때문에 신라의 국운이 바로 서지 못하는 거요!"

죽봉을 휘두르며 스무 명 남짓한 사내들이 갑자기 나타나 무리를 휘저었다. 닥치는 대로 사람들을 밀치며 주먹질을 하는 그들은 모두 평민들이었으나 이마에 매고 있는 검은 띠에는 흰 글씨로 충(忠)이라 새겨져 있었다. 한바탕 소요가 일었다. 상여 메는 춤 행렬이 주춤하며 동요했다.

그때 무리 한가운데에서 요석의 목소리가 울려 퍼졌다.

"우리는 1년 전 황룡사에서 죽은 소녀 단이를 추모하고자 이곳에 모였습니다. 단이처럼 억울한 백성의 죽음이 없도록 하늘이 잘 살펴 주시길 기원하는 의미로 단이의 무덤이 있는 이 자리에 불탑을 세웁시다!"

맑고 단단한 요석의 목소리엔 두려움이 없었다. 주춤하던 백성들 속에서 환호와 박수가 터져 나왔다.

"저 귀족 아씨는 누구야?"

"요석 아씨 몰라요? 봄가을마다 분황사에서 우리 아기들 밥 챙겨 주는 그이!"

"동시에서 포목전 연 그 귀족 아가씨잖우, 몰라요?"

"서라벌 여인네들은 죄다 아는 아가씨지. 살림 어려운 여자들이 저이가 운영하는 길쌈 공방 덕분에 큰 덕 보고 살지. 상급 면포엔 웬만한 비단 값을 쳐 주는 큰손 아가씨라오."

당신은 누구신가.

멀리서 요석을 바라보며 원효가 속으로 물었다. 그녀는 분명 가슴으로 백성의 고통을 듣고 있는 사람이었다. 동시에 그녀는 여왕이 뜻한 바를 백성 속에 실현하려는 정치가이자 여왕의 최측근이었다. 그런 요석의 모습에는 진골 정치인 김춘추의 딸로서의 면모가 뚜렷했다. 요석은 요석이면서 요석이 아닌 듯했고, 그 두 모습이 뒤섞인 혼돈 자체가 진짜 요석이리라는 생각을 원효는 처음으로 하게 되었다.

'아파서 거기 누워 있던 거 아니에요? 난 가끔 그러거든요. 여기가 아플 때.'

그날의 목소리가 떠올라 화인을 찍듯 원효의 가슴을 다시 파고들었다.

요석이 감당해야 한 아픔, 그것이 무엇인지 여태 모르고 있었다는 생각이 또한 처음으로 들었다. 왜 아픈지 알지 못한 채 그저 그때의 목소리를 떠올리는 것만으로도 원효의 가슴이 먹먹해졌다. 원효가 명치 아래를 손으로 꾹 눌렀다. 남산에서 처음 만난 그날로부터 많은 시간이 흘러 어느 날 훌쩍 성장한 요석이 원효 앞에 다시 나타났을 때, 그 출현이 요석의 오랜 소원의 결과임을 알았을 때, 원효는 이미 요석의 사람이 되어 있었다. 모든 게 자연스러웠다. 애초부터 그렇게 정해진 것처럼. 그런데 정작 요석에 대해 아는 것이 너무 없다는 자각이 이 순간 닥친 것이다.

그때, 요란하게 북이 울렸다.

북소리와 함께 먼지를 일으키며 달려온 두 마리의 흑마에서 거구의 장수 두 사람이 내렸다. 비담과 야신이었다. 비담을 보좌하는 야신의 위용은 타고난 군인의 기상으로 넘쳤다. 야신을 보자 수파현이 원효의 곁으로 바짝 다가들며 몸을 떨었다.

"해산하라! 모두 집으로 돌아가라!"

비담의 신호에 야신이 무리 중앙으로 말을 내달렸다. 말발굽에 차인 백성들의 비명이 터져 나왔다. 야신이 단이의 돌무덤 윗부분을 사납게 쳐 내며 세 번 연거푸 창을 내리 꽂았다.

"목숨을 부지하고 싶거든 지금 당장 무리를 떠나라!"

스무 번의 북소리가 말미로 주어졌다. 그 안에 자리를 뜨지 않으면 신변의 안전을 보장하지 않겠다는 경고가 준엄했다.

첫 번째 북이 울리자, 월성 쪽 가장자리를 둘러싼 군병 속에서 붉은 깃발이 추켜올려졌고 그와 함께 군병들의 창검이 백성들을 겨누었다.

백성의 무리 중 일부가 조용히 뒤로 빠져나갔다.

두 번째, 세 번째, 네 번째…… 북이 울릴 때마다 백성들은 동요했다. 덤불이 숲을 이룬 도랑가에서는 군병과 마찰이 생겼는지 여인들의 비명 소리가 밤하늘을 갈랐다. 동시에 사내들의 둔탁한 비명 소리가 함께 들려왔다. 횃불도 모닥불도 지펴지지 않은 가장자리 쪽은 어둠 자체가 공포인 듯했다. 백성의 무리는 빠르게 흩어졌다. 대오를 흐트러뜨리지 않던 쪽샘 쪽의 대열이 마저 무너지려는 순간, 맑고 가느다란 소년의 목소리가 울려 퍼지기 시작했다.

단아 단아 서럽구나, 서럽구나 우리네여. 울지 마라 단아, 너를 잊지 않으리니.

수파현이었다. 수파현의 목소리로 단의 노래가 다시 울

려 퍼지기 시작하자 주춤거리며 광대 패의 악기 소리들이 울려 나오기 시작했다. 한 목소리는 여러 목소리로 빠르게 퍼져 나갔고, 무너지던 대열이 속도를 늦추며 사람들이 손에 손을 잡고 어깨에 어깨를 걸기 시작했다.

"마지막 경고다! 흩어져라!"

이윽고 스무 번째 북소리가 울렸다.

붉은 깃발들이 펄럭이고 200여 기의 창검이 백성들을 겨눈 채 번쩍였으며 깃발 펄럭이는 소리가 바람 소리보다 세차게 들려왔으나 백성의 대열은 더 이상 흩어지지 않았다.

"쳐라!"

안광을 뿜으며 호령하는 비담의 명령과 동시에 비두골은 아수라장으로 변했다. 가장자리에서 서성이던 백성들을 향해 군병들의 창검이 가장 먼저 휘둘러지고, 중심부를 향해 내달리기 시작한 기마 부대의 말발굽에 짓밟힌 사람들의 비명이 비두골 벌판에 낭자하게 차올랐다. 이리저리 군병들을 피해 몰리다가 쓰러지는 백성들 사이에서 어린아이들의 비명이 유독 선명히 들려왔다.

"멈추시오!"

소란을 뚫고 한 목소리가 우레처럼 울렸다. 원효였다.

"멈추시오, 제발! 내 목을 가져가시오. 백성의 목숨을 더는 해하지 마시오!"

무리 중간쯤에 있던 원효가 비담 앞으로 달려 나가 버티어 섰다. 말 위에서 비담이 싸늘한 얼굴로 원효를 내려다보았다. 백관당 병영에서 목도한 지옥도가 떠올라 비담을 올려다보는 원효의 얼굴이 고독하고 서늘했다. 뒤이어 도착한 야신의 흑마가 발을 구르며 길게 울었다. 말에서 내린 야신이 비담 곁으로 가 무어라 말을 전했고, 말 위에서 몸을 굽혀 야신의 전언을 들은 비담이 큰 소리를 내며 웃었다.

이윽고 야신이 원효 앞으로 다가왔다. 원효와 야신의 시선이 부딪치며 불꽃이 튀었다. 기품 있는 군장에 기골이 장대한 야신이 원효의 허름한 승복을 일별하며 훗, 웃었다.

바람이 불어왔다. 중앙 횃불의 기름 냄새가 불티와 함께 번져 왔다. 야신이 눈을 가느스름하게 뜨며 안타깝다는 표정으로 원효를 보았다.

"내 그토록 이르지 않았나? 나약한 백성들의 영웅이 돼 봤자 세상을 바꾸지 못한다."

야신이 허리에 찬 두 개의 칼 중 하나를 뽑아 원효에게 던졌다. 칼은 원효 바로 앞에 떨어졌다.

"칼을 잡아라. 세상을 바꾸는 힘이 거기에 있다."

원효는 한마디도 하지 않은 채 목석처럼 서 있었다. 모여 선 백성들의 숨소리, 간간이 터지는 기침 소리, 여인네들이 다급히 읊조리는 나무아미타불 소리가 낱낱이 명징하게 들려왔다. 시간이 느리게 흘렀다.

덫임을 알면서도 덫으로 걸어 들어가는 일은 이제 없을 것이다. 어떤 연유에 의해서건 칼을 잡고 대적하는 형국이 되는 순간 신라의 정규군에 맞서는 역적이 된다는 것을 원효는 알고 있었다. 그리고 그것은 이곳에 모인 백성 모두를 살육해도 무방한 합리적인 이유가 된다는 것을.

꿈쩍 않는 원효를 노려보던 야신이 원효를 향해 전진했다.

"내가 너를 경멸하는 이유가 뭔지 아는가? 너는 늘 저들을 구해 주는 영웅 노릇을 하려 든다. 입으로 떠드는 말과 달리 너는 부처를 영웅으로 만들지. 그러나 오래전에 죽은 부처는 지금 세상의 영웅이 될 수 없다. 네가 저들을 구하려 하는 것은 나약한 중생을 점점 더 나약하게 만드는 일이다. 왜 그걸 인정하지 않는가?"

어른거리는 횃불의 음영 속에서 원효와 야신의 눈빛이 정면으로 부딪혔다.

칼을 잡아라, 원효! 야신이 쥔 칼이 날카로운 검기를 뿜었다. 백성을 점점 더 나약하게 만드는 자. 야신의 이 말은 원효의 급소를 가격했다. 한순간 많은 생각이 밀려들었다. 득의의 미소를 띠며 야신이 다가오는 사이 원효는 마음을 다잡았다. 여러 생각을 할 여유가 없는 상황이었다. 맞은편 백성들 틈에서 수파현이 보였다. 원효를 쫓아 달려온 수파현이 백성들을 헤치며 원효 쪽으로 나오려 하고 있었다. 수파현과 원효의 시선이 순간 마주쳤다.

"저는 다만, 백성이 가진 힘을 믿는 자입니다."

원효가 입을 열어 단호히 한 문장을 말하였다. 야신이 미간을 찡그리며 왼손의 칼을 오른손으로 옮겨 쥐었다. 성마르게 움직이는 칼날이 바람을 가르는 소리가 섬뜩했다. 그 소리를 들으며 원효가 천천히 바닥에 주저앉아 가부좌를 틀었다. 그리고 목에 둘렀던 염주를 벗어 손에 잡았다.

"나무아미타불!"

백성들 속에서 염불과 함께 탄식이 터져 나왔다.

끝내 칼을 들지 않는 원효를 지켜보던 비담이 짜증스러운 목소리로 야신에게 명령했다.

"속히 처리하라!"

그때였다. 요석과 함께 꽃을 나르던 아이들이 여전히 손에 꽃송이 하나씩을 쥔 채 원효 옆으로 다가와 앉았다. 요석에게 질문하던 소년이 원효 바로 옆에 앉아 옆 아이의 손을 꼭 잡았다. 그걸 본 백성들 몇이 주춤주춤 움직이더니 원효와 야신 사이를 막아 섰다. 순식간에 벌어진 일이었다. 야신의 칼이 순간 동요했다. 그러자 주위의 아낙과 장정들이 원효와 야신 사이에 빠르게 들어서며 백성들이 두 겹, 세 겹, 네 겹으로 순식간에 늘어났다.

"위험합니다. 물러들 나십시오!"

염주를 쥔 원효가 간곡하게 말했지만 백성들의 대오는 점점 더 여러 겹으로 두터워졌다. 그 모습을 보며 야신이 큰 소리로 웃음을 터뜨렸다.

"가관이군, 가관이야!"

야신이 수신호를 보냈다. 가장자리에 있던 군병들이 야신의 신호에 따라 안쪽으로 움직이기 시작했다.

그때였다. 횃불을 든 일단의 기마병들이 비두골 초입 완만한 기슭 사이로 나타나 빠르게 내달려 왔다.

"신라의 군병들은 들으라. 대오를 풀고 임금의 명령을 기다리라!"

여왕의 파발이었다.

백성들이 술렁였다.

곧이어 임금의 가마가 행차했다. 이 모든 상황을 예의 주시하다가 적시에 나타나듯이 느긋하게 비두골로 들어오는 여왕의 가마 앞에 백성들이 길을 비키며 엎드렸다.

"임금이시여, 우리를 불쌍히 여기소서."

임금의 모습을 처음 보는 하두품 백성들은 차마 고개를 들지 못한 채 엎드려 임금을 향해 호소했다.

호위 병사들에 의해 수십 곳에 횃불이 밝혀지자 주위는 대낮처럼 훤했다.

요석이 가마에서 내리는 여왕을 도왔다.

야신의 창이 헤쳐 놓은 돌무덤 옆에 내려선 여왕이 "이것이 그 아이의 무덤이냐?"라고 짧게 물었다.

"단이를 불쌍히 여기소서!"

여왕의 말에 대답하듯 백성들이 목소리를 모아 읍소했다.

비담은 그들을 일컬어 반역의 무리라 하였다.

"나의 백성들이오! 백성들이 내게 왕좌를 내놓으라 하지 않았거늘 어찌 반역이라 하오?"

여왕이 단호한 목소리로 비담에게 응대했다. 여왕의 목소리는 높고 위엄이 넘쳤으나 비담은 그 순간 흐읏, 웃었다.

나의 백성? 유약한 여주여, 군주가 여자이니 오늘 같은 일이 일어나는 것 아닌가.

비담의 눈빛은 노골적으로 여왕을 비웃고 있었다. 그런 비담의 시선을 정면으로 응대한 채 여왕이 다시 입을 열었다.

"나의 백성들이여! 이곳에 모인 이유와 그대들의 요구를 내게 아뢸 자 누구인가?"

백성들이 용기를 내어 한마디씩 아뢰기 시작하자 비두골엔 서서히 안도의 한숨이 번져 갔다. 이윽고 백성들은 원효를 연호했다. 여왕이 원효를 가까이로 불렀다.

"백성을 선동하는 요승입니다! 어찌 백성의 대표라는 이적의 말을 군왕이 되어 입에 올린단 말입니까?"

비담은 여전히 여왕을 가르치고자 들었다. 여왕이 백성을 향해 말했다.

"백성들 스스로 선택한 사람이 백성의 대표 될 자격이 없다면 도대체 누가 백성을 대표한단 말인가?"

잠시 말을 멈춘 여왕이 다시 비담의 얼굴을 정면으로 응시했다.

"비담 공, 그대요? 그대가 이곳에 백성들을 불러 모아 무언가 도모하려 한 것이오?"

여왕의 얼굴에 처음으로 미소가 떠올랐다. 위엄에 찬 여유로운 미소를 띤 채 여왕이 다시 물었다.

"대답하시오, 비담 공! 그대요?"

꿰뚫듯 날카로운 시선과 정확히 계산된 동선이 여왕의 미소 속에 감춰져 있었다. 미소 띤 채 비담에게 정면으로 꽂혀 있는 여왕의 칼날 같은 시선에 비담이 흠칫했다.

아뿔싸. 그간 뭔가 책략이 있었구나.

상수는 상수를 알아보는 법. 비담은 여왕의 속내를 바로 알아챘다. 그간 보아 온 여왕은 강성이긴 하나 힘을 조절하는 능력이 모자라고 결정적으로 목표 점령의 지점까지

밀고 가는 인내력이 부족했다. 군왕으로서 자격 미달인 셈이었다. 그런데 지금 이 벌판에서 대면한 여왕은 내전에서 보아 온 여왕과는 전혀 달랐다. 여왕의 여유로운 미소는 준비된 자의 것이었다. 상대를 파악하지 못한 채 휘두르는 검은 이롭지 않다. 비담은 일단 물러섰다.

단이의 가묘를 쌓은 자리에 불탑을 세우게 해 달라는 원효의 말에 여왕은 흔쾌히 고개를 끄덕였다.

백성들의 함성이 밤하늘로 울려 퍼져 갔다.

비두골, 그곳은 임금이 처음으로 백성의 이야기를 자신의 두 귀로 직접 들은 곳이었다. 신라의 역사상 처음 있는 일이었으며 한반도에 삼한의 역사가 시작된 이래 처음 있는 일이기도 했다.

"왕의 무덤 곁에 백성의 무덤이 있는 것이 이상할 바 없노라. 성군이라면 익히 배워야 할 인(仁)의 정치가 그것을 허한다. 부처의 마음을 향해 간 백성의 마음을 기려 수미산의 형상을 빌리고, 또한 하늘의 말씀이 고여 생명수로 거듭나며 땅을 지켜 줄 것이니 우물의 형상을 빌린 하늘 우물이 되리라. 그 불탑은 땅의 백성인 우리의 뜻을 하늘에 전하고 하늘의 뜻을 땅에 고이게 할 것이며, 하늘의 이치가 나타나는 별자리와 천기를 헤아려 신라 백성의 안위를 준비하고 예언하는 역할을 하게 하라."

여왕의 응답은 신속하고도 분명했으며, 몸소 백성들 앞에서 하늘의 별을 올려다보는 행위를 통해 자신의 의지와 속뜻을 강력하게 천명했다.

백성의 대표로서의 원효와 여왕 사이에 가장 긴 대화가 오간 것은 하늘 우물의 규모에 관한 것이었다.

가능한 크게 지으라 명하는 여왕을 원효는 설득했다.

"하늘 우물은 왕께서 백성의 뜻을 수용한 일입니다. 지금 같은 때에 지나치게 대규모의 공사를 하는 것은 다시금 백성을 피폐하게 하는 일이라 생각됩니다. 백성의 삶을 위한 노역이 아니라면 지금은 과도한 노역을 자제해야 하는 때라 아룁니다."

결국 여왕도 원효의 말을 수긍했다. 그리하여 단이 지닌 부처의 마음을 기리는 불탑이자, 천문을 읽고 백성의 삶을 보살피는 관천대이자, 하늘과 백성의 소리가 고이는 하늘 우물이자 제단인 첨성대는 과도한 규모를 삼가고 1년 만에 최소 인원의 공사 일정으로 완공을 볼 수 있도록 건축의 시기와 방법이 결정되었다.

돌 다루는 장인들이 많은 아미타림의 석공들이 공사를 맡기로 했다. 혜공과 요석, 바유, 흰새 등 아미타림 사람들이 오랜 시간 연구하고 준비해 온 도면의 세세한 설명을 들은 여왕은 크게 만족스러워했다.

백성의 마음을 직접 듣겠다는 여왕의 의지는 귀족의 권위에 휘둘리지 않겠다는 다짐이기도 했다. 백성을 위로하는 무덤이자 하늘에 백성의 뜻을 고하는 제단이자 하늘의 기운을 읽는 관천대이기도 한 첨성대는 귀족에 대항한 왕권의 상징물이기도 했다.

"모든 갈등과 혼란이 이제 곧 지어질 하늘 우물 속의 물처럼 융화되길 바라노라. 하늘의 뜻과 땅의 뜻이 이곳에서 만나 소통하기를 바라노라!"

그리고 뜻밖의 처분이 이어졌다.

"1년에 하루 부처님 오신 날 황룡사를 개방하여 단이와 같은 일반 백성들이 황룡사를 출입하는 것을 허할 것이다. 이를 즉각 실행토록 하라. 또한 황룡사를 개방하는 이날은 사찰의 곳간을 털어 모든 백성들에게 한 끼 공양을 올리도록 하라."

단의 죽음에 따른 책임자 처벌에 대해 백성들이 고하자 여왕이 대답했다.

"백성들의 말이 참으로 옳다. 과가 있으면 벌이 있는 것이 차후의 악업을 방지하는 데 도움이 될 것이니, 비담 공은 들으시오. 신라를 위해 공은 당분간 쉬는 게 좋을 듯하오. 몸과 마음을 새로이 닦아 훗날을 도모토록 하고, 법당 군단의 통솔자인 비담 공의 책임은 유신 공의 휘하로 재편

하도록 하겠소."

여왕은 시종 미소를 잃지 않은 채 이 모든 일들을 지시했다. 오랫동안 준비해 온 일이었으므로 한 치의 착오도 없었다. 방어할 틈을 전혀 주지 않은 채 순식간에 비담을 쳐 내는 여왕을 보며 원효의 마음엔 기묘한 불안감이 번져 왔다. 미소를 짓느라 시종 당겨진 여왕의 입꼬리가 파르르 떨리는 것을 원효는 보았다. 긴장과 피로가 내려앉은 여왕의 얼굴은 입만 웃고 있을 뿐 성마르고 날카로웠다. 그날 따라 여왕은 그 어느 때보다 화려한 성장을 한 채였다. 황금 미늘이 번쩍이는 견장을 단 표의에 투구 모양의 황금 관을 쓰고 한 손에 거대한 금강저를 쥐고 있었다. 옥 장식이 촘촘히 달린 황금 관과 역시 황금으로 만들어진 금강저가 여왕이 움직일 때마다 신묘한 소리를 냈다.

'백성들은 고귀한 것을 흠모한다. 고귀한 자가 자신들을 지켜 주길 바라지. 신라의 귀족들은 백성의 이런 우매함을 잘 알고 이용한다. 어찌하면 어리석은 백성을 깨칠 수 있겠는가?'라며 한숨짓던 여왕과 지금의 여왕은 어느 쪽이 진짜 모습인가. 여왕이 백성의 손을 들어 준 것이 백성을 진심으로 위해서인지, 귀족에 대한 도발로 백성을 이용한 것인지 원효는 헷갈리기 시작했다. 이런 것이 정치인가. 뭔가에 한 대 얻어맞은 듯 어지러웠으나 원효는 애써 기색을 감추었다.

훗날 서라벌 사람들은 비두골에서의 광경을 이렇게 전했다.

"실로 믿을 수 없는 일들이었다. 임금과 백성이 합환주를 나누어 마시듯이 백성의 뜻에 임금이 즉답을 하며 그 자리에서 모든 것이 처리되는 과정은 이전에도 이후에도 있어 본 적 없는 꿈같은 일이었다."

하룻밤 하루 낮이 꿈결처럼 지났다.

별들이 뚜렷이 나타나고 은하가 길게 걸쳐진 하늘은 깊고 푸르렀다.

다시 밤이 오고 있었다.

술시가 되자 횃불이 새로 밝혀졌다.

임금이 하사한 음식과 술을 나누며 백성들은 단이의 노래와 상여 메는 춤으로 서로를 위로하며 신명 나게 놀다가 자시 무렵 해산하기 시작했다.

"오다 오다 오다, 오다 서럽구나……. 과거 현재 미래의 삼세를 통해 우리는 무한히 왔고, 오고 있고, 올 것이다. 백성들은 이미 그것을 알고 있느니. 세상사 고통이 끊임없이 닥치겠지만, 절망하지 마라. 우리는 이미 알았고, 알고 있고, 알게 될 것이다."

춤을 추며 읊조리던 혜공이 전해 줄 말이 갑자기 생각난 얼굴로 원효를 찾았다.

원효는 생각을 정리하려는 듯 홀로 능원 쪽으로 걸어가고 있었다.

"너의 이런 행동은 나약한 백성을 점점 더 나약하게 만들 뿐이다."

야신의 일갈을 곱씹는 원효의 얼굴이 어두웠다.

*

단의 묘이자 하늘 우물을 상징하는 불탑 공사의 첫 삽을 뜨는 날이 왔다.

많은 백성들이 아침부터 비두골에 다시 모여들고, 수백 개의 오방색 비단 깃발이 월성에서부터 비두골에 이르는 길가에 꽂혀 펄럭였다.

단이와 그 어미의 장례를 위한 절차가 먼저 진행되었다.

여왕이 하사한 최상급 광목과 금강송으로 수의와 관을 지었다. 사방 2장 규모로 땅을 파고 백성들이 바친 꽃들과 함께 단이 모녀를 묻었다. 그 위에 8척 정도 흙을 다지고 다시 그 위에 8척 정도 돌들을 넣어 다졌다. 그렇게 기반을 다지는 일에만 20일이 소요되었으며 기반을 완성한 후 불탑의 기단석을 놓는 날엔 고천제를 열었다.

여왕이 직접 행차해 백성들과 함께 첫 번째 향을 살랐고 술과 음식을 하사했다. 고천제의 마지막 순서로 소지를 사른 이는 대목의 소임을 맡은 아미타림의 바유였다. 첨성대의 건립 취지와 건축에 사용될 돌 하나하나의 크기와 개수, 전체 건축물의 높이와 기울기까지 세세하게 명기한 두루마리 한지를 은합에 담아 기단석 아래 묻었다.

첨성용 불탑은 정교하게 다듬은 381개의 돌로 지어질 것이었다. 돌들은 밖에서 보는 것과 달리 내부로 길이가 각각 다르게 뻗어 흙과 돌들이 서로 잡아 주는 역할을 하도록 설계되었다. 서라벌 인근은 땅울림이 잦은 터라 이에 대비한 내진 설계였다. 굵은 자갈을 섞어 배수를 쉽게 한 흙 봉분이 탑 중간까지 채워지고 편편하게 다진 봉분 윗면의 남쪽 벽에 창을 내어 외부와 내부를 소통시켰다. 꼭대기엔 우물 정(井)자를 이룬 정자석이 놓여 수미산의 형상이자 하늘을 담는 우물로서의 상징성을 보여 주게 될 것이었다.

출입구 역할을 하는 창은 사다리를 걸 수 있게 바깥으로 돌출된 돌들을 통해 안으로 연결되었다. 하늘 우물에 어울리게 출입구를 탑의 중간쯤에 내자는 수파현의 제안은 처음엔 반대에 부딪혔으나, 그것이 매우 안정적인 구조임을 입증한 흰새의 현실적 안목에 의해 여왕의 허락이 떨어졌다. 기단부에 바로 출입문을 낼 경우 건물 전체의 하중을 받치는 데 분명 무리가 따를 것이었다. 하단에 출입문을 내더라도 상부로 올라가야 하는 것은 어차피 마찬가지이니, 땅과 하늘의 중간 지점을 상징하는 창을 통해 외부에서 내부로 들어가 다시 상부에 닿는 것이 이치적으로 맞고 편협함과 치우침 없이 골고루 땅과 하늘의 소리를 듣자는 의미로도 아름다웠다.

창은 정남쪽에서 동쪽으로 조금 틀어지게 설계되었다. 춘분과 추분 때 광선이 첨성대 밑바닥까지 완전히 비치고, 하지와 동지엔 광선이 완전히 사라져 춘하추동을 나누는 분점의 역할을 하도록 한 것이다. 첨성대 상부의 우물 정자 각 면은 정확히 동서남북의 방위를 가리켰다. 창을 통해서는 월성, 정자석을 기준으로 동쪽은 명활산성, 남쪽은 남산, 서쪽은 서형산성이 보이고, 북쪽은 텅 비어 있어 북두칠성이 가림 없이 항상 바라다보였다. 첨성대에서 바라본 신라의 밤하늘은 별자리가 변해도 북쪽의 북두칠성은 결코 지평선 아래로 내려가지 않았다. 모든 계절에 북극성 주위를 회전하는 북두칠성을 온전하게 바라볼 수 있는 위치가 비두골 바로 그 자리였던 것이다.

수십 번의 시연을 거쳐 하늘 우물의 설계도를 완성해 낸 바유와 흰새 등이 가장 고심하며 논의를 거듭한 것이 내부로 들어가는 방법이었다.

중간부에 창을 내는 것은 협의가 이루어졌지만 여왕이 파견한 월성 기술부는 첨성대 외부에 계단을 설치해 내부로 들어가자는 의견이었고 아미타림의 석공들은 외부 계단 설치를 반대했다.

반대 이유는 단순했다. 그렇게 되면 수미산을 본뜬 본체의 곡선미를 살릴 수 없게 되기 때문이었다. 단의 무덤이 하늘 우물과 연결되고 수미산을 닮은 우물이 하늘 물을 담고 있는 듯한 형상의 포용성은 완만하고 단순한 곡선으로 극대화되므로 본체 외곽에 계단과 같은 부속 건축이 있으면 선의 아름다움을 살릴 수 없다는 것이 수파현을 비롯한 아미타림 석공들의 안목이었다. 사다리 사용이 번거롭다는 월성 기술부의 반대에 수파현이 말하기를 "수미산을 쉽게 오르면 되겠어요? 이 정도 수고야 마음을 정갈히 닦는 데 도움 되는 일이니 부처님께 108배 올리듯 오르면 되는 일!"이라 주장했다. 결국 건축물을 사용하는 사람의 자세에 대해 숙고한 기술부 관리들이 "그 뜻이 과연 아름다웠다."라는 기록을 여왕께 올렸다.

바유가 혜공에게 조언을 구하며 완성한 첨성대의 수리적 상징은 이러하였다.

맨 아래 기단에서 중간 창까지 12단을 쌓아 1년 열두 달을 나타내고, 중간 창 위부터 꼭대기까지 다시 12단을 쌓았다. 창을 중심으로 아래위를 합쳐 24단을 놓은 것은 1년 24절기를 의미하였다. 중간 창의 단수는 3단으로 구성하여 아래위 24단에 중간 3단을 더해 신라 27대 왕인 선덕여왕 시대에 건축됨을 상징했고 원통을 이루는 몸통 돌 365개는 1년을 상징했다. 몸체 27단에 기단과 정상 2단씩 4단을 합치면 31단이 되고 그 위에 하늘 한 단, 기단 아래 땅 한 단, 그렇게 총 33단으로 33천(天) 부처의 세계를 상징했다.

의도하는 수리가 전체 구조와 조화를 이루는지 스물네 번이나 목재로 모형을 만들어 본 끝에 바유가 들고 온 마지막 모형을 보자 여왕은 매우 기뻐하며 한 가지 요구를 덧붙였다.

"이 불탑의 천문 관측이 귀족과 왕실에만 사유되는 것을 경계하고 백성의 농사일에 실제로 도움이 되게 하라."

여왕의 이러한 지시는 신라의 책력인 『신라력』의 제작에 첫 돌을 놓은 것이기도 했다. 이로써 첨성대를 관리하는 부서의 독립과 책력 연구를 지원하기 위한 예산이 편성되는 계기가 되었다.

첨성대는 밤에는 천문을 관측하는 관리가 올랐으나 낮에는 백성들에게 개방되었다.

고천제에서 향을 사른 후 여왕이 천명하기를 "관천대이

자 불탑이며 백성의 무덤이자 제단이기도 한 첨성대를 통해 신라의 임금인 나는 언제든 백성의 소리를 들을 것이다."라고 하였다.

여왕의 말이 떨어지는 그 순간 계림의 숲으로 황금빛 후광을 거느린 삼족오 떼가 동편 하늘로부터 날아 내렸다고 훗날 사람들은 전했다.

"임금에게 고할 바가 있는 백성은 귀천의 차별 없이 누구든 첨성대의 창을 통해 상부로 올라가 정자석 위에 깃발을 꽂고 월성을 향해 사정을 고하라. 그러면 언제든 첨성대를 관할하는 관리가 나와 사연을 듣고 백성의 이야기를 그대로 나에게 전할 것이다."

장륙존상에 올랐던 단이가 목숨을 걸고 청할 말이 있었듯이 억울한 자는 누구든 말하고 들을 수 있게 하겠다고 여왕은 약조했다. 원효의 고언을 따른 조치였다.

왕실 관리와 천한 백성이 함께 드나드는 건축물이 지어진다는 점에 대해 대다수의 귀족들은 여왕을 조롱하며 비웃었다. 곧이어 여왕의 뜻이 귀족의 통제 없이 임금과 백성 사이에 직접 통로를 만들겠다는 의지임을 간파하자 귀족들은 공분하며 들끓기 시작했다.

"여자 국왕의 덕 없음이 나라 안팎을 벌집 쑤셔 놓듯 하는구나."

대로한 원로 귀족들은 왕실에 납세하는 비단과 쌀을 중단시킬 것을 공모했다. 그리하여 첨성대가 시공되어 완성에 이르기까지 귀족들로부터 거둬들인 월성의 세수는 절반으로 줄었다. 세수로 압박을 가하는 귀족들의 의도를 간파한 아미타림의 벗들은 월성으로부터의 지원을 스스로 끊었다. 그러자 놀라운 일이 벌어졌다.

이런 사정이 퍼져 가자 노역에 자발적으로 참여하는 일반 백성들이 더욱 많아졌다. 억울한 사정을 임금께 바로 고할 수 있는 백성의 탑을 만드는 일이었으므로 서라벌의 백성들은 단이의 무덤에 쓰일 작은 돌 한 장에라도 자신이 기여한 바가 있게 되기를 바랐다. 뭐든 도움 되는 일을 하고자 찾아오는 백성들로 비두골은 인파가 넘쳐났고 생기가 활활했다. 가여운 한 소녀의 무덤을 짓는 일이 어느새 서라벌 백성의 일상에 활력을 불어넣고 있었다. 전쟁에서 손발을 잃은 사람들이 찾아와 도울 일을 묻기도 했는데, 불탑 공사에 참여하면 복덕을 쌓을 수 있다는 소문이 퍼졌기 때문이다. 원효는 어느 날 앞이 안 보이는 소경 노인을 부축해 남천 너머 노인의 집까지 데려다주면서 경을 들려주기도 했다. 소경 노인의 손을 잡고 경을 들려주며 걷는 원효의 주변으로 수많은 행인들이 모여들어 노인의 집까지 동행했다.

비록 예정보다 더디게 진행되기는 했으나 첨성대 건립 현장은 우애가 넘치는 흥겨운 연대감 속에 진행되었다. 아미타림 사람들로서는 아미타림의 생활에서 몸에 밴 헌신이 일반 백성 사이에 그대로 드러나는 것이기도 했거니와, 백성이 자신의 처지를 임금에게 직접 전하는 통로를 가지게 된 기쁨은 아미타림의 이상에 가까이 가는 것이기도 하였다. 노역에 스스로 참여한 백성들은 백성의 말을 직접 귀 기울여 듣는 임금을 상상하며 절로 즐거웠으며 여왕 역시 마찬가지였다.

첨성대의 완공을 눈앞에 두자, 원효는 서라벌을 떠나야 할 때가 왔음을 알았다.

정자석을 얹고 마무리 작업을 마친 후 낙성 고불제를 맞았다. 황룡사와 분황사의 승려들을 포함해 서라벌 내 모든 사찰의 승려들에게 두루 참석을 청했으나, 우려한 대로 황룡사의 승려들은 몇몇 젊은 승려들을 제외하고는 오지 않았다.

원효는 의식을 마친 후 여왕을 잠깐 뵈었다. 계림의 단풍나무와 오리나무 숲 속에 임시로 다탁이 마련되고 여왕과 원효는 마주 앉았다.

"결국은 가려는 것인가?"

원효가 고개를 깊이 숙여 예를 드린 후 침착하게 아뢰

었다.

"부처의 나라를 이루소서. 애민과 홍익 중생의 마음을 더욱 견결히 가지소서."

"애민이라…… 훗. 자장 국사께서는 여태도 소식이 없으시구나."

여왕이 짐짓 딴청 부리듯 자장 국사 이야기를 꺼냈다. 당으로 유학 떠난 자장을 대신하여 여왕은 원효를 곁에 두고자 내내 의중을 물었으나 왕궁의 승려가 되는 것에 전혀 뜻이 없다는 거절 의사를 들어 온 터였다.

"그대도 보았겠지. 비담 공은 비담 공의 방식으로 신라를 사랑하지 않던가. 그는 그가 하는 일이 애민이라 생각한다. 선왕 곁에서 내가 평생 보아 온 정치판은 모두 마찬가지다. 백성의 고혈을 빨아먹는 귀족들도 입만 열면 백성을 위한다고 하지. 노골적인 수탈이든 은밀한 수탈이든 수탈하는 자들의 속내는 비슷하게 닮아 있고 '애민'의 대의와 '혹세무민'은 종이 한 장 차이로 상통하더구나. 알다시피 왕궁이란 고인 물 같은 곳이다. 일깨움이 없으면 썩는 것이 이치. 누가 내 곁에서 나를 일깨울 것이냐."

서라벌의 대다수 승려들이 불학을 공부하여 궁극적으로 취하고자 하는 자리가 왕궁이거늘, 한사코 왕궁과 귀족의 거처로부터 벗어나려는 청년 수행자를 바라보며 여왕은 깊은 한숨을 내쉬었다. 김춘추와 김유신, 김준후를 아군으로 가진 여왕은 기존 정치와 다른 영역에서 강력한 조력자를 구하고 있었다. 기존 정치보다 더욱 고난도의 정치력을 원효를 통해 구가하고자 하는 것이기도 했다.

"부처께서는 왕궁을 박차고 나온 분이시지요. 저는 부처의 길을 궁구하는 자입니다."

"그대는 만백성이 부처라 하였다. 부처인 만백성을 기루어 줄 부처가 될 수 있도록 그대가 나를 도우면 아니 되겠는가."

"왕도와 불도는 서로 기대어 있사오나 동시에 저마다 독립하여 활달하여야 하옵니다. 전하께서는 전하의 길을 스스로 궁구하소서."

마침내 여왕은 자리를 물리며 진지한 표정을 거두고 미소를 보였다. 비두골 벌판에서 여왕이 비담을 앞에 두고 시종 잃지 않던 그 미소와 흡사했다. 위엄과 여유를 지닌 웃는 입술로 여왕이 원효를 향해 마지막 말을 천천히 뱉었다.

"비두 벌판에서 내가 너를 구해 주었다는 것을 잊지 마라. 나는 계산이 분명한 사람이다."

원효가 공손히 합장하며 그 말을 받들었다. 마지막 말을 하는 동안 여왕의 표정은 복잡했다. 비담 앞에서 여왕은 입으로는 웃되 눈빛은 냉혹했으나 원효 앞에서 여왕은 입으로는 웃되 눈빛은 불안한 기색이 역력했다. 여왕의 미소, 그 속에 든 안간힘과 싸늘한 슬픔이 원효의 마음을 아프게 했다. 여왕을 남겨 둔 채 계림을 나오면서 원효는 진심으로 여왕을 축원했다. 고불제에서 황룡사 승려들을 찾아볼 수 없었듯이 사분오열된 불교도들, 자기 가문의 이익을 취하기 위해 이합집산하는 귀족들, 여왕의 행보를 이해해 주지 않는 왕실, 재기를 도모하며 세력을 규합 중인 비담 일파, 곤궁한 백성의 삶, 이렇듯 어지러운 서라벌의 현실 속에서 여왕은 홀로 싸워야 하는 자였다.

"승리하소서. 스스로와의 싸움에서 끝내 이기소서."

그 말은 원효가 자신에게 던지는 말이기도 했다.

싸움에서 이기기 위해선 먼저 매달린 절벽에서 손을 놓아야 한다. 계림을 나온 원효는 지체 없이 동쪽을 향해 걷기 시작했다.

19

.
.
.
.
.

"제가 폐하 곁에서 폐하를 돕는 이유 말입니까?"

천왕봉 초입에서 날아오른 산까마귀 떼가 몰려든 먹장
구름을 물어뜯듯 우짖더니 동편으로 갔다. 컴컴해진 하늘
에 두서없이 생채기들이 생기듯 번개가 치기 시작하고 이
내 폭우가 쏟아졌다. 온몸이 젖은 채 산비탈을 오르는 원
효의 귓가에 또박또박한 요석의 목소리가 생생하게 들려
왔다.

"저는 선왕을 기억합니다. 나라를 다스리는 사람, 말 그
대로 국왕이셨죠. 그런데 지금의 폐하께서는 다스리려고
왕이 된 것이 아닙니다. 성골 핏줄 때문에 왕이 되었지만
여자이기 때문에 왕이 되어서는 안 되는 분이기도 하셨지
요. 여자로 태어난 것을 스스로 저주하던 때부터 여자임에

도 불구하고 좋은 임금이 될 수 있음을 보여 주기 위해 끊임없이 고뇌하는 폐하를, 저는 어려서부터 가까이 지켜보았습니다. 폐하가 꿈꾸는 것은, 통치하는 임금이 아니라 백성에게 사랑받는 임금, 그것입니다. 저는 그런 폐하를 사모하여 돕습니다."

하늘 전체가 마른 논바닥처럼 갈라지더니 천지를 찢어 놓을 듯 천둥이 울며 서편 기슭의 전나무 우듬지가 우르릉 내려 꺾였다. 원효가 급히 몸을 굽히며 피한 바위 위로 전나무 가지들이 내리 덮쳤다. 천둥소리와 나뭇가지들 부딪는 소리가 세찬 빗소리에 뒤섞여 기괴하게 울부짖었다. 숲길은 어두웠다. 그 어둠 속에서 백관당의 병영에서 들었던 비담의 목소리도 쟁쟁하게 되살아났다.

"정치 이상의 실현? 흥, 소가 웃을 말이로구나. 권력을 누가 쥐고 있느냐. 그것이 언제나 중요할 뿐. 내게 권력이 없다면 이상 따위가 다 무슨 소용인가? 아닌 척해도 모두 마찬가지다. 부와 권세, 이 위에 또 무엇이 있나?"

사납게 흔들리는 대숲을 지나자 깎아지른 암벽이 눈앞에 나타났다. 봉우리를 이룬 암벽 위쪽으로 번개가 내리쳤다. 휩쓸리고 흩어지는 빗속에서 암벽 전체가 웅웅 우는 광경에 원효는 전율했다. 온몸을 훑어 내리는 전율 속에서 혜공의 목소리가 들려왔다. 황룡사를 파하고 나온 원효에게 혜공은 이렇게 물었다.

"세상을 바꾸고 싶은 게냐, 너를 바꾸고 싶은 게냐?"

세찬 빗줄기가 원효의 등짝을 후려쳤다. 원효는 추위에 떨었다. 부와 권력을 모두 가진 서라벌의 강자들과 미천한 삶을 사는 약자들을 동시에 만나 뒹군 지난 몇 년이 꿈결처럼 흘러갔다.

첨성대의 준공이야말로 세상을 바꿀 수 있다는 희망의 씨앗이자 작은 열매였다. 그러나 그럴수록 비담을 비롯한 귀족 세력의 반발도 거세어졌다. 다 같은 신라인이건만 갈수록 극심해지는 대립과 불신의 사태는 원효에게 근본적인 질문을 다시 던지고 있었다.

지금 일어나고 있는 변화에 빠진 것은 무엇일까. 양극단을 지양하고 화해를 도모하며 변화해 나갈 방법은 정녕 없단 말인가. 변화는 달리는 자에 의해 만들어지는 것이 아니라 사유하는 자와 함께여야 하는 것일까. 열반에 이른 수행자들은 답을 가지고 있을지도 모른다.

새롭게 시작해야 할 필요를 절박하게 느끼자 원효는 속세의 탐진치(貪瞋癡)를 완전히 여읜, 수행의 도력이 높은 구도자들을 만나고 싶었다.

혜공은 원효의 마음을 헤아렸다. 길 떠나는 원효에게 가장 먼저 들러 보라고 한 곳이 이곳, 월명산 천왕봉이었다.

산속으로 깊이 들어오면서 원효는 문득 고향 불지촌의 불등산을 떠올렸다.

일곱 살의 소년 새벽은 불등산에서 길을 잃은 적이 있었다. 불등산 북쪽 기슭의 군비 야적장을 순찰하러 가는 아버지 담나를 따라갔을 때였다. 그날은 압량벌의 죽시 관리지에서 베어 내어 야적장 그늘에 2년간 말려 두었던 신우대들을 불통에 굽는 날이기도 했다. 담나는 신우대가 불통에 구워지며 나는 냄새를 무척 좋아했는데, 2년에 한 번 돌아오는 이 작업에 아들을 동행하고는 한껏 기분이 좋아져 있었다. 불통에 여러 번 구운 신우대를 달포에 걸쳐 매끈하게 사포질한 후 탐라국 꿩날개 털을 장착하는 과정까지 근 한 달 반이 소요되는 작업을 잘 지휘해야 하는 것이 담나의 중요한 소임이기도 했다.

그런데 새벽은 죽시 만드는 것을 지켜보는 것이 흥미롭지 않았다. 불에 그슬려지는 마른 신우대를 보고 있던 소년은 어느 틈엔가 산꾼들이 다니는 길을 벗어나 숲 속 깊숙이 들어갔다. 길을 벗어난 줄 알면서도 어린 새벽은 계속 앞을 향해 나아갔다. 숲길을 헤치며 걷다가 지칠 무렵 밤이 와 붉은 열매를 가득 매단 늙은 마가목 밑에서 잠이 들었다. 산속의 밤이 주는 공포나 두려움 같은 것은 전혀 없었다. 먹이를 찾아 움직이는 산짐승들의 기척을 들으며 새벽은 어머니를 생각했다.

나에게 몸을 주고 어머니는 어디로 가신 걸까, 사람은
왜 태어나는 것일까, 사람은 무엇을 위해 사는 것일까. 그
런 생각을 하며 배가 고프면 나무 열매를 따먹고 목마르면
계곡의 물을 떠 마셨다. 산속에서 사흘째 밤을 보낸 후에
문득 집으로 돌아가야겠다는 생각이 들었다. 군비 야적장
을 내려다볼 수 있는 곳인 산 중턱으로 계속 걸어 내려가
다가 마침 새벽을 찾고 있는 하인들을 만났다.

사흘 동안 한숨도 자지 못한 채 새벽을 찾아 헤매던 아
버지 담나는 다짜고짜 회초리를 휘둘렀다.

시뻘겋게 터진 새벽의 종아리에 고약을 발라 주며 숙부
가 물었다.

"길을 몰라서 길을 잃은 것이냐?"

새벽이 고개를 저었다. 아버지 담나는 모르는 일이지만
불등산은 숙부와 함께 중턱까지 오르내리곤 하던 익숙한
산이었다.

"길을 잃어버리면 어떻게 되는지 궁금했습니다. 길을 잃
었을 때 어떻게 길을 찾는지도요."

새벽의 대답에 숙부가 따스한 미소를 보였고, 그 미소가
너무 좋아서 자신이 덧붙인 말도 생생히 기억났다.

"길을 만들 수 있다는 마음을 포기하지 않으면 길이 나

타나는 것 아닐는지요. 길이란 게 어차피 본래부터 있던 건 아니니까요."

그날 그 일곱 살 소년 새벽의 마음으로 원효는 산을 오르고 있었다. 세차게 퍼붓는 빗줄기가 약해지면서 산 정상 바로 아래쪽의 서편 절벽께 돌연 쌍무지개가 떠올랐다. 원효의 심장이 뛰었다.

저기쯤이겠구나!

혜공이 찾아가 보라고 한 수행자가 그곳에 있으리라는 직감이 왔다.

법흥왕 시절 신라의 불교 공인을 위해 순교한 이차돈과 도반이었다고 전해지는 고구려 출신의 승려 도명은 전하는 바에 따르면 세속 나이가 120세가 넘는 고령이었다. 통나무 모루 위에 올려 놓은 목이 잘리는 순간 흰 피가 솟구치는 신이(神異)를 보이며 순교한 이차돈의 목을 수습한 이가 도명이었다고 알려져 있으나, 그 후 도명은 속세에서 완전히 사라져 자취를 찾을 수 없었다. 왕권과 결합한 불교의 흥왕이 귀족 승려들을 수두룩이 배출하는 호시절에 스스로 자취를 감춰 버린 도명이 정말로 100세가 넘는 나이로 이 깊은 산중에 살아 있다면 큰 가르침을 얻을 수 있으리라 원효는 생각했다.

대부분의 승려들이 왕즉불 이념을 봉송하며 대규모 사

찰에서 풍족한 의식주를 누리는 신(新)귀족이 되고 있는 판이니 서라벌의 출가 사문은 이미 정치 집단이기도 했다. 부처의 출가 정신이 희미해진 채 불학의 이론과 의식만 남은 세속 불교의 공허를 평생 속세와 절연한 채 수행 중인 그분은 어떤 지혜로 넘어설까.

원효는 심호흡하며 빗속에 신이하게 무지개가 걸려 있는 절벽을 향해 나아갔다.

도명과 마주한 순간 원효는 마치 서산에 걸린 구름 한 장을 대하는 듯한 기묘한 공간감을 느꼈다. 산기슭에 깃든 구름이 도명인 것도 같고 산이 도명인 것도 같았다. 원효가 삼배를 올리는 내내 눈을 감은 채인 도명은 투명한 살빛의 가죽이 뼈대만 감싸고 있는 듯 가붓해보였다. 100세가 넘은 노인이라고는 도저히 상상할 수 없을 만큼 젊어 보이는 얼굴이었다. 시간성이 사라진 기이한 얼굴이었으며 눈을 감고 있는데 마치 예리하게 이편을 보고 있는 듯한 시선이 느껴졌다.

언제부터 눈을 감은 채 생활하고 계신 것일까.

"눈을 감고 있는 것이 눈을 뜬 것과 다를 바 없이 반백 년이네."

원효의 마음을 읽은 것처럼 도명이 입을 열었는데, 입을 열었다는 것이 실제로 입술을 움직여 말했다기보다 어떤 공기 덩어리가 코로 내뱉어지며 그대로 말이 된 듯한 느낌의 웅웅거림이었다. 그런데도 정확히 알아들을 수 있었다.

원효가 망설임 없이 즉시 물었다.

"세상으로부터 몸을 감추고 은둔 수행하시는 목적이 무엇입니까?"

원효의 물음에 공기가 느릿느릿 움직이듯 웅웅거리는 대답이 돌아왔다.

"깊은 선정 삼매를 닦아야 깨닫게 되고 깨달아야 해탈 열반한 부처의 삶이 이루어지기 때문이네."

원효가 즉시 되물었다.

"무엇을 깨닫는다는 것입니까?"

날것 그대로 육박하는 젊은 수행자의 물음 앞에 도명은 침묵했다.

"석가모니 부처께서 이미 우리에게 정법을 가르치지 않으셨습니까? 손안에 진리를 쥐고 또 어떤 진리를 구하기 위해 반백 년 넘게 은둔해 좌선하시는 것입니까?"

도명의 침묵은 계속되었다. 분명 도명은 보통 사람과는 다른 신이한 기운이 가득했으나 원효가 구하는 것은 그런 신이함이 아니었다.

"어떻게 하면 대립과 증오에 빠진 세상을 조금이라도 나아지게 할 수 있습니까. 이차돈의 흰 피는 왜 세상을 더 나아지게 하지 않습니까. 부처님 법이 이 땅 신라에 당도한 100년 전보다 나아진 바 없이 왜 인간의 고통은 여전합니까. 선사께서 거룩한 무소유처비상비비상처(無所有處非想非非想處)의 삼매에서 평화로울 때 세상은 여전히 고통스럽습니다. 홀로 열반의 기쁨을 누리는 것이 참된 기쁨이라 할 수 있습니까."

어느새 원효의 두 눈은 격정으로 가득 차 심지어 고통스러워 보일 지경이었다.

시간이 얼마나 흘렀는지 모른다. 도명은 더 이상 말이 없었지만 어느 지점에선가 원효의 고통으로부터 퍼져 나오는 빛이 도명이 지닌 빛과 얽히는 듯했다. 그 순간 고열이 찾아왔다. 그리고 그때, 정신은 가장 맑았다.

"천상천하유아독존(天上天下唯我獨尊) 삼계개고아당안지(三界皆苦我當安之)!"

원효가 스스로에게서 흘러나오는 빛으로 천천히 말하며 눈물을 지었다.

지금껏 원효가 사랑한 것은 '천상천하유아독존'의 지혜였으나, 그간 서라벌에서의 생활은 원효에게 '세상이 고통에 잠겨 있으니 내가 마땅히 편안하게 하리라.'는 '삼계개고아당안지'의 자비의 마음을 머리가 아닌 온몸으로 느끼게 하고 있었다. 속세와 절연하고 입산한 은둔 수행자 도명과의 대면이 오히려 속세의 비루한 고통에 더욱 크게 공명하게 한 것이다.

정각을 이룬 후에 평생 걸식하며 저잣거리에서 중생과 더불어 살아간 부처님의 마음이 손에 잡힐 듯 가까웠다.

"삶의 주인으로서의 존재 가치를 깨닫는 '천상천하유아독존'의 지혜는 고통 속의 일체중생을 나와 더불어 마땅히 해방시키고자 하는 '삼계개고아당안지'의 자비와 함께 짝을 이루어야 비로소 완전해짐을 알겠습니다."

한 줄기 눈물과 함께 원효가 마치 그 누군가에게 고백하듯 또박또박 말하였다. 길쑴하고 깊은 눈매에 고인 투명한 눈물이 마치 식도를 따라 내부로 들어가듯 저릿하게 느껴졌다.

*

그때였다.

찌챙! 구리쇠 두드리는 소리와 함께 천둥 같은 일성이 들려왔다.

"대안! 대안!"

원효가 고개를 들자 월명산 아래 산촌 마을의 장터 거리가 눈앞에 펼쳐졌다.

저 멀리 흰 구름이 중턱에 걸린 드높은 월명산이 장터 거리 뒤쪽으로 까마득히 솟아 있었다. 순식간에 공간 이동을 한 듯 얼떨떨하게 정신을 차렸을 때, 원효의 눈앞에 퉁방울처럼 커다란 눈을 뒤룩뒤룩 굴리며 놋쇠 바라를 든 키가 몹시 큰 떠꺼머리 승려가 어깨를 구부정하게 구부려 원효의 코앞에 불쑥 얼굴을 들이밀었다. 그리고 쏘아붙였다.

"흐응, 그렇지! 깨달음은 좋은 거야. 그런데 그다음 질문이 빠져 있으면 깨달음이고 뭐고 다 귀신 밥이지. 흐응, 너도 알겠지? 젤로 중요한 건 바로 이것이다, 응? 깨달아서 뭣에 쓰게?"

대안은 해진 옷자락 앞섶에서 이를 털어 내며 도명 건너편에 털썩 주저앉았다.

끼고 있던 놋쇠 바라 하나를 뒤집어 들고 마치 거울인 양 그 안쪽 면에 얼굴을 비춰 보더니 거기에 대고 갖은 표정을 지었다. 고명한 승려가 혼자 그러는 양이 뜻밖이라 원효가 픕, 웃음을 터뜨렸다. 대안이 다짜고짜 원효에게 말을 던졌다.

"너 원효지? 나 만나러 왔지? 도명은 중이 아냐. 제 몸하나 수신하려는 한낱 은자일 뿐. 흐응, 저놈은 할 수 없고, 내가 한 수 가르쳐 줄 테니 새겨들어라. 장터 거리 봤지? 곧장 산을 내려가거라."

"좀 더 여쭙고 싶은 것이 있습니다."

"산속엔 답 없어!"

도명은 눈을 감은 채 말이 없고 원효는 대안을 뚫어져라 쳐다본 채 잠시 말을 잃었다. 대안은 거칠 것 없이 말을 이었다.

"저, 저, 살빛 뽀얀 것 좀 봐. 에라이, 얄미워. 그래, 혼자만 해탈해 좋아 죽겠냐? 시난고난 찌그러져 사는 저 밑 중생들 불쌍하지도 않아? 연민심 없는 해탈 따위 무슨 얼어 죽을 똥막대기야. 흐응, 쯧!"

대안이 놋쇠 바라를 원효에게 휙, 던지며 말했다.

"거기 부처님 계신다. 비춰 봐라."

원효가 바라를 집으며 당황하자 대안이 흐응흐응 웃었다.

"얘, 넌, 산을 내려가서도 절집에 머물지 마라. 시주받은 쌀로 배부른 불법 따위론 살아 있는 부처를 절대 못 만난다. 부처가 왜 부처겠니?"

껑실한 큰 키에 어울리지 않게 곰살맞은 여자들 어투로 밉지 않게 반말을 툭툭 뱉으면서 대안이 귀를 후볐다.

"너 석가모니 부처님 사모하지? 석가모니가 출가해 어디로 갔니? 그 좋은 왕궁 나와서 죽어라 고생해 깨우친 다음에 얼씨구나 좋다고 입산해 처박혀 살든? 그랬으면 석가모니는 지금의 석가모니가 못 됐겠지."

거친 듯 예리한 시선으로 대안이 원효의 눈부처를 들여다보면서 말했다. 원효의 마음을 읽고 있는 듯 대안은 거침이 없었다.

"도명 같은 영감의 몫도 물론 있지. 도명이 이룬 적멸을 너의 뒷배로 삼아라. 이 영감이 진짜 중이라면 기도와 삼매로 축적한 힘을 너에게 전할 게야. 그러니 너는 이 뒷방 늙은이 기도의 힘을 믿고 세상 낮은 곳으로 가거라. 부처가 돼서 뭣에 쓰게? 중도 야망이 있어야 해. 세상천지를 불국토로 만들겠다는, 모든 생명들의 안락과 행복을 위해 인생을 바치겠다는 야망 말이다! 그런 야망은 탐심이 아니다. 혼자만 해탈해 좋아 죽겠는 게 탐심이지! 네가 발로 밟는 곳마다 그 땅을 불법으로 어루만지라고!"

원효는 벌떡 일어났다. 그리고 고개를 돌려 도명을 바라보았다. 미동도 하지 않은 채 마치 이때를 기다렸다는 듯이 도명은 희미한 미소를 지었다.

"부처를 의식하지 마라."

침묵을 통해 도명이 한마디 건네 왔다. 원효는 심호흡을 했다.

어느새 나는 부처라는 상에 집착하고 있었구나. 왜 부처가 되려는가.

내가 가고자 하는 길은 부처를 사랑하는 길이 아니라 부처가 필요한 사람들을 사랑하는 길이라는 생각이 먹장구름을 쪼개는 뇌우처럼 들이닥쳤다. 부처를 사랑하는 것과 부처가 필요한 사람을 사랑하는 것은 불일불이(不一不二)로 현현하고 종내는 서로 통하여 어우러질 것이라는 생각 역시 순식간에 지나갔다. 부처가 돼야 한다는 일념이 집착에 기인한 허욕임을 인정하자 마음의 안팎을 연결하는 굴 같은 것이 삽시간에 뻥 뚫리는 듯했다. 순수한 공기의 파동이 쏴아 밀려들면서 가슴속이 시원해지고 너털웃음이 터졌다.

선 채로 어깨를 흔들며 온몸으로 웃는 원효의 턱밑에 대안이 다시 얼굴을 들이밀었다. 허리를 구부려 자신을 보고 있는 대안의 얼굴을 보자 원효의 웃음소리는 더욱 커졌다.

"흥, 너 지금 내가 꽤 못생긴 중이라고 생각하는 거지? 그래서 웃는 거지?"

대안이 퉁방울 같은 눈을 밉지 않게 흘기며 말하자 원효가 냉큼 고개를 끄덕거렸다.

"네, 참으로 시원합니다. 네네, 스님처럼 못생긴 중은 정말 처음 봅니다."

"그렇지? 나는 못생겨서 좋구나."

"그러게나 말입니다."

서로 고개를 끄덕이며 원효와 대안은 마주 본 채 한참을 웃었다.

대안의 전법 교화에 대해 처음 들었을 때부터 호기심과 호감이 생겨나 있던 터여서 대안 앞에서 원효의 마음은 어느 때보다 푸근하면서 자연스러웠다.

대안이 성안의 나무나 고갯길의 바위 등에 수시로 써 두는 법구나 법어들은 일을 하러 오가는 천노들과 먼 길 가는 행인들의 고단함을 위무하고 마음에 평화를 주었다. 그동안 누구도 생각하지 못한 전법 교화의 방법이었다. 글을 알지 못하는 천노들을 위해서는 그림글자를 사용했다. 나무 등걸이나 바위 등에 써 둔 대안의 법문은 나중엔 마을 담벼락이나 군영 막사, 옹기의 겉면이나 방패 등에도 인용되어 널리 쓰였다.

홀연 나타나고 사라지면서 곳곳에 부처의 말과 흔적을 남기는 대안의 커다란 눈동자가 동굴 밖을 나서는 원효의 뒷모습을 뜨겁게 지켜보고 있다는 느낌이 들었다.

밖엔 천지가 환하도록 때 아닌 눈이 쏟아지고 있었다. 눈발 속에서 새소리가 요란했다.

원효는 단애를 이룬 산 밑 동굴 입구를 벗어나며 껑충 뛰어내렸다. 지나간 시간들이 끝없이 아득한 꿈결인 것만 같았다. 이제 막 잠에서 깨어난 사람처럼 두 손바닥에 눈송이를 받아 낯을 씻었다.

여름에 내리는 흰 눈이 서설이 될지 흉조가 될지는 알
수 없는 일이었다.

*

사포 읍내를 지날 때였다.

웬 중 하나가 여자들만 가득한 천막 속에 들어가 있었다.
입구가 막히지 않아 훤히 들여다보이는 천막 안에 많은 여
자들이 눕거나 앉아 있고, 천막 바깥에도 줄을 선 채 여자
들이 차례를 기다리고 있었다. 손사래를 치며 뭐라 자기들
끼리 떠들기도 하고 혼자 돌아앉아 있기도 한 여자들은 비
단옷에서부터 거적때기까지 차림새가 천차만별이었다.

지나가는 저자의 사람들이 더러 손가락질을 하며 쯧쯧
혀를 차기도 하고 고개를 돌리기도 했다.

"혜숙 스님도 참말 왜 저렇게까지 하시는지."

행인들의 말소리가 귀에 들려왔다. 원효가 천막 가까이
다가가자 시큼하고 역한 냄새가 풍겼다. 고개를 돌리자 한
쪽에선 쑥 타는 냄새가 났다. 역한 냄새를 지우고 살균을
겸하기 위한 쑥 냄새가 장터 거리로 흘러나갔다.

원효가 가까이서 보니 혜숙이라 불린 승려는 웃통을 벗
고 앉은 여자들의 등에 쑥뜸을 올려 주거나 피고름을 빨아

내고 고약을 붙여 주고 있었다. 여자들은 성병에 걸린 창녀들이었다. 백성에게 손가락질받는 창녀들을 돌보느라 진땀을 빼는 혜숙이라는 승려는 혜공보다는 좀 큰 듯하고 대안보다는 많이 작은 몸피에 주름이 가득한 얼굴이었는데 묘하게 어린아이 같은 느낌이 들고 가만히 보니 얼굴과 목이 거의 붙은 곱사등이었다.

혜숙은 피고름 냄새와 싸구려 지분 냄새를 풍기는 여인들 틈에서 분주했다. 여인들은 서라벌 기루(妓樓)의 고급 창녀들과는 전혀 다른 삶을 사는 근처 사포 항구의 천하디천한 창녀들이 대부분이었다.

대안의 목소리가 다시 귓가에 맴돌았다.

"소 타고서 소 찾는 중생이 사방에 가득하다. 나는 설교에만 소질 있는 놈들은 질색이다."

혜숙의 손을 잡고 말이라도 한마디 나누고 싶었지만 일을 방해하지 않기 위해 원효는 조용히 자리를 벗어났다.

혜공과 아미타림의 벗들이 있는 곳으로 서둘러 가야 한다는 생각을 하며 막 몸을 돌린 순간이었다. 느린 속도로 소달구지 하나가 지나가다가 놀라 멈춰서고 좌우로 기마병들이 갑자기 들이닥쳤다.

"전쟁이다! 힘쓸 수 있는 자들은 모두 신라를 위해 싸워야 한다! 남자들은 모두 나와라!"

기마병들 뒤로 열을 지어 달려온 창 든 병사들이 집집마다 대문을 흔들며 소리쳤다.

*

서둘러 서라벌로 돌아온 원효는 요석의 전갈을 확인하고 곧바로 밥집을 향해 걸음을 옮겼다.

거짓말처럼 서라벌 천지엔 눈송이라곤 찾을 수 없고 하늘은 마냥 높았다. 잦은 전쟁은 언제나 변방의 백성들을 가장 먼저 고통스럽게 했으나 서라벌의 하늘과 숲은 여전히 아름답고 비길 데 없이 평안했다.

원효가 저도 몰래 깊은 한숨을 내쉬었다. 고귀한 왕들의 둥근 무덤을 지나면서 비천한 창녀들을 돕고 있던 혜숙의 둥근 곱사등을 떠올렸다. 혜숙이 창녀들의 병구완을 하던 저잣거리야말로 연지 아니던가. 가장 더러운 곳에 발 디딘, 슬픔이 가장 큰 사람들 속에서 연꽃의 아름다움은 더욱 값진 것이 되는 것 아닐까.

변방의 비천한 거리에 병화가 번져 가고 창검의 겁박 아래 백성들의 비명 소리가 들리는 듯해 원효는 걸음을 재촉했다.

비단 복두와 삼각 모자를 쓴 한 무리의 사내들이 지나가

면서 원효에게 아는 체를 했다. 원효가 합장을 하며 인사를
받았다. 이제 서라벌에선 어디를 가든 원효를 알아보고 먼
저 인사를 하는 백성들이 대부분이었다. 마르고 큰 키에 넓
은 어깨며 보폭이 큰 걸음걸이는 여전했지만 더욱 깊어진
눈빛에 손질하지 않은 수염 탓인지 부쩍 사내다운 느낌을
풍기는 원효를 다시 한 번씩 돌아보는 백성들이 많았다.

밥집에 들어서자마자 요석이 원효를 맞았다.

"혈색이 좋으셔서 다행입니다. 그런데 속히 가 보셔야겠
습니다. 폐하께서 찾으십니다."

남천을 끼고 돌 때 저녁노을이 내려앉고 있었다.

요석은 원효를 지밀이 아니라 대전으로 안내했다. 대전
바닥에 깔린 녹유전의 촉감이 지나치게 서늘하여 원효가
흠칫 몸을 떤 순간이었다.

"오느냐, 탁류를 밝힐 수행자여."

대전 안쪽의 옥좌에 여왕은 앉아 있었다. 여왕은 가슴팍
에 황금 사슬과 금술이 장식된 갑옷을 입고 견장을 늘어뜨
린 황금빛 표의를 두른 채 무릎 위에 황동 투구를 붙안고
있었다. 원효가 여왕의 안색을 살폈다.

"전쟁이다. 백제인들이 해동증자라 칭송해 마지않는다
는 그 아이가 즉위하자마자 결국 전면전을 벌이는구나."

무왕의 큰 아들로 지난해 즉위한 백제 의자왕은 지금까

지 무왕이 취해 온 고구려와 중국에 대한 양면적 외교 노선을 수정하여 친고구려 정책을 펼치는 동시에 직접 군대를 이끌고 신라의 미후성을 비롯해 40여 개 성에 전 방위적인 공격을 시작했다. 대대적인 전쟁이었다.

투구를 안은 채 옥좌에서 일어나며 여왕이 말했다.

"알다시피 서라벌의 귀족들은 지금 나를 시험하고 있느니라. 여왕이 치르는 전면전을 그들은 방관하며 구경하고 있다. 내게는 유신 공, 춘추 공, 준후 공이 있으나 힘이 모자란다. 도와다오, 원효! 그대는 부처님 제자로서 서라벌 백성의 신망을 받는 자. 그대의 화술로 백성들을 일으켜다오. 대찰 곳곳에 책상물림하고 있는 젊은 승려들을 일으켜 신라를 위해 싸우라. 내게는 백성의 군대와 부처의 군대가 모두 필요하다!"

원효의 두 손을 잡은 채 여왕은 고독한 얼굴로 명령했다.

642년, 그해 원효의 나이 26세였다. 16세에 처음 서라벌 땅을 밟은 지 10년이 지났으나 신라가 원효에게 요구하는 것은 10년 전이나 마찬가지였다. 전쟁의 비참함을 경험한 후 화랑도를 파하고 출가 사문이 된 원효에게 신라의 임금은 이제 승병을 조직해 전쟁을 수행하라고 명령하고 있는 것이다.

여왕을 응시하는 원효의 얼굴에 다시 깊은 그늘이 들어

찼다. 원효의 숨소리에 귀를 모으며 여왕과 원효 사이에 미동 없이 선 요석은 검푸른 대전 바닥만 응시했다. 21세 요석의 갓 핀 꽃송이 같은 얼굴에도 복잡한 그늘이 덧앉고 있었다. 백제와의 전쟁뿐 아니라 아버지와의 전쟁이 요석을 조여 오고 있었고, 여왕이 원하는 것과 원효가 나아가고자 하는 길이 타협점을 찾기 쉽지 않음을 알고 있었기 때문이다. 막다른 상황이 온다면 어찌할 것인가. 요석의 마음에 정해진 바는 이미 분명하였으나 어떤 선택이든 고통스러울 수밖에 없는 운명이었다.

20

.
.
.
.
.

"수행자들이여, 신라를 위해 궐기하라!"

여왕은 원효에게 승병 조직을 명했지만, 원효의 개입 이전에도 승려들은 산발적으로 움직이기 시작했다. 가장 먼저 일어난 승려들은 갓 출가한 젊은 수행자들이었다. 순수하고 뜨거운 가슴을 가진 그들은 신라를 지키는 것이 부처님 나라를 지키는 길이라고 순정하게 생각했고, 목숨을 버릴 각오로 전쟁에 참가하기를 원했다. 그러나 백고좌 법회에 초대되는 고승들과 황룡사의 원로들은 젊은 승려들의 궐기를 곁눈질할 뿐이었다. 전쟁을 통해 새롭게 만들어질 질서 속에서 어떤 위치에 있는 것이 자신에게 가장 유리할 것인가를 셈하면서 그들은 한 걸음씩 물러나 상황을 예의 주시했으며, 서라벌의 귀족들 또한 비슷한 속셈이었다.

전쟁은 인간 성품의 한 부분인가. 인간은 전쟁의 폭력을 본능으로 가진 존재인 것인가.

원효의 가슴속 깊은 곳으로부터 날카로운 통증과 의문들이 끓어올랐다. 화랑도 시절 서곡성 전투의 악몽, 야신의 음모, 죽어 가던 말의 눈동자, 울부짖는 사람들, 쌓이는 시체, 포로들의 눈빛, 창검 부딪는 소리, 역한 피 냄새…….지난 진흥왕 시절 신라의 영토 확장 전쟁이 그랬듯이 백제의 젊은 왕이 치르려 하는 이 전쟁 역시 패자와 승자 모두 피의 대가를 치러야 할 것이다. 대체 무엇을 위해 백성들이 이런 폭력에 희생되어야 하는가. 대다수 백성들은 극소수 귀족에게 수탈당하며 근근이 살아가다가 전쟁이 나면 가장 먼저 전쟁터로 끌려간다. 겁박당하고 죽임 당하고 끌려가 노예가 되는 것도 백성들이다. 국가란 백성들에게 과연 어떤 의미인가. 귀족과 왕족은 가장 마지막까지 살아남지만 힘없는 백성들은 언제나 가장 먼저 희생된다. 도대체 이런 전쟁이 언제까지 계속될 것인가. 무기를 녹여 쟁기와 보습을 만드는 세상은 불가능한 것인가. 전쟁을 할 시간과 공력으로 농사에 힘을 쏟아 더 많은 곡식을 생산해 평등하게 나누어 먹으며 행복하게 살아갈 수는 정녕 없는 것인가.

눈꺼풀이 무겁게 처지는 것을 느끼며 원효는 분황사 금

당에서 명상에 들었다.

공공연한 살생, 집단적 악업이 저질러지는 전쟁터에 선업의 씨앗을 심을 수 있는 방법을 찾아야 한다. 전쟁의 악업을 상쇄할 수 있는 일종의 균형추, 어떻게 그것을 만들어 낼 것인가.

원효는 사흘간 금당 문밖을 나오지 않았으며 음식도 물도 먹지 않았다.

이윽고 원효가 가부좌를 풀자 금당 앞 샘에서 비로소 물소리가 들려왔다. 바로 그 순간이었다. 문밖에서 휘이익, 소리가 나며 요석의 목소리가 들려오는가 싶더니 이내 짧고 새된 비명으로 변하였다.

무슨 일인가. 원효가 다급히 문을 밀고 나왔다. 문설주 옆에 요석이 단검을 든 채 서 있었다. 소리가 나도록 울림통이 달린 세 개의 화살이 문설주 오른편 기둥에 차례로 박혀 있었다.

"간자가 저를 따라온 듯합니다."

단검을 든 요석은 차고 단단한 낯빛이었다.

그런 요석을 보자 원효의 심장이 쿵 내려앉았다.

처음 보는 모습이지만 검을 든 요석이 왠지 낯설지 않고, 심지어 검과 요석이 지나치게 잘 어울린다는 느낌마저 들었다.

원효에게 전하고자 누군가 화살을 쏘았으리라는 요석의 추측은 맞았다.

세 개의 화살 모두에 편지가 매달려 있고, 편지엔 붉은 글씨로 '좌(坐)' 자가 쓰여 있었다.

좌(坐). 좌(坐). 좌(坐).

앉아 있으라.

여왕의 몰락을 보고자 하는 귀족과 비담의 세력이라면 원효가 승병 일으키는 것을 원하지 않을 게 뻔했다. 승병 모집을 위해 어떤 일도 하지 말라는 일종의 위협이었다.

"하옵고, 무산현의 전선이 무너졌습니다!"

간자가 절집에 들이닥치고 신라 국경의 서쪽 최전방이 무너졌다는 소식을 듣는 이런 상황에서 원효는 기이하게도 오직 단검을 든 요석의 모습에서 눈을 뗄 수 없었다.

갑자기 외롭고 두려운 느낌이 스쳐 갔다. 말을 잃고 서 있는 원효의 시선을 느낀 요석이 검을 품에 넣었다.

"그리 보지 마십시오."

차고 쓸쓸한 낯빛의 요석이 이어서 말했다.

"소녀는 일곱 살 때부터 검을 품고 살았습니다. 스스로를 지켜야 했기 때문입니다."

서늘한 얼굴로 원효를 응시하는 요석의 눈동자는 검고 또렷했다. 요석의 눈동자는 흔들림이 없으나 그 눈동자 속에 든 자신의 형상이 흔들리는 것을 원효는 보았다.

요석…….

탄식하듯 원효가 입속으로 요석의 이름을 불렀다.

마치 오랜 전생에서부터 정해진 인연을 만난 듯 자연스럽게 받아들인 도반이자 은애하는 이였다. 한 사람을 마음 깊이 품어 은애하는 것이 홍익중생을 실현해야 할 수행자의 길에 방해되지 않을 수 있다는 확신을 가지게 해 준 사람이다. '부처의 삶을 이루소서.' 요석은 원효를 향해 분명히 요구하고 있었고 도반이자 은애하는 이로서의 거리 조절을 한 점 오차 없이 해내었다. 의심할 바 없이 요석은 자타일시성불도(自他一時成佛道)의 삶을 더불어 꿈꾸고 실천할 수 있는 가장 가까운 동지였다.

그런데 그 요석이 일곱 살 때부터 검을 품고 살았다고 말하는 것이다. 단 한 번도 검을 품은 요석을 상상해 본 적 없는 원효는 허둥거렸다. 요석이 품에 넣은 그것은 노리개로 옷고름에 차는 패도나 호신용 장도가 아니라 살생이 가능한 검이었기 때문이다.

"이제야 소녀를 보십니다."

요석이 말했다. 원효의 가슴으로 무언가 쿵 무너졌다. 계산 없이 나온 요석의 말은 많은 의미를 함축하고 있었다. 여태 자신의 길만 보아 온 원효에게 '나를 보아 달라.'

말하는 것 같기도 했다. 하지만 원효만큼이나 요석은 늘 바빴고 원효가 개입할 틈 없이 자신의 일에 매진해 오지 않았던가. 그런 요석이 지금 뱉은 말이 몹시도 외롭고 서늘해서 원효는 순간 발을 잘못 디딘 사람처럼 휘청거렸다.

"이제라도 그리 보아 주시니 좋습니다. 하오나 지금은 화급을 다투는 때이오니."

원효의 동요를 알아챈 요석이 금세 어조를 바꾸며 얼굴에 미소를 띠었다. 잠시 원망이 어린 듯했던 요석의 얼굴은 다시금 해맑고 당찼다. 마치 동요하는 원효를 확인한 것만으로도 위로가 된다는 듯이. 그리고 요석은 아무 일 없었던 사람처럼 간자의 화살을 챙겨 훼손되지 않게 면포에 차례로 싸 화살통에 넣었다.

"때가 되면 증좌로 필요할지 모릅니다."

침착하고 주도면밀한 요석을 바라보며 원효는 무언가 더 묻고 싶었으나, 요석의 말대로 지금은 때가 시급했다.

*

7월 하늘은 뜨거웠다. 신라 서부 전선의 총사령부인 합천 대야성이 백제군에 함락되었다는 소식이 전해졌다. 변방의 전쟁은 어제오늘의 일이 아니지만 서라벌까지 위협당한 적은 한 차례도 없었다. 그런데 이번은 달랐다. 대야 성은 주변의 40여 성을 총괄하는 지휘부였으므로 대야성 을 점령한 백제는 낙동강 서쪽을 거의 장악한 셈이었다.

"왕경의 안위가 위험합니다!"

병부령의 전언대로 서라벌은 분명 위협받고 있었다. 합 천, 고령에서 낙동강을 건너면 달구벌이고 거기서 서라벌 까지는 적군을 방어할 수 있는 장애물이 거의 없었다.

전멸당한 대야성에서 간신히 살아남은 병사들이 서라 벌로 돌아와 전투의 끔찍했던 참상을 전했다. 백제군에게 당한 수모와 굴욕, 처참한 죽음의 소식들이 입에서 입으로 전해지며 민심은 더욱 동요하고 의분과 응징의 요구가 끓 어올랐다. 무엇보다 참혹한 소식은 대야성 성주인 김춘추 의 사위와 딸이 참수당한 것이었다. 그들의 머리는 의자왕 이 있는 백제의 수도로 보내지고 몸은 찢겨져 독수리 떼에 게 던져졌다고 했다.

염려하는 원효의 시선에 요석은 아무런 반응도 보이지 않았다. 여왕의 오른팔인 김춘추 공이 요석의 부친임을 알 뿐 그 이상은 요석으로부터 들은 바도 특별히 물어보아야 할 이유도 없었던 원효는 요석의 냉담한 표정 앞에 또 한 번 커다란 공허와 마주 대하는 듯했다. 첫째 딸과 사위의 죽음을 전해 들은 김춘추의 분노가 어떠했는지 서라벌 장

안에 소문이 파다했으나 정작 요석은 동요 없이 전시 백성들의 살림을 걱정했고 길쌈 공방의 자재를 털어 응급시 사용할 의료용품과 부목을 만드느라 부산했다. 원효가 미처 헤아리지 못하는 어떤 심연이 요석의 내부에서 쟁투를 벌이고 있음을 짐작할 뿐, 무얼 더 물어볼 수도 없는 상황이었다.

왕경 주위로 정규군이 빠르게 집결하며 전시 체제가 갖춰졌다. 십화랑도를 비롯해 군소 화랑도 모두가 풍월주 중심의 정규군으로 재편되었다. 과거에 낭도 생활을 한 적 있는 남자들은 나이와 상관없이 모두 차출되어 군복을 입었다. 서라벌 대로를 포함해 사방위 요충지마다 화살과 검, 석재와 기름을 싣고 오가는 군수품 수레들로 붐볐다.

한편 첨성대를 중심에 둔 비두골 벌판은 먹빛 옷을 입은 승려들로 가득했다. 고단한 백성의 삶을 위로하기 위해 지어진 첨성대에는 승병단 출정을 축원하기 위한 제단이 차려졌다. 서라벌의 모든 승려는 비상시국에 처하여 승병단에 참여하라는 여왕의 교지가 내려진 상태였다. 출범일 사흘 전까지 자발적 참여를 독려하되 최종 점검 후 부대 규모에 따라 강제징집을 하겠다는 부칙도 내려졌다. 승병단의 공식 출범일이 고지되자 더 많은 승려들이 신라 전역에서 비두골로 모여들었다.

"무기를 주시오! 싸우겠소!"

흥분한 젊은 승려들은 앞다투어 무기를 청했다.

불국토 신라를 구해야 한다! 이것이 순정하게 일어선 젊은 승려들의 마음임을 알고 있기에 원효의 고민은 더욱 깊어 갔다.

승병단의 최고 책임을 원효가 맡게 되리라는 소문이 빠르게 회자되었고, 소문은 자연스럽게 기정사실화되었다.

사흘의 말미가 지나고 승병단 출범일이 되었다.

아침 일찍 궐에서 나온 여왕의 시종이 가마를 대령해 분황사로 왔다. 궐로 들어가는 모습이 노출되는 것이 좋을 리 없다고 판단한 원효도 순순히 가마에 올랐다. 요석은 어디 있는 것일까. 평소 원효를 월성으로 안내하는 것은 요석이 해 온 일이었으므로 검은 휘장이 내려진 가마에 탄 채 원효는 내내 마음이 불안했다. 간자의 화살을 증좌로 챙기던 요석의 가늘고 흰 손이 눈앞에 어른거렸다.

여왕의 지밀에도 요석은 보이지 않았다. 잠시 홀로 기다리자 여왕이 나타났다. 피곤하고 초췌한 얼굴이었다.

"듣자니 그대는 내 기대를 배반하겠구나. 정녕 그러한가?"

다짜고짜 여왕이 물었다. 여왕의 심중을 헤아린 후 원효가 천천히 입을 열었다.

"소승은 그것을 배반이라 생각지 않으나, 전하께서 생각하시는 대로입니다."

신경질적인 경련이 지나가며 여왕의 관자놀이에 핏대가 섰다. 애써 한숨 돌린 후 여왕이 낮은 목소리로 다시 입을 열었다.

"들어라, 원효. 나는 명령을 내리는 자고 그대는 명령을 받들어야 하는 자다. 그러나 나는 이보다 더 긴밀히 그대에게 말한다. 기억하겠지, 원효. 나는 그대의 목숨을 구해 준 적이 있다. 불법은 인과가 엄정하니 부처님 제자는 빚이 없어야 하지. 다시 한 번 말하겠다. 나는 그대가 필요하다."

할 말을 마친 후 여왕은 손짓으로 시종을 불렀다. 원효가 시종을 따라 지밀을 나가기 전 여왕이 먼저 원효를 가로지르며 지밀 문으로 나섰다. 원효를 스쳐 갈 때 여왕이 잠시 걸음을 멈추어 오금을 박듯 다시 말했다.

"지밀과 달리 광장은 무서운 곳이다. 나라를 구해야 한다는 공분이 들끓는 곳에서 공연히 변을 당하지 않도록 하라. 내 그대를 아끼니 하는 말이다."

*

비두골에 당도한 원효를 알아본 승려들이 서둘러 길을

텄다. 승병단 책임자에게 내리는 여왕의 교지를 전하기 위해 병부의 지휘관이 곧 당도하리라 했다. 의분에 끓는 승려들은 한껏 고양된 채 원효에게 집중하고 있었다. 승병단의 깃발이 어느새 만들어져 첨성대 동편에서 나부꼈고, 구국의 도가 부처의 도라 믿는 승려들의 사기는 드높았다.

이제 이 모든 분연한 봉기를 격려하고 일사불란하게 지휘해 줄 승병단의 지도자만 정해지면 되는 순간이었다.

첨성대 앞에 차려진 제단 옆에서 왕의 명을 기다리는 원효의 얼굴은 어둡고 초췌했다. 지나간 모든 시절의 덫들을 통틀어 가장 어려운 결정을 내려야 하는 벼랑 끝에 서 있음을 원효는 직시하고 있었다. 분황사 금당에서 좌선하는 가운데 마음의 결정은 이미 내려진 상태였지만, 현장의 기운은 원효를 몹시 긴장하게 했다. 이런 긴장은 처음 느껴보는 일이었다.

관원이 나각을 불었다. 이어 북이 울렸다. 여왕의 교지를 전할 칙사단이 도착했다. 군중이 길을 텄고, 행렬이 비두골 중앙의 첨성대를 향해 들어왔다. 햇빛이 정수리 위에서 내리꽂히는 시각이었다. 들어오는 행렬을 가늠하던 원효가 어지러운 듯 이마를 짚었다. 눈 속이 시큰거리며 날카로운 통증이 지나갔다. 칙사단 선두에서 흰 말을 타고 오는 이는 요석, 분명 요석이었다.

행렬이 바로 앞에 도착하기까지 얼마나 시간이 흘렀는지 가늠할 수 없다. 예측할 수 있는 가장 나쁜 패는 피해 갈 수 있기를 바라는 마음만이 간절했다. 이윽고 행렬이 원효 앞에 당도했을 때, 요석 옆 갈색 말 위의 재상이 김준후 공임을 알아보았다. 풀어야 할 인연을 맞대면하기에 적절한 때는 아니라 여겼으나 피할 도리가 없는 상황이었다.

"이렇게 뵙게 될 줄 몰랐습니다. 소승을 용서하소서."

원효가 김준후 공을 향해 깊이 허리를 숙여 합장했다.

"저는 간간이 뵈었습니다, 원효 스님."

자연스럽게 맞절을 하는 김준후 공의 태도는 담백했다. 그간 원효가 겪어 온 세월에 대해 일일이 설명하지 않아도 이미 이해하고 있다는 듯한 김준후 공의 눈빛을 마주 대하자 가슴에서 뜨거운 것이 북받쳤다.

약식 의례를 알리는 첫 번째 북이 울렸다.

공문을 전할 준비를 마친 칙사단 맨 앞에서 요석과 김준후 공이 원효와 대면했다. 못 본 사이 수척해진 요석은 첨성대의 기단에 시선을 준 채 미동이 없었다.

두 번째 북이 울리자, 김준후 공 옆에 서 있던 요석이 걸음을 옮겨 원효의 옆으로 왔다. 이것은 무슨 일인가. 요석의 눈길을 붙잡으며 지금 일어나는 일들에 대해 물었지만 요석은 애써 외면했다.

세 번째 북이 울리자, 여왕의 대리인 자격으로 품주의 전대등 김준후 공이 칙서를 펼쳤다.

"어명을 받들어 다음을 고한다. 승병단 창설과 운영에 필요한 물자를 왕실 재정으로 직접 조달한다. 그 책무를 승화 요석에게 줄 것이니 요석은 승병단의 책임자 승려 원효를 보좌해 불국토의 군대가 대백제전에서 승리를 거두는 날까지 헌신토록 하라."

심장이 쪼개지듯 고통이 몰려왔다. 옆에 선 요석의 가늘게 떨리는 손끝이 원효의 시야에 들어왔다. 뒤늦은 후회가 원효의 가슴을 쳤다.

사태가 이렇게 될 줄 알았다면 여왕에게 속내를 비추지 말았어야 했다. 그저 책임을 맡겠노라 해 놓았다면 여왕이 요석을 볼모로 사용하는 일은 발생하지 않았을 것 아닌가. 정치란 이런 것임을 미리 간파했어야 했다. 원효는 자신의 우둔함에 가슴을 쳤다. 옳다고 생각하는 길을 가기 위해 자신에게도 전술이 필요했다는 것을. 여왕과 원효 사이에서 요석이 감당해야 했을 마음의 고통을 생각하자 다시 한번 피가 거꾸로 솟았다. 그러나 후회하기엔 이미 늦었다. 원효는 재빨리 생각을 정리했다. 애초 생각한 바처럼 승병단 책임자를 거부하는 것으로는 요석을 지킬 수 없다는 판단이 가장 먼저였다. 그렇다면 차선은 무엇인가. 요석을 지킬 수 있는 방법을 찾아야 한다.

"승려 원효를 신라의 숭엄한 역사에 길이 남을 승병단 초대 승장에 임명하노니 그 책무를 다하여 불국토 신라의 백성을 구제토록 하라."

여왕이 손수 적은 칙서를 모두 읽은 전대등 김준후 공의 얼굴에는 아무런 표정이 없었다. 오랜 세월 중도 세력의 입지를 굳혀 온 재상의 전형적인 얼굴이었다. 이어 승병단 책임자의 표식으로 여왕이 내린 금강저가 함에서 꺼내어지고 김준후 공이 원효에게 그것을 전달하려는 순간이었다. 가만히 침을 삼킨 원효가 이윽고 입을 열었다.

"부처님은 일체의 살생을 금하라 하셨습니다."

느닷없는 원효의 말에 군중의 이목이 집중되었다.

"저는 부처님 제자입니다. 무기를 잡지 않겠습니다."

낮지만 단호한 원효의 목소리가 흘러나오자, 갑자기 찬물이 끼얹어진 듯 군중이 침묵했다. 뜻밖의 사태에 직면한 군중의 침묵은 생각보다 오래 지속되었다. 잠시 침묵한 후 원효가 다시 입을 열었다.

"그러나 저는 신라인의 도리를 다하여, 이 전쟁에 참전하겠습니다."

군중은 여전히 이 사태가 의미하는 바를 파악하지 못한 채였다. 원효가 전대등 앞으로 한 발짝 가까이 다가섰다.

창백해진 요석의 이마에서 식은땀이 배어 나왔다.

"전하의 명을 받들어 승병단의 승장을 맡을 것이되, 두 가지를 확인하겠습니다. 하나. 승화 요석은 후방에서 물자를 준비하는 것으로 책무를 제한코자 합니다. 이에 대해 전하의 분명한 윤허를 받아 주십시오. 둘. 승병단에 지원될 전쟁 물자는 창검이 아니라 물통과 구급약이 될 것입니다."

그리고 곧장 몸을 돌린 원효가 군중을 향해 말을 이었다.

"신라를 위해 봉기한 불제자들께 고합니다. 제가 승병단의 책임을 맡는다면 검 대신 약통을 잡을 것이며, 여러분은 창검 쓰는 법을 배우는 것이 아니라 부상병을 치료하는 법을 배우게 될 것입니다. 이것이 불제자로서 신라를 위하는 참된 길이라고 소승은 생각하는 바입니다."

이윽고 침묵이 깨지면서 군중이 술렁이기 시작했고 봇물 터지듯 순식간에 노골적인 야유와 조롱이 쏟아져 나왔다.

"비겁한 원효를 믿지 마라! 신라를 구하라!"

어디선가 새된 음성이 공기를 가르자 군중은 성난 소용돌이처럼 들끓어 오르기 시작했고 이윽고 하나의 목소리로 원효를 비난하기 시작했다.

"부처의 나라를 욕보이는 자, 원효는 신라의 승려가 아니다!"

"비굴한 승려 원효는 백제로 가라!"

"신라를 지켜라. 무기를 주시오!"

분노한 젊은 승려들이 첨성대 쪽으로 달려 나오며 소리
쳤고, 개중엔 원효를 손가락질 하며 발로 걷어차는 시늉을
하는 사람도 있었다.

"원효는 백제 왕의 간자다! 백제의 중이다!"

노골적인 비난이 이어지며 급속도로 흥분한 좌중이 공
중에다 주먹질을 했고, 10여 명의 젊은 승려 무리가 원효
의 앞쪽으로 밀고 들어오는 순간이었다. 무리의 서편이 갈
라지며 투구와 갑옷으로 완전무장한 여왕이 왕실의 휘로
치장한 밤색 준마 위에서 군중을 진정시키며 들어왔다. 여
왕의 위용 앞에 첨성대는 낮고 소박해 보였다.

갑작스러운 등장에 이어질 왕의 처분을 기다리며 군중
이 다시 숨을 죽였다. 원효 앞에 이른 여왕이 말에서 내리
지 않은 채 원효를 내려다보며 입을 열었다.

"신라의 승려 원효여, 승병단 승장으로서 그리하라. 부
상병을 보호하는 것도 신라를 위하는 일이다."

마상의 여왕을 올려다보는 원효와 내려다보는 여왕의
시선이 부딪치며 불꽃이 튀었다. 대범한 처분을 하고 있지
만 여왕의 눈빛은 노여움으로 이글거렸다. 아침 일찍 불러
대면까지 하였건만 기어코 길들여지지 않는 원효에 대한

분노가 여왕을 휘감았다. 그러나 이대로 원효를 잃어서는 더 큰 손해가 나는 정국이었다. 조례에 올려진 상소에 승병단 단장에 관련한 건이 세 건이나 있었다. 비담 일파가 조직적으로 움직이기 시작한 것이다. 비담이 장악한 황룡사 쪽에서 승병단의 단장으로 승려 도각을 천거한 것을 비롯해 귀족들의 본산인 황복사 주지의 천거도 있었다. 지금까지는 군중이 원효를 압도적으로 지지하고 있으므로 비담 일파가 도각을 거론할 여지가 조금도 없었으나 지금 같은 상황이라면 순식간에 치고 올라올 것이다. 승병단을 귀족에게 내주어선 결코 안 되는 일! 밀어붙여 단칼에 모든 것을 정리해야만 한다! 여왕으로서는 원효를 최대한 활용하는 수밖에 없었다.

여왕의 뜻밖의 처분에 숨은 의도를 헤아릴 여유가 없는 원효는 적잖이 놀랐으나, 요석의 안위를 염려해 애초에 뜻한 바를 수정한 마당이니 좀 더 분명히 자신의 의지를 밝힐 필요가 있었다. 여왕을 올려다보며 좀 전보다 더욱 분명한 태도로 원효가 말하였다.

"아뢰옵기 황송하오나 전하, 다음 사항도 분명히 윤허해 주실 것을 청합니다. 승병단 책임을 소승이 맡게 될 경우, 소승은 부상당한 신라군병만이 아니라 부상당한 백제군병 역시 살려 내고자 애쓸 것입니다. 부처님 제자인 수행자의

눈에는 적군과 아군이 따로 없으며 목숨에 대한 자비심이
있을 뿐이기 때문입니다."

원효는 분황사 금당에서 마음먹은 바를 기어코 여왕에
게 전했다. 그것이 그의 길이었기 때문이다. 격노한 안광을
애써 감추며 어지러운 듯 여왕이 이마를 짚었다. 고삐를
바꿔 쥐며 말 위의 여왕이 휘청하는 순간, 승병단의 깃발
이 펄럭이는 곳으로부터 누군가 던진 돌멩이가 원효를 향
해 가파르게 날아들었다.

(2권에서 계속)

김선우

1970년 강원도 강릉에서 태어났다. 1996년 《창작과비평》에 「대관령 옛길」 등 10편의 시를 발표하며 등단했다. 장편소설 『나는 춤이다』, 『캔들 플라워』, 『물의 연인들』과 시집 『내 혀가 입 속에 갇혀 있길 거부한다면』, 『도화 아래 잠들다』, 『내 몸속에 잠든 이 누구신가』, 『나의 무한한 혁명에게』가 있다. 청소년소설 『희망을 부르는 소녀 바리』, 산문집 『물 밑에 달이 열릴 때』, 『김선우의 사물들』, 『내 입에 들어온 설탕 같은 키스들』, 『우리 말고 또 누가 이 밥그릇에 누웠을까』, 『어디 아픈 데 없냐고 당신이 물었다』, 그 외 다수의 시 해설서가 있다. 현대문학상과 천상병시상을 수상했다.

발원 1

1판 1쇄 찍음 2015년 5월 15일
1판 1쇄 펴냄 2015년 5월 25일

지은이   김선우
발행인   박근섭·박상준
펴낸곳   (주)민음사

출판등록   1966. 5. 19. 제16-490호
주소   (135-887) 서울특별시 강남구 도산대로1길 62(신사동)
             강남출판문화센터 5층
대표전화   515-2000 | 팩시밀리   515-2007
홈페이지   www.minumsa.com

ISBN 978-89-374-3179-1 04810
ISBN 978-89-374-3178-4 04810(세트)